T0258631

UN MES CON
MONTALBANO

Sobre el autor

Andrea Camilleri nació en 1925 en Porto Empedocle, provincia de Agrigento, Sicilia, y murió en Roma en 2019. Traducido a treinta y seis idiomas y con más de treinta millones de ejemplares vendidos, es uno de los escritores más-leídos de Europa. En 2014 fue galardonado con el IX Premio Pepe Carvalho.

Serie Montalbano

La forma del agua – El perro de terracota
El ladrón de meriendas – La voz del violín
Un mes con Montalbano – La Nochevieja de Montalbano
La excursión a Tindari – El olor de la noche
El miedo de Montalbano – Un giro decisivo
El primer caso de Montalbano – La paciencia de la araña
La luna de papel – Ardores de agosto
Las alas de la esfinge – La pista de arena
El campo del alfarero – La edad de la duda
La danza de la gaviota – La búsqueda del tesoro
La sonrisa de Angelica – Juego de espejos
Un filo de luz – Una voz en la noche
Muerte en mar abierto – Un nido de víboras
La pirámide de fango – El carrusel de las confusiones
Tirar del hilo – La red de protección

ANDREA CAMILLERI

EL COMISARIO MONTALBANO

UN MES CON MONTALBANO

SALAMANDRA BOLSILLO

Papel certificado por el Forest Stewardship Council®

Penguin
Random House
Grupo Editorial

Título original: *Un mese con Montalbano*
Primera edición en este formato: mayo de 2021

© 1998, Arnoldo Mondadori Editore SpA, Milán
© 1999, 2021, Penguin Random House Grupo Editorial, S.A.U.
Travessera de Gràcia, 47-49. 08021 Barcelona
© 1999, Elena de Grau Aznar, por la traducción
Diseño de la cubierta: Penguin Random House Grupo Editorial / Nora Grosse
Ilustración de la cubierta: Riki Blanco

Printed in Spain – Impreso en España

ISBN: 978-84-18173-54-7
Depósito legal: B-2.730-2021

Impreso en Romanyà-Valls
Capellades, Barcelona

SB73547

Índice

Treinta miradas
del comisario Montalbano

M. VÁZQUEZ MONTALBÁN

Aunque era un rumor que crecía como una bola de nieve o como el *impeachement* de un presidente de los Estados Unidos, fue necesario llegar al verano de 1998 para que la irresistible ascensión de Andrea Camilleri se convirtiera en evidencia informativa. Siete novelas, siete, del escritor siciliano aparecían en todas las listas de libros más vendidos de Italia, copando en algún momento los primeros lugares. No estábamos ante un fenómeno de prefabricación publicitaria, sino al contrario, ante la comprobación de que la literatura más artesanal puede ser ratificada por el gran público mediante el concurso de un nuevo sujeto del cambio de gusto: la vanguardia de los lectores, hoy mucho más determinante que la vanguardia de la crítica, por mal que les siente a algunos críticos empeñados en identificar al público con *el mercado* para desacreditarlo como juez. El propio Camilleri confiesa a la prensa: *Soy un escritor lanzado por el tam tam del público, no he ganado premios de resonancia. Elvira (Edit. Sellerio) no hace ninguna publicidad, y así llegaba a diez mil ejemplares porque la gente se telefoneaba y, como se aconseja una película, se aconsejaba mis libros.* Es más, algunas veces los lectores le han abordado y le han desaconsejado los próximos pasos a dar por su personaje, el comisario Salvo Montalbano, a manera de *feedback* espontáneo que merece un tratamiento en las facultades de Ciencias de la Comunicación.

«¿No has leído a Camilleri? ¿Cómo es posible que no hayas leído a Camilleri?...» dejó de ser un rumor para convertirse en *fumetto* sobre la línea del cielo de la sociedad literaria italiana. Apuesta meritoria porque sus libros aparecían en una editorial siciliana, Sellerio, prestigiada por el padrinazgo de Sciascia, pero con pocas posibilidades de competir con las grandes editoriales. De cinco mil ejemplares en cinco mil, *El perro de terracota*, *La strage dimenticata. La concesione dil telefono, Il birraio di Preston* o *La voz del violín* iban absorbiendo capas de lectores hasta forzar la pregunta ¿quién es Andrea Camilleri? Ante todo estamos ante una personalidad excéntrica con respecto a la sociedad literaria en la que casi todos tratamos de ganar el combate por KO recién cumplidos los veinte años: Camilleri alcanza el irreversible éxito lector a los 73, después de una vida profesional de la cultura, profesor de Arte Dramático, guionista y director teatral y televisivo, con logros importantes como la serie italiana dedicada a Maigret interpretada por Gino Cervi o versiones de autores italianos como *Terzetto spezzato* de Italo Svevo. Apasionado por el ámbito del 800 siciliano, autor de un bellísimo ensayo sobre la *componenda* como procedimiento de acuerdo en la cultura siciliana (*La bolla di componenda*), en 1980 publica su primera novela en Garzanti que no será un éxito hasta su reedición en Sellerio en 1997 ya en el inicio del *fenómeno Camilleri*. El escritor clarifica la vía de acceso a una estrategia personal de novela de intriga y al hallazgo del punto de vista propuesto al lector para la complicidad de la indagación: *Para escribir un* giallo *se necesita un delito y un investigador. He escogido el nombre de Montalbano porque es uno de los más comunes en Sicilia y también como homenaje a Manuel*

Vázquez Montalbán... Afirmación que recojo porque después de haber conocido a Camilleri y de haberle leído, me parece un honor inmerecido, aunque a veces, Montalbano, no Camilleri, se irrite por los gustos de Carvalho, especialmente por los gastronómicos. En cuanto a la técnica, Camilleri asume que ha destripado las novelas de Maigret para poder llevarlas a la pantalla... *Diego Fabbri me ha enseñado cómo desmontar un* giallo *de Simenon y volverlo a montar para la televisión. En mi primer libro* La forma del agua, *Montalbano era una función, no un personaje con todos sus atributos.* El perro de terracota *la he escrito para definirlo y cuando he visto que interesaba, escribí otras dos.* Camilleri va connotando los ámbitos hipotéticos sicilianos y a su propio personaje que crece novela a novela hasta poder permitirse el ejercicio de deconstrucciones de su estrategia literaria e investigadora en *Un mes con Montalbano.*

Este libro propicia una magnífica entrada en el universo de Camilleri y su personaje, a episodio por día del mes, se resuelven casos no siempre criminales pero que ponen a prueba la sagacidad psicológica y deductiva del comisario, así como su gusto por la exhibición cultural. Las referencias cultas actúan como los jeroglíficos egipcios en los poemas de Pound, ventanas abiertas a otro universo, inverosímiles para un comisario de policía real, pero perfectamente verosímiles para un comisario de policía literario, criatura al fin y al cabo construida con palabras. Camilleri juega con la doble vida culta de Montalbano obligando al lector a la complicidad de creer posible que un vagabundo se enfrasque en un diálogo de alto nivel con el funcionario del orden. Pone a prueba de esta manera el *verosímil literario* que nada tiene que ver con otros verosímiles de ficción, por ejemplo el fílmico tal como lo descodificó Edgar Morin o lo verosímil comprobable en la realidad. Camilleri justificó la escritura de los treinta relatos de *Un mes con Montalbano* por la intención de ofrecer una galería de la mentalidad siciliana y por el propósito de entretener al comisario Montalbano mediante treinta pedazos de apetitosa carne mientras el autor se concentraba en otras escrituras. La resultante es un muestrario de todas las pinceladas que componen el efecto Montalbano y una magnífica manera de abrir boca para las restantes novelas de Camilleri.

Los diseccionadores de las novelas del comisario Montalbano sitúan la intención literaria y al personaje en un espacio amplio dentro del género policiaco, tan amplio que lo desborda. Más cerca de Maigret que de Spade o de Carvalho que de cualquier investigador científico criminalista a lo Boileau-Narjeac, Camilleri confiesa los homenajes implícitos a uno y otro personaje, incluso el parentesco eufónico entre Montalbano y Montalbán, pero es preciso leer sus novelas para comprender los elementos que le acercan y le alejan de Simenon o de mis intenciones o posibilidades. De Simenon le separa una visión lúdica y culta de la indagación y de la función del mirón así como una cosmogonía sureña frente a las brumas ambientales y cerebrales de la cosmogonía simenoniana. De mi personaje o de mis novelas alquiladas a Carvalho le separa el propio sustrato de Camilleri, en ciertas notas coincidentes con el mío, pero menos condicionado por la ansiedad del escritor con voluntad de serlo y demostrarlo que a veces me ha asaltado. Montalbano exhibe su cultura sorprendente, especialmente dieciochesca y a veces las tramas se construyen en relación con un pretexto culto, en cambio Carvalho quema los libros de los que alguna vez dependió. El estilo de Camilleri está cargado de cultura e Historia, pero también de paciencia cultural e histórica, paciencia de isleño al que siempre le cuesta más que a cualquier peninsular llegar al centro del universo. Falsa distancia por otra parte, porque ya Sciascia, cuando el crítico Porzio le pregunta por qué ha hecho de Sicilia el territorio de sus novelas, el escritor le contesta: *Sicilia es el mundo*. Siciliano de origen, vinculado a la atmósfera ética, cultural y estética que ha hecho posibles a Sciascia, Bufalino y Consolo, con los que Camilleri ha compartido la obsesiva inmediatez de los cuatro puntos cardinales que envuelve a toda isla, el escritor reside en Roma y asiste a su propio éxito con una distancia senequista, en el supuesto de que Séneca además hubiera tenido sentido del humor, el espléndido sentido del humor de Andrea Camilleri.

Complejo el éxito de este autor porque sus novelas no son fáciles y requieren la complicidad de un lector culto y relativizador, por otra parte capaz de aceptar ese universo siciliano, incluso ese lenguaje siciliano sabiamente dosificado y quintaesenciado. Tampoco es fácil su estilo que traduce una manera de mirar y sancionar la realidad que habrá requerido una tensión extra por parte de la, en este caso, traductora. El éxito de Camilleri se ha debido en parte a que su literatura ha sido adoptada por el *norte lector* más inteligente, el que no demanda mercancías de un ser folclórico, sino de un asumible imaginario del sur, contradicción entre lo abstracto sublimado y las notas de concreción que lo connotan. Ha sido ese lector de *norte* cultural más que geográfico el que ha propiciado que un género como el policiaco dejara de ser un subgénero y un adjetivo para devenir estrategia de conocimiento narrativo, en el que Camilleri, a sus 73 años, se integra como una de las aportaciones más rejuvenecedoras de la sociedad literaria europea de la presente década.

El anónimo

Annibale Verruso ha descubierto que su mujer le pone los cuernos y va a encargar a alguien que la mate. ¡Si la mata, vosotros seréis los responsables!

El anónimo, escrito con letra de imprenta con un bolígrafo de tinta negra, había sido enviado desde Montelusa a la comisaría de Vigàta. El inspector Fazio, que era el encargado de repartir la correspondencia, lo leyó y se lo llevó inmediatamente a su superior, el comisario Salvo Montalbano. Como aquella mañana soplaba lebeche, el comisario estaba de un humor agrio, se odiaba a muerte y también odiaba al mundo entero.

—¿Quién coño es ese tal Verruso?

—No lo sé, comisario.

—Entérate y luego me lo cuentas.

Dos horas después, Fazio volvió a presentarse y ante la mirada de interrogación de Montalbano, soltó:

—Annibale Verruso, hijo de Carlo y de Filomena Castelli, nació en Montaperto el 3 de junio de 1960, está empleado en la cooperativa agrícola de Montelusa pero reside en Vigàta, en el número 22 de la calle Alcide De Gasperi...

El grueso volumen del listín telefónico de Palermo y su provincia, que casualmente se encontraba encima de la mesa del comisario, se levantó en el aire, atravesó la habitación y chocó contra la pared de enfrente, provocando la caída del calendario, amable obsequio de la pastelería Pantano y Torregrossa. Fazio sufría lo que el comisario llamaba «complejo de censo», algo que si lo ponía nervioso cuando hacía buen tiempo, imaginad cuando soplaba el lebeche.

—Perdone —dijo Fazio mientras iba a recoger el listín de teléfonos—. Pregunte y yo le contesto.

—¿Cómo es el tipo?

—No tiene antecedentes.

Montalbano aferró el listín de teléfonos con expresión amenazadora.

—Lo he repetido cientos de veces, Fazio. No tener antecedentes no significa nada de nada. Repito: ¿cómo es?

—Me han dicho que es un hombre tranquilo, de pocas palabras y pocos amigos.

—¿Jugador? ¿Bebedor? ¿Mujeriego?

—No.

—¿Desde cuándo está casado?

—Desde hace cinco años. Con una mujer de aquí, Serena Peritore. Tiene diez años menos que él. Dicen que es muy guapa.

—¿Le pone cuernos?

—Bah.

—Se los pone, ¿sí o no?

—Si lo hace, se las arregla para que no se sepa. Unos dicen una cosa y otros lo contrario.

—¿Tienen hijos?

—No. Dicen que él no quiere tenerlos.

El comisario lo contempló admirado.

—¿Cómo has conseguido enterarte de estas intimidades?

—Hablando en la barbería —contestó Fazio pasándose una mano por la nuca recién rasurada. En Vigàta el Salón seguía siendo el gran lugar de reunión, como en los viejos tiempos—. ¿Qué hacemos? —preguntó.

—Esperemos a que la mate y luego ya veremos —dijo Montalbano con una expresión dura que dejó helado al otro.

Con Fazio había fingido antipatía e indiferencia, pero el anónimo lo había intrigado.

Aparte de que nunca había acontecido un delito de los llamados de honor desde que vivía en Vigàta, a simple vista el asunto no lo convencía. En primer lugar, contestó a la pregunta de Fazio diciendo que había que esperar a que Verruso matase a su mujer. Había sido un error. En la carta se decía que Verruso quería *mandar* matar a la traidora; es decir, que tenía la intención de recurrir a otra persona para lavar su honor. Y esto no era lo habitual. En primer lugar, el marido al que le llegan rumores de traición, espera escondido, sigue, espía, sorprende y dispara. Y todo en primera persona, sin aguardar al día siguiente ni encargarle a un desconocido que le resuelva la papeleta. Además, ¿quién puede ser el desconocido? Un amigo no habría aceptado. ¿Un asesino a sueldo? ¿En Vigàta? ¡Bobadas! Claro que había asesinos en Vigàta, pero no estaban disponibles para trabajitos extra porque todos tenían un empleo fijo y un sueldo que pagaba con regularidad quien los contrataba. En segundo lugar, ¿quién había escrito la carta? ¿La señora Serena para parar el golpe? Pero si sospechaba de verdad que antes o después su marido iba a encargar que la mataran, ¡no perdería el tiempo escribiendo anónimos! Habría corrido a pedir ayuda a su padre, a su madre, al párroco, al obispo y al cardenal o bien se habría fugado con su amante, y si te he visto no me acuerdo.

No, se mirase por donde se mirase, la cosa no se sostenía.

Entonces se le ocurrió una idea. ¿Y si el marido había conocido en la cooperativa a un cliente de pocos escrúpulos, que en un primer momento aceptó la propuesta criminal y luego, arrepentido, escribió el anónimo para salir del atolladero?

Sin pérdida de tiempo telefoneó a la cooperativa de Montelusa y puso en práctica un recurso que ya había utilizado con éxito en los despachos públicos.

—¿Diga? ¿Quién es? —contestó alguien en Montelusa.

—Póngame con el director.

—Sí, pero ¿de parte de quién?

—¡Cristo! —aulló Montalbano, y como en el teléfono había un poco de eco, sus propios gritos le ensordecieron—. ¿Es posible que no reconozca nunca mi voz? ¡Soy el presidente! ¿Ha entendido?

—Sí, señor —contestó el otro, aterrorizado.

Transcurrieron cinco segundos.

—A sus órdenes, presidente —dijo la voz obsequiosa del director, a quien ni se le ocurrió preguntar de qué presidencia era presidente el que le estaba hablando.

—¡Me sorprende mucho su retraso! —empezó Montalbano disparando casi a ciegas.

Casi, porque en una oficina siempre hay diligencias atrasadas o no despachadas, como se dice en el lenguaje burocrático.

—Presidente, perdone, pero no comprendo...

—¿No comprende? ¡Por Dios, me refiero a los informes! —Montalbano se imaginó la cara atónita del director, las gotitas de sudor en la frente—. ¡Los informes del personal que espero desde hace más de un mes! —ladró el presidente, y siguió, implacable—: ¡Quiero saberlo todo! ¡Edad, categoría, tarea, contribución, todo! ¡No quiero que se repita nunca más el caso Sciarretta!

—Nunca más —repitió como un eco el director, que no tenía ni idea de quién era Sciarretta.

Montalbano tampoco, porque había elegido el nombre al azar.

—¿Qué me dice de Annibale Terruso?

—Verruso, con V, señor presidente.

—No importa, es él. Ha habido quejas, reclamaciones. Al parecer tiene por costumbre frecuentar...

—¡Calumnias! ¡Calumnias infames! —interrumpió con inesperada firmeza el director—. ¡Annibale Verruso es un empleado modelo! Se encarga de la contabilidad interna, no tiene ninguna relación con...

—Es suficiente —cortó imperioso el presidente—. Espero los informes en veinticuatro horas.

Colgó el auricular. Si el director de la cooperativa ponía la mano en el fuego por su empleado Annibale Verruso, ¿cómo había conseguido éste un asesino a sueldo con tanta facilidad?

Llamó a Fazio.

—Oye, me voy a comer. Volveré al despacho hacia las cuatro. A esa hora quiero que me lo cuentes todo sobre la familia Verruso. Desde el bisabuelo hasta la séptima generación futura.

—¿Y cómo lo hago?

—Ve a otro barbero.

El árbol genealógico de los Verruso hundía sus raíces en un terreno abonado con respetabilidad y virtudes domésticas y cívicas: un tío coronel de la Benemérita, otro también coronel del cuerpo de Aduanas y casi rozaba la santidad con un hermano del bisabuelo, monje benedictino en proceso de beatificación. Difícil encontrar a un asesino escondido entre las hojas de ese árbol.

—¿Alguien conoce a un tal Annibale Verruso? —preguntó el comisario a sus hombres tras haberlos convocado.

—¿Ese que trabaja en la cooperativa de Montelusa? —preguntó Germanà para evitar equivocaciones.

—Sí.

—Lo conozco.

—Quiero verlo.

—Muy fácil, comisario. Mañana, que es domingo, irá como de costumbre a misa de doce con su esposa.

—Allí están —dijo Germanà a las doce menos cinco en punto, cuando las campanas ya habían dado el último toque para llamar a misa.

Annibale Verruso tendría unos treinta y siete años, pero aparentaba cincuenta bien llevados. Un poco más bajo que la media, vientre prominente, una calvicie que sólo le había dejado cabello alrededor de la parte baja de la cabeza, manos y pies diminutos, gafas con montura de oro, aspecto afligido.

«Parece el vivo retrato del futuro beato, el monje benedictino hermano del bisabuelo», pensó Montalbano. Pero sobre todo, aquel hombre irradiaba una paciente imbecilidad. «Guárdate del cornudo paciente», decía el refrán. Cuando el cornudo paciente pierde la paciencia se vuelve peligroso y está dispuesto a todo. ¿Era el caso de Annibale Verruso? No. Porque si uno pierde la paciencia, la pierde de

golpe, no reflexiona sobre que la va a perder, tal como de-
nunciaba el anónimo.

En cuanto a la mujer, la señora Serena Peritore de
Verruso, el comisario tuvo la certeza más absoluta de que
le ponía los cuernos al marido, y en abundancia. Lo
llevaba escrito en la manera de mover el culo, en el ímpetu con que sacudía los larguísimos cabellos negros,
pero sobre todo en la mirada que lanzó a Montalbano
cuando se sintió observada, los ojos como cañones de
lupara.

Era mora, bella y traidora, como dice la canción.

—Dicen que lo engaña.

—Unos dicen que sí, otros dicen que no —contestó
Germanà con prudencia.

—Y los que dicen que sí, ¿saben con quién se acuesta la
señora?

—Con Agrò, el aparejador. Pero...

—Habla.

—Mire, comisario, no se trata de unos simples cuernos. Serena Peritore y Giacomino Agrò se amaban desde
que eran niños y...

—... y jugaban a médicos.

El comentario fastidió a Germanà. Quizá para él la
historia de amor entre Serena y Giacomino era tan apasio-
nante como una telenovela.

—La familia quiso que se casara con Annibale Verruso,
porque era un buen partido.

—Y después de la boda Giacominc y Serena han seguido viéndose.

—Eso parece.

—Pero haciendo las cosas que normalmente hacen los
mayorcitos —concluyó Montalbano con perfidia.

Germanà no contestó.

・ ・ ・

A la mañana siguiente se despertó pronto, con una idea que le machacaba el cerebro. La respuesta la obtuvo a la media hora de llegar al despacho y se la proporcionó el ordenador de la comisaría de Montelusa.

Cinco días antes de que llegara el anónimo, Annibale Verruso había comprado una Beretta 7,65 con su caja de municiones. Cuando la registró, dado que no poseía permiso de armas, declaró que la guardaría en una casita de veraneo, muy solitaria, que poseía en la comarca de Monterussello.

Un hombre con dotes de lógica habría llegado a la conclusión de que Annibale Verruso, al no ser capaz de contratar a un asesino, había decidido limpiar él mismo el honor mancillado por la hermosa traidora.

Salvo Montalbano poseía una lógica que a veces fallaba y empezaba a girar enloquecida. Por esta razón, ordenó a Fazio que llamara por teléfono a la cooperativa agraria de Montelusa: en cuanto finalizara el trabajo de la mañana, el señor Annibale Verruso tenía que presentarse sin pérdida de tiempo en la comisaría de Vigàta.

—¿Qué pasa? —preguntó Verruso muy agitado.

Fazio, que había recibido las órdenes oportunas de Montalbano, le contó un cuento.

—Se trata de establecer si usted no es usted. ¿Me explico?

—La verdad, no...

—Quizá usted es usted. En caso contrario, no. ¿Me explico?

Colgó el auricular, ignorante de haber desencadenado un estado de angustia pirandelliana en la cabeza del pobre empleado de la cooperativa.

···

—Señor comisario, me han dicho por teléfono que venga corriendo y lo he hecho en cuanto he podido —dijo Verruso jadeando, mientras tomaba asiento ante el escritorio de Montalbano—, pero no he entendido nada.

Había llegado el momento más difícil, el de jugar la partida y lanzar los dados. El comisario dudó un segundo y luego inició el farol.

—¿Sabe que todo ciudadano tiene la obligación de denunciar un delito?

—Sí, creo que sí.

—No es que usted lo crea, es que es cierto. ¿Por qué no ha denunciado el robo en su casa de campo de Monterussello?

Annibale Verruso se ruborizó y se agitó en la silla que, de pronto, le resultó muy incómoda. Montalbano sintió entonces que unas campanas repicaban en el interior de su cabeza y sonaban a gloria. Había acertado, el farol había dado resultado.

—Dado el escaso valor del daño sufrido, mi mujer ha considerado no...

—Su esposa no tenía por qué considerar nada, sino denunciar el robo. Veamos, dígame cómo sucedió todo. Estamos investigando porque ha habido otros robos en la zona.

Annibale Verruso sufrió un ataque de tos. El tono áspero del comisario le había secado la garganta. Luego explicó cómo había sucedido todo.

—Hace quince días, un sábado, fuimos mi señora y yo a nuestra casa de Monterussello con la intención de quedarnos allí hasta el domingo por la tarde. En cuanto llegamos, observamos que habían forzado la puerta de la casa.

23

Habían robado el televisor, que era viejo, en blanco y negro, y una radio portátil, que era nueva. Arreglé la puerta lo mejor que pude pero Serena, mi mujer, no se quedó tranquila y quiso que volviéramos a Vigàta. Hasta me dijo que no pondría nunca más un pie en aquella casa si no encontraba algo para defenderla. Me obligó a comprar una pistola.

Montalbano frunció el entrecejo.

—¿La ha registrado? —inquirió con expresión muy severa.

—Claro, lo hice enseguida —repuso el otro con sonrisa de ciudadano escrupuloso. Y hasta se permitió un chistecito—: Y lo gracioso es que no sé cómo se utiliza.

—Puede irse.

Salió corriendo, como la liebre cuando el cazador ha fallado el primer disparo.

Pasadas las siete y media de la mañana, Annibale Verruso salió del portal de la calle De Gasperi 22, subió apresuradamente al coche y se encaminó a la cooperativa agraria de Montelusa.

El comisario Montalbano se apeó de su automóvil y echó una ojeada a la tarjeta del telefonillo: «Verruso, interior 15.» A primera vista, supuso que el apartamento estaba en el tercer piso. La puerta no cerraba bien y le bastó empujarla un poco para que se abriera; entró y cogió el ascensor. El cálculo había sido correcto: los Verruso vivían en el tercer piso. Hizo sonar el timbre.

—¿Se puede saber qué has olvidado ahora? —exclamó desde el interior una enojada voz femenina.

Se abrió la puerta y, al ver a un desconocido, la señora Serena se llevó una mano al pecho para cerrarse la bata. Un instante después intentó cerrar la puerta, pero el pie del comisario se interpuso.

—¿Quién es usted? ¿Qué quiere?

No parecía en absoluto preocupada o asustada. Estaba espléndida con sus ojos verdes de loba y emanaba tal olor a mujer y a cama que Montalbano sufrió un ligero vértigo.

—No se preocupe, señora.

—No me preocupo en absoluto, sólo que a estas horas no me apetece que me toquen los cojones.

Quizá la señora Verruso no fuera tan señora, después de todo.

—Soy el comisario Montalbano.

Ni un sobresalto, apenas un gesto de irritación.

—¡Menuda murga! ¿Viene por ese robo de nada?

—Sí, señora.

—Anoche mi marido me dio la lata con el cuento ese de que usted lo había llamado. Se asustó tanto que a punto estuvo de cagarse en los pantalones.

La señora Serena era cada vez más fina.

—¿Puedo entrar?

La señora se apartó haciendo una mueca y luego lo acompañó hasta una salita decorada con unos horripilantes muebles imitación siglo XVIII y lo invitó a sentarse en un incómodo sillón con relucientes dorados. Ella tomó asiento en el de enfrente.

De pronto sonrió, los ojos estriados con vetas de luz negra, esa que hace que el blanco brille con un tono violáceo. Los dientes fueron un contenido relámpago.

—He sido desagradable y vulgar. Le ruego que me perdone.

Estaba claro que había decidido seguir otra estrategia. Sobre la mesita había una pitillera y un encendedor enorme de plata maciza. Se inclinó, cogió la pitillera, la abrió y se la tendió al comisario. Durante el movimiento perfectamente calculado se le desbocó la parte superior de la bata, que puso al descubierto dos tetas pequeñas pero aparentemente tan duras que Montalbano habría jurado que con ellas se podían cascar nueces.

—¿Qué quiere de mí? —inquirió en voz baja, clavando en él sus ojos negros mientras seguía sosteniendo la pitillera abierta.

La muda invitación fue evidente: estoy dispuesta a darte todo lo que desees. Montalbano hizo un gesto de rechazo, y no sólo estaba rechazando el cigarrillo. Ella cerró la pitillera, la volvió a dejar encima de la mesita y siguió observando al comisario de arriba abajo, con la bata abierta.

—¿Cómo se ha enterado del robo de Monterussello?

La muy audaz había ido directa al punto más débil de la celada que Montalbano había tendido a su marido.

—He puesto una trampa —contestó el comisario—, y su marido ha caído en ella.

—Ah —exclamó enderezándose en el asiento.

Las tetas desaparecieron como por arte de magia. Por un momento, sólo por un momento, el comisario lamentó la desaparición. Quizá fuera mejor salir de aquella casa lo antes posible.

—¿Tengo que explicarle, con pelos y señales, cómo he llegado a la conclusión de que tenía la intención de matar a su marido? ¿O puedo ahorrarme el esfuerzo?

—Ahórreselo.

—Tenía pensada una buena puesta en escena, ¿verdad?

—Podía haber funcionado.

—Corríjame si me equivoco. Una de las noches que van a dormir a Monterussello, usted despierta a su marido diciendo que ha oído un ruido sospechoso fuera y lo convence para que coja el arma y salga. En cuanto él está fuera, usted, desde dentro, le asesta un buen golpe en la cabeza. El aparejador Agrò se quita el disfraz de falso ladrón y se pone el verdadero de asesino. Dispara a su marido con la pistola que usted le ha obligado a comprar, lo mata y desaparece. Luego usted contará que a su pobre marido el ladrón lo cogió por sorpresa, lo desarmó y lo mató. La cosa debía de ir más o menos así, ¿no?

—Más o menos.

—Usted entiende que esto es sólo una simple conversación, palabras que se las lleva el viento. No tengo nada concreto para enviarla a la cárcel.

—Lo he comprendido perfectamente.

—Y también ha entendido que si le sucede algo malo a Annibale Verruso, la primera persona que va a la cárcel es usted seguida de su amiguito Giacomino. Rece a su Dios para que no sufra ni el menor dolor de vientre, porque la acusaré de quererlo envenenar.

La advertencia de Montalbano le entró a la señora Serena por un oído y le salió por el otro.

—¿Me despeja una duda, comisario?

—Evidentemente.

—¿En qué me he equivocado?

—Se ha equivocado enviándome el anónimo.

—¡¿Yo?! —casi gritó ella.

Montalbano se puso nervioso.

—¿De qué anónimo habla?

Estaba completa y sinceramente sorprendida. El comisario también se sorprendió: ¿no había sido ella?

Se miraron, perplejos.

—El anónimo en el que se decía que su marido quería matarla porque había descubierto su traición —explicó con un esfuerzo Montalbano.

—Pero yo nunca he...

La señora Serena se interrumpió de golpe, hizo un movimiento brusco y la bata se desbocó por completo. Montalbano entrevió suaves colinas, valles ocultos, lujuriantes praderas. Cerró los ojos, pero el golpe del enorme encendedor contra un cuadrito que representaba unas montañas nevadas, le obligó a abrirlos enseguida.

—¡Ha sido esa cabeza de chorlito de Giacomino! —gritó la, llamémosla, señora—. ¡El muy cagueta se ha rajado! —La pitillera rompió un jarrón que había encima de una repisa—. ¡Ese mierda se ha echado atrás y ha montado el cuento del anónimo!

Cuando la mesita hizo añicos los cristales del balcón, el comisario ya estaba fuera y cerraba a sus espaldas la puerta de la casa de los Verruso.

El arte de la adivinación

En Vigàta, la fiesta de Carnaval nunca ha tenido mucho sentido. Para los mayores, naturalmente, porque no organizan bailes de máscaras ni cenas especiales. Para los pequeños es harina de otro costal, porque recorren el paseo arriba y abajo pavoneándose con sus trajes inspirados en la televisión. Ya no se encuentran disfraces de Pierrot o de Topolino aunque se paguen a precio de oro, el Zorro sobrevive, pero hacen furor Batman e intrépidos astronautas con resplandecientes escafandras espaciales.

Aquel año, sin embargo, la fiesta de Carnaval tuvo sentido al menos para un adulto: el profesor Gaspare Tamburello, director del instituto local Federico Fellini, de muy reciente creación, como se deducía por el nombre que le habían puesto.

—¡Anoche intentaron matarme! —proclamó el director, entrando y tomando asiento en el despacho de Montalbano.

El comisario lo miró atónito. No por la dramática afirmación, sino por el curioso fenómeno que se manifestaba en su semblante, y que pasaba, sin solución de continuidad, del lívido de la muerte al rojo del pimiento.

«A éste le da un síncope», pensó Montalbano.

—Señor director, no se ponga nervioso y cuéntemelo todo. ¿Quiere un vaso de agua?

—¡No quiero nada! —rugió Gaspare Tamburello. Se enjugó el rostro con un pañuelo y a Montalbano le sorprendió que los colores de la piel no hubieran teñido la tela—. ¡Ese cabrón lo dijo y lo ha hecho!

—Oiga, señor director, tranquilícese y cuéntemelo todo desde el principio. Dígame cómo ha sucedido exactamente.

El director Tamburello hizo un esfuerzo evidente para dominarse y empezó.

—¿Ya sabe, comisario, que tenemos un ministro de Educación que es comunista? Ese que quiere que en las escuelas se estudie a Gramsci. Y yo me pregunto: ¿por qué Gramsci sí y Tommaseo, no? ¿Puede decírmelo usted?

—No —repuso con sequedad el comisario, que ya estaba perdiendo la paciencia—. ¿Quiere empezar por los hechos?

—Bien, pues para adecuar el instituto que tengo el honor de dirigir a las nuevas normas del ministerio, ayer me quedé a trabajar en mi despacho hasta medianoche.

En el pueblo todos conocían el motivo de las excusas del director para no volver a casa: allí, como una tigresa en su guarida, le esperaba Santina, su mujer, más conocida en el instituto como Jantipa. Bastaba la mínima ocasión para enfurecer a Jantipa. Entonces los vecinos oían los gritos, las ofensas y los insultos que la terrible mujer dirigía a su marido. Si volvía pasada la medianoche, Gaspare Tamburello esperaba encontrarla dormida y ahorrarse la consabida escena.

—Siga, por favor.

—Apenas había abierto el portal de casa cuando escuché un estallido muy fuerte y vi una llamarada. Hasta oí claramente unas risitas.

—¿Y qué hizo usted?

—¿Qué quería que hiciera? Eché a correr escaleras arriba. Olvidé coger el ascensor. Estaba muy asustado.

—¿Se lo contó a su esposa? —inquirió el comisario, que cuando se lo proponía sabía ser perverso.

—No. ¿Por qué? La pobre estaba durmiendo.

—Y usted vio la llamarada.

—Naturalmente. —En el semblante de Montalbano apareció una expresión de duda y el director se dio cuenta—. ¿No me cree?

—Le creo. Pero es extraño.

—¿Por qué?

—Porque si alguien, pongamos por caso, le dispara por la espalda, usted oye el disparo, pero no puede ver la llamarada. ¿Me explico?

—Pues yo la vi, ¿de acuerdo?

El color lívido de la muerte y el rojo del pimiento se fundieron en un verde aceituna.

—Antes me ha dado a entender que conoce a quien le disparó.

—Sé perfectamente quién lo hizo. Y estoy aquí para presentar una denuncia formal.

—Espere, no corra. Según usted, ¿quién ha sido?

—El profesor Antonio Cosentino.

Claro. Directo.

—¿Lo conoce?

—¡Qué pregunta! ¡Da clases de francés en el instituto!

—¿Y por qué querría hacerlo?

—¡No utilice el condicional! Porque me odia. No soporta mis continuas amonestaciones, mis notas de demérito. Pero ¿qué puedo hacer? ¡Para mí el orden y la disciplina son un imperativo categórico! En cambio, el profesor Cosentino se burla de ellos. Llega tarde a las reuniones del claustro, discute casi siempre todo lo que digo, se ríe, adopta aires de superioridad, subleva a sus compañeros contra mí.

—¿Y usted cree que es capaz de matar?

—¡Ah! ¡Ah! Usted me hace gracia. ¡Ése no sólo es capaz de matar, sino también de cosas peores! —«¿Es que hay algo peor que matar?», pensó el comisario. Descuartizar el cadáver del muerto, quizá, y comerse la mitad con caldo y la otra mitad al horno con patatas—. ¿Sabe qué ha hecho? —siguió diciendo el director—. ¡He visto con mis propios ojos cómo invitaba a fumar a una alumna!

—¿Hierba?

Gaspare Tamburello, asombrado, exclamó apenas con un balbuceo:

—¡No, hierba no! ¿Por qué tendrían que fumar hierba? Le estaba ofreciendo un cigarrillo.

El señor director vivía fuera del tiempo y del espacio.

—Si no he entendido mal, hace un momento ha dicho que el profesor lo había amenazado.

—Amenazarme, amenazarme, no. Me lo dijo como quien no quiere la cosa, haciendo ver que bromeaba.

—Con orden, por favor.

—Bien. Hará unos veinte días, la profesora Lopane invitó a todos sus compañeros al bautizo de su nieta. Yo no pude excusarme, ¿sabe? No me gusta que los jefes y los subordinados confraternicen, siempre hay que mantener ciertas distancias.

Montalbano lamentó que el tirador, si es que había un tirador, no hubiera tenido mejor puntería.

—Luego, como siempre sucede en estos casos, todos los del instituto nos encontramos reunidos en una habitación. Los profesores más jóvenes organizaron un juego. En un momento dado, el profesor Cosentino dijo que poseía el arte de la adivinación. Aseguró que no necesitaba observar el vuelo de las aves o las vísceras de un animal. Le bastaba con mirar fijamente a una persona para ver con claridad su destino. La profesora suplente Ángelica Fecarotta, que es un poco cabeza loca, pidió que le adivinara el futuro. El profesor Cosentino le predijo grandes cambios en el amor. ¡Vaya cosa! Todos sabíamos que la suplente, novia de un dentista, lo traicionaba con el protésico y que el dentista, antes o después, se enteraría. Con gran solaz...

Cuando escuchó la palabra solaz, Montalbano no pudo más.

—¡Ah, no, señor director, nos eternizamos! Cuénteme sólo lo que el profesor le dijo. O, mejor, le predijo.

—Como todos le insistían para que me adivinara el futuro, me miró fijamente, tanto rato que se hizo un silencio de muerte. Mire, comisario, se había creado una atmósfera que con sinceridad...

—¡Por Dios, olvide la jodida atmósfera!

El director era un hombre de orden y obedecía las órdenes.

—Me dijo que el 13 de febrero me salvaría de un ataque, pero que dentro de tres meses ya no estaría con ellos.

—Algo ambiguo, ¿no le parece?

—¡Ambiguo! Ayer era día 13, ¿no? Me dispararon, ¿sí o no? Por lo tanto no se refería a un ataque de apoplejía, sino a un ataque con pistola.

La coincidencia inquietó al comisario.

—Mire, señor director, procederemos de esta manera: haré unas cuantas investigaciones y luego, si es necesario, le pediré que presente la denuncia.

—Si usted lo manda, así lo haré. Pero quisiera ver enseguida a ese bribón en la cárcel. Hasta la vista.

Al fin se marchó.

—¡Fazio! —llamó Montalbano.

Pero en lugar de Fazio se asomó de nuevo a la puerta el director. Esta vez su semblante tiraba a amarillo.

—¡Olvidaba la prueba más importante!

Detrás del profesor Tamburello apareció Fazio.

—Mande.

El director continuó, impertérrito:

—Esta mañana, al venir hacia aquí para presentar la denuncia, he visto que en el portal del edificio en el que vivo, arriba, a la izquierda, hay un agujero que antes no estaba. Allí debe de haberse incrustado el proyectil. Investiguen.

Y salió.

—¿Sabes dónde vive Tamburello? —preguntó Montalbano a Fazio.

—Sí.

—Ve a echar un vistazo a ese agujero del portal y luego me lo cuentas. Espera, antes llama por teléfono al instituto. Que te pongan con el profesor Cosentino y le dices que quiero verlo hoy después de almorzar, a las cinco.

Montalbano volvió al despacho a las cuatro menos cuarto, un poco molesto por la digestión de un pescado a la plancha tan fresco, que había recuperado la facultad de nadar en su estómago.

—Hay un orificio —le contó Fazio—, pero es muy reciente; la madera está viva. No lo ha causado un proyectil; parece hecho con un cortaplumas. Y no hay ningún rastro de la bala. Tengo una opinión.

—Dila.

—No creo que hayan disparado al director. Estamos en Carnaval; quizá algún niñato con ganas de jugarle una mala pasada le haya tirado un petardo.

—Es posible. Pero ¿cómo explicas el orificio?

—Lo habrá hecho el director, para que crea las gilipolleces que ha venido a contarle.

Se abrió la puerta bruscamente y golpeó contra la pared. Montalbano y Fazio se sobresaltaron. Era Catarella.

—Está aquí el profesor Cosentintino, que dice que quiere hablar personalmente, en persona.

—Hazlo pasar.

Fazio salió y entró Cosentino.

Durante la fracción de un segundo, el comisario se quedó fuera de juego. Se esperaba un individuo en camiseta, tejanos y voluminosas Nikes en los pies; en cambio, el profesor vestía un traje gris con corbata. Hasta poseía un aire melancólico y mantenía la cabeza ligeramente inclinada hacia el hombro izquierdo. Los ojos, sin embargo, eran astutos, inquietos. Montalbano fue directo al grano, le contó la acusación del director y le advirtió que no era una broma.

—¿Por qué no?

—Porque usted adivinó que el día 13 el director sería objeto de una especie de atentado y es lo que ha sucedido.

—Pero comisario, si es cierto que le han disparado, ¿cree que yo hubiera sido tan estúpido para anunciarlo delante de tantos testigos? ¡Habría sido lo mismo disparar e irme directamente a la cárcel! Se trata de una desgraciada coincidencia.

—Mire, su razonamiento no me convence.

—¿Por qué?

—Porque puede que no sea tan estúpido y sí más listo para decirlo, hacerlo y después venir aquí a asegurarme que no ha podido hacerlo porque lo había pronosticado.

—Es cierto —admitió el profesor.

—¿Cómo se explica, entonces?

—¿Cree de verdad que poseo dotes adivinatorias, que puedo hacer predicciones? Como mucho, en lo que se refiere al director, podría hacer, ¿cómo lo diría...? Retroadivinaciones. Y serían tan ciertas como la muerte.

—Explíquese.

—Si nuestro querido director hubiera vivido en la época fascista, ¿no cree que habría sido un buen mando? De aquellos con uniforme de lana áspera, botas altas y el pájaro en la gorra que saltaban dentro de círculos de fuego. Seguro.

—¿Quiere hablar en serio?

—Comisario, ¿no conoce una deliciosa novela del siglo XVIII que se titula *El diablo enamorado*...?

—De Cazotte —lo interrumpió el comisario—. La he leído.

El profesor se recuperó enseguida del ligero estupor.

—Cierta noche, Jacques Cazotte se encontraba con unos amigos célebres y adivinó con exactitud el día de su muerte. Bien...

—Oiga, profesor, ya conozco la anécdota, la he leído en Gérard de Nerval.

El profesor se quedó boquiabierto.

—¡Caramba! ¿Cómo sabe estas cosas?

—Leyendo —replicó el comisario con brusquedad. Y aún más serio añadió—: Este asunto no tiene ni pies ni cabeza. No sé si han disparado contra el director o si se trataba de un petardo.

—Petardito, petardito —dijo con desprecio el profesor.

—Mire, profesor, si dentro de tres meses le sucede algo al director Tamburello, lo consideraré a usted responsable.

—¿Aunque coja la gripe? —aventuró Antonio Cosentino, sin asomo de desconcierto.

Y sucedió lo que tenía que suceder.

Al director Tamburello le indignó mucho que el comisario no aceptara la denuncia y que no esposara a quien, según su criterio, era el responsable. Y empezó a dar una serie de pasos en falso. Durante el primer consejo de profesores, con un talante a la vez severo y dolorido, comunicó al consternado auditorio que había sido víctima de un atentado del que había escapado milagrosamente por intercesión (así constaba en el orden del día) de la Virgen y del Deber Moral, del que era esforzado defensor. Durante el discursito, no dejó de mirar con clara intención al profesor Antonio Cosentino, que reía a carcajadas. El segundo paso en falso consistió en confiar el asunto al periodista Pippo Ragonese, corresponsal de Televigàta, que tenía al comisario entre ceja y ceja. Ragonese lo contó a su modo, afirmó que Montalbano, al no proceder contra el autor material del atentado, estaba favoreciendo la delincuencia. El resultado fue muy sencillo: mientras Montalbano se carcajeaba, todo Vigàta se enteró de que alguien había disparado contra Tamburello.

También se enteró la esposa del director, que hasta entonces había estado a oscuras de todo el asunto, cuando un día encendió el televisor para ver el noticiario de las doce y media. El director, ignorante de que su mujer lo sabía todo, se presentó a comer a las trece treinta. Todos los vecinos estaban en las ventanas y en los balcones para disfrutar un rato. Jantipa insultó a su marido y lo acusó de tener secretos con ella, le dijo que era un cagado que se dejaba disparar como un cagado cualquiera y acusó al desconocido de tener, literalmente, «una puntería de mierda». Después de una hora de aporreamiento, los vecinos vieron al director salir precipitadamente del portal, como hace el conejo cuando el hurón lo acosa en la madriguera. Volvió a la escuela y encargó que le llevaran un bocadillo a su despacho.

Hacia las seis de la tarde, como siempre, las mentes más especulativas del pueblo se reunieron en el café Castiglione.

—Es un cabrón —empezó el farmacéutico Luparello.

—¿Quién? ¿Tamburello o Cosentino? —preguntó el contable Prestìa.

—Tamburello. No dirige el instituto, lo gobierna, es una especie de monarca absoluto. Se dedica a joder a todo el que no se doblega a su voluntad. Recordad que el año pasado expulsó a toda la clase de segundo C porque los alumnos no se levantaron inmediatamente cuando entró en el aula.

—Es verdad —intervino Tano Pisciotta, comerciante de pescado al por mayor. Y añadió, bajando la voz hasta convertirla en un soplo—: Y no olvidemos que entre los chicos de segundo C expulsados estaban el hijo de Giosuè Marchica y la hija de Nenè Gangitano.

Se hizo un silencio reflexivo y preocupado.

Marchica y Gangitano eran personas entendidas, a las que no se podía hacer un desaire. ¿Y expulsar a sus hijos no era un desaire?

—¡Ya no se trata de antipatía entre el director y el profesor Cosentino! ¡La cosa es mucho más seria! —concluyó Luparello.

Precisamente en ese momento entró el director. No captó la atmósfera que su presencia suscitaba, cogió una silla y la acercó a la mesa. Pidió un café.

—Lo siento, pero tengo que volver a casa —dijo inmediatamente el contable Prestìa—. Mi mujer tiene un poco de fiebre.

—Yo también tengo que irme, espero una llamada telefónica en el despacho —dijo a su vez Tano Pisciotta.

—Mi mujer también está un poco febril —afirmó el farmacéutico Luparello, que tenía escasa fantasía.

En un visto y no visto, el director se encontró solo ante el velador. Por si acaso, era mejor no dejarse ver a su lado. Corrían el riesgo de que Marchica y Gangitano se formaran una falsa opinión de su amistad con el profesor Tamburello.

Una mañana, mientras estaba comprando en el mercado, la esposa del farmacéutico Luparello se acercó a la señora Tamburello.

—¡Qué valiente es usted, señora! ¡Yo, en su lugar, me habría escapado o habría echado a mi marido de casa!

—¿Por qué?

—¿Cómo que por qué? ¿Y si los que dispararon y se equivocaron deciden asegurarse y ponen una bomba detrás de la puerta de su apartamento?

Aquella misma noche el director se trasladó al hotel. Pero la hipótesis de la señora Luparello prosperó de tal manera, que las familias Pappacena y Lococo, que vivían en el mismo rellano, cambiaron de casa.

El director Tamburello, al límite de la resistencia física y mental, solicitó y obtuvo el traslado. Al cabo de tres meses «ya no estaba con ellos», como había adivinado el profesor Cosentino.

• • •

—¿Me despeja una duda? —preguntó el comisario Montalbano—. ¿Qué fue el disparo?

—Un petardo —repuso tranquilo Cosentino.

—¿Y el agujero encima del portal?

—¿Me creerá si le digo que no lo hice yo? Debió de ser una casualidad o lo hizo él para dar crédito a la denuncia contra mí. Era un hombre destinado a quemarse en su propio fuego. No sé si sabe que hay una comedia, griega o romana, no lo recuerdo, titulada *El atormentador de sí mismo*, en la que...

—Sólo sé una cosa —lo interrumpió Montalbano— y es que no quisiera tenerle a usted como enemigo.

Y era sincero.

Las siglas

Calòrio no se llamaba Calòrio, pero en Vigàta lo conocían con este nombre. Llegó al pueblo no se sabía de dónde unos veinte años atrás, con un par de pantalones que tenían más agujeros que tela, atados a la cintura con una cuerda y una chaqueta hecha de remiendos, a lo arlequín, y descalzo pero con los pies limpísimos. Vagabundeaba pidiendo limosna con discreción, sin molestar, sin asustar a las mujeres y a los pequeños. Toleraba bien el vino cuando podía hacerse con una botella, de tal manera que nadie lo vio nunca borracho: y con ocasión de algunas festividades el vino corría a litros.

Al poco tiempo Vigàta lo adoptó, el padre Cannata le proporcionaba zapatos y trajes usados, en el mercado nadie le negaba un poco de pescado o de verduras, y un médico lo visitaba gratis y le pasaba bajo mano las medicinas cuando las necesitaba. En general estaba bien de salud, a pesar de que, a primera vista, debía de haber superado ya los setenta. Por la noche dormía bajo los pórticos del ayuntamiento, y en invierno se resguardaba del frío con dos viejas mantas que le regalaron. Sin embargo, hace cinco años cambió de casa. En la solitaria playa, al oeste, en la parte opuesta a la que iba la gente a bañarse, habían dejado varados los restos de una embarcación de pesca. Desmantelada al poco tiempo, sólo quedaba el casco. Calòrio tomó posesión de la embarcación y se instaló en el espacio donde estuvo el motor. Durante el día, si hacía buen tiempo, se acomodaba en cubierta. A leer. Por esto los paisanos lo llamaban Calòrio: el santo patrono de Vigàta, al que todos querían, creyentes y no creyentes, era un fraile de piel oscura con un libro en la mano. Calòrio tomaba los libros prestados de la biblioteca municipal. La señorita Melluso, la bibliotecaria, aseguraba que nadie mejor que Calòrio sabía cuidar un libro y devolverlo con puntualidad. Lee de todo, informaba la señorita Melluso: Pirandello y Manzoni, Dostoievski y Maupassant...

El comisario Salvo Montalbano, que solía dar largos paseos unas veces por el muelle y otras por la playa oeste, que tenía la virtud de estar siempre desierta, un día se detuvo a hablar con él.

—¿Qué está leyendo?

El hombre, claramente molesto, no levantó los ojos del libro.

—*Urfaust*—fue la sorprendente respuesta. Y dado que el inoportuno no sólo no se había marchado, sino que se había quedado atónito, decidió finalmente levantar la vista—. En la traducción de Liliana Scalero —añadió amablemente—, un poco pasada, pero en la biblioteca no tienen otras. Hay que contentarse.

—Yo lo tengo en la versión de Manacorda —dijo el comisario—. Si quiere se lo presto.

—Gracias. ¿Quiere sentarse? —preguntó el hombre haciéndole un sitio en el saco sobre el que estaba sentado.

—No, tengo que volver al trabajo.

—¿Dónde?

—Soy el comisario de policía del pueblo; me llamo Salvo Montalbano.

Le tendió la mano y el otro se levantó, alargándole la suya.

—Me llamo Livio Zanuttin.

—Por su acento, parece siciliano.

—Vivo en Sicilia desde hace más de cuarenta años, pero nací en Venecia.

—Perdone la pregunta, pero ¿por qué un hombre como usted, culto, educado, se ha visto reducido a vivir de este modo?

—Usted es policía y siente una curiosidad innata. No diga «reducido»; se trata de una libre elección. Renuncié. Renuncié a todo: decencia, honor, dignidad, virtud, cosas que los animales ignoran, gracias a Dios, en su feliz inocencia. Me liberé de...

—Me está enredando —interrumpió Montalbano—. Me contesta con las palabras que Pirandello pone en la boca del mago Crotone. Además, los animales no leen.

Se sonrieron.

Así empezó una extraña amistad. De vez en cuando Montalbano iba a su encuentro y le llevaba regalos: algún libro, una radio y, como Calòrio no sólo leía sino que también escribía, una reserva de bolígrafos y cuadernos. Si se le sorprendía escribiendo, Calòrio guardaba enseguida el cuaderno en un bolsón repleto. En cierta ocasión que de pronto rompió a llover, Calòrio le dio refugio en el interior del cuarto del motor, cubriendo la escotilla con un trozo de hule. Allá abajo todo estaba limpio y ordenado. De un trozo de cuerda tensado de pared a pared colgaban algunas perchas con las pobres ropas del mendigo que hasta había construido una repisa para apoyar los libros, las velas y una lámpara de petróleo. Dos sacos le servían de cama. La única nota de desorden era una veintena de botellas de vino vacías amontonadas en un rincón.

• • •

Y ahora Calòrio yacía boca abajo en la arena, al lado de los despojos de la embarcación, con un corte profundo en la nuca, asesinado. Lo había descubierto el vigilante de noche de la fábrica de cemento próxima, cuando volvía a su casa a primera hora de la mañana. El vigilante llamó a comisaría por su teléfono móvil y no se movió de allí hasta que llegó la policía.

El asesino se había llevado todo lo que había en la habitación de Calòrio, el antiguo cuarto del motor: la ropa, el bolsón, los libros. Sólo las botellas vacías seguían en su sitio. El comisario se preguntó si existían en Vigàta personas tan desesperadas como para robar los miserables enseres de otro desesperado.

Calòrio, herido de muerte, de algún modo consiguió bajar del casco del pesquero y caer en la arena, donde intentó escribir, con el dedo índice de la mano derecha, tres letras inciertas. Por fortuna la noche anterior había lloviznado y la arena estaba compacta; sin embargo, las letras no se leían bien.

Montalbano se volvió hacia Jacomuzzi, el jefe de la policía científica, un hombre capaz, sí, aunque dominado por un jodido exhibicionismo.

—¿Podrás decirme exactamente lo que el pobrecillo intentó escribir antes de morir?

—Desde luego.

El doctor Pasquàno, el médico forense, hombre de carácter difícil pero muy competente en su trabajo, buscó por teléfono a Montalbano hacia las cinco de la tarde. Sólo pudo confirmar lo que ya había dicho por la mañana tras un primer reconocimiento del cadáver.

Según su reconstrucción de los hechos, entre la víctima y el asesino debió de producirse una violenta lucha hacia la medianoche del día anterior. Calòrio recibió un puñetazo en plena cara y cayó hacia atrás golpeándose en la cabeza con el guindaste oxidado que antes servía para colgar las redes de pesca: de hecho estaba manchado de sangre. El agresor creyó que el mendigo estaba muerto, arrampló con todo lo que había bajo cubierta y escapó. Al poco rato Calòrio se recuperó un momento e intentó bajar de la embarcación, pero, aturdido y perdiendo sangre, cayó en la arena. Siguió vivo unos cuatro o cinco minutos más, durante los cuales se las ingenió para escribir aquellas tres letras. Según Pasquàno, no había dudas: el homicidio fue intencionado.

—Estoy completamente seguro de no equivocarme —aseguró categóricamente Jacomuzzi—. Cuando iba a morir, el pobrecillo intentó escribir unas siglas. Se trata de una P, de una O y de una E. Unas siglas, tan cierto como la muerte —hizo una pausa—. ¿No podría tratarse de Partido Obrero Europeo?

—¿Y qué coño es eso?

—Pues no lo sé; hoy todo el mundo habla de Europa... A lo mejor es un partido subversivo europeo...

—Jacomù, ¿has perdido la chaveta?

¡Qué demostraciones de ingenio hacía Jacomuzzi! Montalbano colgó el auricular sin darle las gracias. Unas siglas. ¿Qué había querido decir o indicar Calòrio? ¿Algo que se refería al puerto, quizá? ¿Punto de Observación Este? ¿Playa Opuesta Exterior? No, meterse a jugar a las adivinanzas no tenía sentido; aquellas tres letras podían significar todo o nada. Sin embargo, para Calòrio en trance de muerte escribir aquellas siglas en la arena tuvo suma importancia.

Hacia las dos de la madrugada, mientras dormía, alguien le dio una especie de puñetazo en la cabeza. En alguna ocasión ya se había despertado de esta manera: estaba seguro de que durante el sueño, una parte de su cerebro permanecía en vigilia pensando en algún problema. Y en un momento determinado lo llamaba a la realidad. Se levantó, corrió al teléfono y marcó el número de Jacomuzzi.

—¿Escribió los puntos?

—¿Quién es? —preguntó Jacomuzzi, pillado por sorpresa.

—Soy Montalbano. ¿Escribió los puntos?

—Seguro —contestó Jacomuzzi.

—¿Qué significa «seguro»? Seguro es que voy ahora a tu casa, te rompo los cuernos y tienen que darte diez puntos en la cabeza. Jacomù, ¿crees que te llamo por teléfono a estas horas de la noche sólo para escuchar tus estupideces? Estaban los puntos, ¿sí o no?

—¿Qué puntos, Virgen santa?

—Entre la P y la O y entre la O y la E.

—¡Ah! ¿Hablas de lo que escribió en la arena? No, no había puntos.

—Entonces, ¿por qué coño me has dicho que eran unas siglas?

Colgó apresuradamente el teléfono y corrió a la estantería, esperando que el libro que buscaba estuviera en su sitio. El libro estaba allí: *Cuentos*, de Edgar Allan Poe. No eran unas siglas, era el nombre de un escritor lo que Calòrio había escrito en la arena, un mensaje destinado a Montalbano, porque era el único que podía entenderlo. La primera narración del libro se titulaba «El manuscrito encontrado en una botella», y para el comisario fue suficiente.

* * *

A la luz de la linterna eléctrica los ratones, desconcertados, huían por todas partes. Soplaba un fuerte viento frío y el aire, al pasar a través de la tablazón desensamblada, producía en ciertos momentos una queja que parecía de voz humana. En el interior de la botella número quince, Montalbano vio lo que buscaba: un rollo envuelto en papel verde oscuro, perfectamente mimetizado con el color del vidrio. Calòrio era un hombre inteligente. El comisario puso al revés la botella, pero el rollo no salió; se había atascado. En lugar de marcharse de allí lo antes posible, Montalbano salió del cuarto del motor, subió al puente y se dejó caer en la arena como había hecho, aunque no por propia voluntad, el pobre Calòrio.

Al llegar a su casa de Marinella, dejó la botella encima de la mesa y se quedó un rato mirándola, degustando la curiosidad como un vicio solitario. Cuando ya no pudo más, cogió un martillo de la caja de las herramientas y dio un solo golpe, seco, preciso. La botella se rompió en dos partes, casi sin fragmentos. El rollo estaba envuelto en un trozo de papel verde rizado, del que emplean los floristas para cubrir las macetas.

Si estas líneas acaban en las manos adecuadas, bien; en caso contrario, paciencia. Será la última de mis muchas derrotas. Me llamo Livio Zanuttin, o al menos éste es el nombre que me asignaron, porque soy inclusero. En el registro civil consta que nací en Venecia el 15 de enero de 1923. Hasta los diez años estuve en un orfanato de Mestre. Luego me trasladaron a un colegio de Padua, donde hice mis estudios. En 1939, cuando tenía dieciséis años, ocurrió algo que trastornó mi vida. En el colegio había un chico de mi misma edad, Carlo Z., que era en todo y para todo una chica y de buen grado se prestaba a satisfacer nuestros primeros deseos juveniles. Los encuentros tenían lugar por la noche, en un subterráneo al que se accedía por una trampilla situada en la despensa. Carlo negaba tenazmente sus favores solamente a un muchacho de nuestro dormitorio: Attilio C. Le resultaba antipático. Cuanto más se negaba Carlo, más rabioso se ponía Attilio por aquel rechazo que consideraba inexplicable. Una tarde quedé de acuerdo con Carlo para encontrarnos en el subterráneo a las doce y media (nos retirábamos a las diez de la noche y las luces se apagaban un cuarto de hora después). Cuando llegué, a la luz de la vela que Carlo siempre encendía vi un espectáculo tremendo: el muchacho yacía en el suelo, los pantalones y los calzoncillos bajados, en medio de un charco de sangre. Había sido acuchillado hasta la muerte tras ser forzado. Trastornado por el horror, di la vuelta para escaparme de allí y me encontré ante Attilio, que me amenazaba con el cuchillo. Su mano izquierda sangraba; se había herido mientras mataba a Carlo.

—Si hablas —me dijo—, acabarás como él.

Y yo callé, por cobardía. Y lo bueno es que del pobre Carlo no se supo nada más. Seguramente alguien del colegio, al descubrir el homicidio, ocultó el cadáver: quizá uno de los vigilantes que mantuvo relaciones ilícitas con Carlo actuó así por temor al escándalo. Quién sabe por qué razón, días después, cuando vi a Attilio tirar a la basura la gasa ensangrentada, la recogí. He pegado un trocito en la última página; ignoro para qué servirá. En 1941 me llamó el ejército, combatí, y en 1943 fui hecho prisionero en Sicilia por los Aliados. Me liberaron tres años después, pero mi vida ya estaba marcada, y contarla aquí no sirve de nada. Un encadenamiento de errores, uno detrás del otro: quizá, digo quizá, el remordimiento por aquella remota cobardía, el desprecio hacia mí mismo por haber callado. Hace una semana, aquí en Vigàta, he visto por casualidad a Attilio y lo he reconocido enseguida. Era domingo e iba a la iglesia. Lo he seguido, he preguntado y me he enterado de todo sobre él: Attilio C. ha venido a visitar a su hijo, que es director de la fábrica de cemento. Attilio está jubilado pero es administrador delegado de Saminex, la mayor industria conservera de Italia. Anteayer fui a su encuentro y me detuve ante él.

—Hola, Attilio —le dije—, ¿me recuerdas?

Me miró durante un rato, me reconoció y dio un respingo. En los ojos negros apareció la misma mirada de aquella noche en el subterráneo.

—¿Qué quieres?

—Ser tu conciencia.

No lo habrá creído y pensará que tengo la intención de vengarme. Uno de estos días, o de estas noches, dará señales de vida.

Habían dado las cinco de la mañana; era inútil irse a la cama. Permaneció mucho rato bajo la ducha, se afeitó, se vistió y se sentó en el banco de la terracita a contemplar el mar que se rizaba lentamente, como una respiración tranquila. Se había preparado una cafetera napolitana de cuatro tazas: de vez en cuando se levantaba, entraba en la cocina, llenaba la taza y volvía a sentarse. Estaba contento por su amigo Calòrio.

Encontró la dirección en el listín de teléfonos. A las ocho en punto hizo sonar el telefonillo del doctor Eugenio Comaschi. Le respondió una voz masculina.

—¿Quién es?

—Entrega a domicilio.

—Mi hijo no está.

—No importa, puede firmar cualquiera.

—Tercer piso.

Cuando el ascensor se detuvo, un viejo distinguido esperaba en el rellano vestido con un pijama. En cuanto Attilio Comaschi vio al comisario, desconfió, comprendió enseguida que aquel hombre nada tenía que ver con entregas a domicilio, sobre todo porque no llevaba nada en la mano.

—¿Qué desea? —preguntó el viejo.

—Entregarle esto —respondió Montalbano sacando del bolsillo el cuadradito de gasa manchado de marrón oscuro.

—¿Qué porquería es ésa?

—Es un pedazo de la venda con la que usted, hace cincuenta y ocho años, se envolvió la herida que se hizo al matar a Carlo.

Dicen que hay balas que cuando hieren a un hombre lo desplazan tres o cuatro metros hacia atrás. Fue como si uno de estos proyectiles le hubiera dado en el pecho porque el viejo chocó literalmente contra la pared. Luego, se recuperó lentamente y hundió la cabeza en el pecho.

—No quería matar a Livio —dijo Attilio Comaschi.

Par condicio

Cuando Montalbano llegó recién nombrado a la comisaría de Vigàta, su colega saliente le hizo saber, entre otras cosas, que el territorio de Vigàta y sus alrededores era objeto de contencioso entre dos «familias» mafiosas, los Cuffaro y los Sinagra. Ambas intentaban poner fin a la larga disputa recurriendo, no a las instancias con papel sellado, sino a mortíferos disparos de lupara.

—¿Lupara? ¿Todavía? —se sorprendió Montalbano, porque aquel sistema le pareció arcaico en unos tiempos en los que las metralletas y los Kaláshnikov se adquirían en los mercadillos locales por cuatro cuartos.

—Es que los dos jefes de la familia local son tradicionalistas —le explicó su colega—. Don Sisìno Cuffaro ha rebasado los ochenta, mientras que don Balduccio Sinagra ha cumplido ochenta y cinco. Debes comprenderlos, están apegados a los recuerdos de juventud y la escopeta de caza se encuentra entre los más queridos. Don Lillino Cuffaro, hijo de don Sisìno, que pasa de los sesenta, y don Masino Sinagra, el hijo cincuentón de don Balduccio, están impacientes, querrían suceder a sus progenitores y modernizarse, pero están atados a los padres que todavía son capaces de correrlos a bofetadas en medio de la plaza.

—¿Bromeas?

—En absoluto. Los dos viejos, don Sisìno y don Balduccio, son personas juiciosas, siempre quieren ir empatados. Si uno de la familia Sinagra mata a uno de la familia Cuffaro, puedes poner la mano en el fuego que al cabo de una semana uno de los Cuffaro dispara a uno de los Sinagra. De uno en uno solamente.

—Y ahora ¿a cuánto están? —preguntó Montalbano como si de un deporte se tratara.

—Seis a seis —respondió su colega con seriedad—. Ahora toca tirar a puerta a los Sinagra.

Cuando el comisario llevaba dos años en Vigàta, el partido se había detenido por el momento en ocho a ocho. Dado que el balón correspondía de nuevo a los Sinagra, el 15 de diciembre, después de una llamada telefónica de uno que no quiso identificarse, se encontró en Zagarella el cadáver de Titìllo Bonpensiero. El hombre, a pesar de su apellido («buen pensamiento»), tuvo la mala idea de dar un paseo matutino y solitario por aquel desolado claro cubierto de retama, piedras y accidentado por desniveles. El lugar ideal para que te maten. Titìllo Bonpensiero, muy relacionado con los Cuffaro, tenía treinta años, se dedicaba oficialmente a la venta de casas y hacía dos años que se había casado con Mariuccia Di Stefano. Naturalmente los Di Stefano eran carne y uña con los Cuffaro, porque en Vigàta la historia de Romeo y Julieta pasaba por lo que era, una pura y simple leyenda. La boda de una Cuffaro con un Sinagra (y viceversa) era un acontecimiento inimaginable, como de ciencia ficción.

Durante el primer año de servicio en Vigàta, Salvo Montalbano, que no había querido abrazar la escuela de pensamiento de su predecesor («deja que se maten entre ellos, no te entrometas, todo eso salimos ganando nosotros y las personas honestas»), se metió de hoz y coz en la investigación de aquellos homicidios y salió con los cuernos quemados.

Nadie veía nada, nadie oía nada, nadie sospechaba, nadie imaginaba, nadie conocía a nadie.

—Por eso Ulises, en tierras de Sicilia, le dijo al cíclope que se llamaba Nadie —desbarró un día el comisario ante aquella espesa niebla.

Así, cuando le comunicaron que en Zingarella se había encontrado el cadáver de uno de la familia Cuffaro, envió a su segundo Mimì Augello.

Y todos en el pueblo se dispusieron a esperar la próxima e inevitable muerte de un Sinagra.

El 22 de diciembre Cosimo Zaccaria, que era un apasionado de la pesca, llegó con la caña y los gusanos a la punta del muelle de poniente cuando todavía no eran las siete de la mañana. Tras media hora de pesca con cierta fortuna, seguramente se sintió molesto por la aparición de una ruidosa motora que se dirigía al puerto a gran velocidad. Pero no enfilaba directamente la bocana desde mar abierto, sino que ponía proa a la punta del muelle de poniente, decidida, al parecer, a espantar con su estrépito a los peces que Cosimo esperaba. Cuando estuvo a unos diez metros de estrellarse contra el rompeolas, la motora viró y volvió a mar abierto: Cosimo Zaccaria yacía de bruces encajonado entre dos escollos, con el pecho desgarrado por la escopeta.

En cuanto se supo la noticia, el pueblo entero se quedó atónito, como atónito se quedó también el comisario Montalbano.

¿No pertenecía Cosimo Zaccaria a la familia Cuffaro, lo mismo que Titillo Bonpensiero? ¿Por qué los Sinagra habían matado a dos Cuffaro, uno tras otro? ¿Cabía la posibilidad de un error en la cuenta? Y si no había error, ¿por qué los Sinagra decidieron no respetar las reglas?

Ahora estaban diez a ocho y no había duda de que los Cuffaro iban a nivelar el resultado. Se presentaba un mes de enero frío, lluvioso y con dos Sinagra que ya se podían considerar muertos a todos los efectos. De ello se volvería a hablar después de las fiestas de Navidad porque existía una tregua tácita desde el 24 de diciembre hasta el 6 de enero. Después de la Epifanía se reemprendería el partido.

El silbato del árbitro, que no escucharon los vigateses pero sí los miembros de los dos equipos, debió de sonar la noche del 7 de enero. Michele Zummo, propietario de una modélica granja de pollos en la zona de Ciavolotta, fue localizado al día siguiente, ya cadáver, en medio de más de un millar de huevos rotos por los perdigones de la escopeta o por la caída del cuerpo de Zummo, que se había derrumbado en medio.

Mimì Augello le contó a su superior que la sangre, el cerebro, las yemas y las claras estaban tan mezclados que se habría podido hacer una tortilla para trescientas personas sin que nadie hubiera logrado distinguir entre Zummo y los huevos.

Diez a nueve: las cosas se estaban equilibrando y el pueblo se sintió más seguro. Michele Zummo era de los Sinagra, muerto a escopetazos, como era tradicional.

Ahora le tocaba el turno a uno del equipo Sinagra y luego volvería la *par condicio*.

54

···

El 2 de febrero, corto y amargo, Pasqualino Fichèra, comerciante de pescado al por mayor, fue sorprendido por un tiro de escopeta cuando volvía a casa a la una de la madrugada. Cayó al suelo herido y habría podido salir de la situación si no se hubiese puesto a dar voces en lugar de fingirse muerto:

—¡Muchachos, os habéis equivocado! ¡No nos toca a nosotros!

Lo oyeron en las casas vecinas pero nadie se asomó, y Pasqualino Fichèra, alcanzado de pleno por un segundo disparo, pasó a mejor vida, como se suele decir, con la duda atroz de que había sido víctima de una equivocación. De hecho pertenecía a los Cuffaro: orden y tradición imponían que, para empatar, debían matar a otro Sinagra. Fue esto lo que quiso decir cuando lo hirieron. Ahora los Sinagra llevaban ventaja: once a nueve.

El pueblo perdió la cabeza.

En cambio, el último homicidio y la frase que pronunció Pasqualino Fichèra hicieron que Montalbano viera las cosas con mayor claridad. Empezó a razonar partiendo de una convicción que sólo era instintiva: que no había existido un error en las cuentas ni de una parte ni de la otra. Una mañana, razona que te razona, se persuadió de la necesidad de pasar un rato charlando con el doctor Pasquàno, el médico forense que tenía su despacho en Montelusa. Era viejo, lunático y grosero, pero Montalbano no se hacía mala sangre y Pasquàno encontró un hueco de una hora después de comer.

—Titillo Bonpensiero, Cosimo Zaccaria, Michele Zummo, Pasqualino Fichèra —enumeró el comisario.

—¿Y qué?

—¿Sabe que tres de ellos pertenecen a la misma familia y sólo uno a la adversaria?

—No, no lo sabía. Y, además, no me importa en absoluto. Convicciones políticas, confesiones religiosas, afiliaciones, todavía no son objeto de investigación en una autopsia.

—¿Por qué ha dicho «todavía no»?

—Porque estoy seguro de que dentro de pocos años habrá aparatos tan sofisticados que a través de la autopsia se podrá establecer hasta la ideología política. Pero vayamos al grano, ¿qué quiere?

—En estos cuatro muertos, ¿no ha encontrado alguna anomalía? No sé...

—Pero ¿qué se ha creído? ¿Que sólo me ocupo de sus muertos? ¡Tengo a mis espaldas toda la provincia de Montelusa! ¿Sabe que los fabricantes de ataúdes de estas tierras se han construido villas en las Maldivas?

Abrió un gran fichero metálico, extrajo cuatro carpetas, las leyó atentamente, devolvió tres a su lugar y la cuarta se la entregó a Montalbano.

—Entérese de que la copia exacta de esta ficha la envié, a su debido tiempo, a su despacho de Vigàta.

Lo que significaba: ¿por qué no lees las cosas que te mando en lugar de venir a tocarme los cojones a Montelusa?

—Gracias y disculpe las molestias —dijo el comisario tras echar una rápida ojeada al informe.

Mientras conducía de vuelta a Vigàta, la rabia por el papelón que había hecho delante del forense le salía a Montalbano por las narices, humeantes como las de un toro enfurecido.

—¡Mimì Augello, a mi despacho! —gritó apenas entró en el despacho.

—¿Qué quieres? —preguntó Augello cinco minutos después, poniéndose a la defensiva a la vista del semblante del comisario.

—Simple curiosidad, Mimì. Con los informes que manda el doctor Pasquàno ¿envuelves los salmonetes o te limpias el culo?

—¿Por qué?

—Al menos ¿los lees?

—Claro.

—Explícame entonces por qué no me has dicho nada de lo que el doctor escribió a propósito del cadáver de Titillo Bonpensiero.

—¿Y qué escribió? —preguntó Augello con expresión seráfica.

—Mira, hagamos una cosa. Ahora te vas a tu despacho, coges el informe, lo lees y luego vuelves aquí. Mientras tanto intentaré calmarme o de otro modo acabaremos a bofetadas.

Cuando volvió al despacho de su superior, Augello tenía el semblante sombrío, mientras que el del comisario estaba bastante más sereno.

—¿Y? —preguntó Montalbano.

—Soy un estúpido —admitió Mimì.

—Sobre eso hay unanimidad. —Mimì Augello no reaccionó—. Pasquàno —siguió diciendo Montalbano— plantea claramente la sospecha de que, dada la poca sangre que se encontró en el lugar, Bonpensiero fue asesinado en otra parte y luego llevado al claro de Zingarella, donde le dispararon cuando ya era cadáver desde hacía algunas horas. Un tiro de escopeta casi a quemarropa, entre el cuello y el mentón. En resumen, un teatro, una puesta en escena. ¿Por qué? Según Pasquàno, porque a Bonpensiero lo estrangularon mientras dormía; el escopetazo no logró borrar las huellas del estrangulamiento, como esperaban. Y ahora, Mimì, ¿qué idea te has formado tras haberte dignado echar un vistazo al informe?

—Que si las cosas están así, este homicidio no entra en la praxis.

Montalbano le lanzó una mirada de admiración y fingió que se quedaba estupefacto.

—A veces, Mimì, tu inteligencia me asusta. ¿Ya está? ¿No entra en la praxis y basta?

—Quizá... —aventuró Augello, pero se detuvo.

Se quedó con la boca abierta, porque el pensamiento le sorprendió a él antes que a nadie.

—Vamos, habla, que no voy a comerte.

—Quizá los Sinagra no tengan nada que ver con la muerte de Bonpensiero.

Montalbano se levantó, se le acercó, le cogió las mejillas con las manos y le dio un beso en la frente.

—¿Ves como cuando te estimulan el culito con perejil consigues hacer caquitas?

—Comisario, me ha enviado recado de que quería verme uno de estos días, pero me he apresurado a venir. No porque tenga nada que temer, sino por la gran estima que le profesamos mi padre y yo.

Don Lillino Cuffaro, regordete, calvo, un ojo entreabierto, vestido de cualquier manera, a pesar de su aspecto humilde poseía una especie de secreto atractivo. Era un hombre de mando, de poder, y no lograba ocultarlo del todo.

Montalbano ignoró el cumplido, como si no lo hubiera escuchado.

—Señor Cuffaro, ya sé que tiene muchos asuntos que atender y no le haré perder el tiempo. ¿Cómo está la señora Mariuccia?

—¿Quién?

—La señora Mariuccia, la hija de su amigo Di Stefano, la viuda de Titillo Bonpensiero.

Don Lillino Cuffaro abrió la boca como para decir algo y luego la cerró. Estaba desconcertado, no esperaba un ataque por ese flanco. Pero se recuperó.

—Cómo quiere que esté, pobre mujer; se casó hace tan sólo dos años y ahora encontrarse con el marido muerto de ese modo...

—¿De qué modo? —preguntó Montalbano, el semblante inocente como el de un angelote.

—Me..., me han dicho que recibió un tiro —repuso vacilante don Lillino. Comprendió que caminaba sobre un terreno minado. Montalbano era una estatua—. ¿No? —preguntó don Lillino Cuffaro. El comisario alzó el dedo índice derecho, lo movió de izquierda a derecha y viceversa. Ahora tampoco habló—. Y entonces ¿cómo fue?

Esta vez Montalbano se dignó contestar.

—Estrangulado.

—¿Qué me dice? —protestó don Lillino.

Sin embargo, se veía que no era muy bueno haciendo teatro.

—Si se lo digo yo, debe creerme —repuso muy serio el comisario, aunque se estaba divirtiendo. Se hizo un silencio. Montalbano contemplaba el bolígrafo que tenía en la mano como si fuera un objeto misterioso que veía por primera vez—. Cosimo Zaccaria cometió una gran equivocación —continuó el comisario Montalbano poco después.

Dejó el bolígrafo encima del escritorio renunciando definitivamente a entender lo que era.

—¿Y qué tiene que ver el bueno de Cosimo Zaccaria?

—Tiene que ver, tiene que ver.

Don Lillino se agitó en la silla.

—Según usted, y sólo por hablar, ¿cuál fue su equivocación?

—Sólo por hablar, endosar a los Sinagra el asesinato que él cometió. Pero los Sinagra hicieron saber a quien entendiera que ellos nada tenían que ver con esa historia. Entonces los de la otra parte, convencidos de la no implicación de los Sinagra, investigan en su casa. Y descubren algo que, si se sabe, los puede cubrir de vergüenza. Corríjame si me equivoco, señor Cuffaro...

—No entiendo cómo podría corregirle en una cosa que...

—Déjeme acabar. Veamos, Mariuccia Di Stefano y Cosimo Zaccaria son amantes desde hace tiempo. Lo hacen tan bien que nadie sospecha su relación, ni la familia ni fuera de casa. Después, es tan sólo una hipótesis mía, Titillo Bonpensiero empieza a olerse algo y agudiza la vista y los oídos. Mariuccia se alarma y advierte a su amante. Juntos organizan un plan para liberarse de Titillo y que la culpa recaiga sobre los Sinagra. Una noche, mientras el marido duerme profundamente, la señora se levanta de la cama, abre la puerta y Cosimo Zaccaria entra...

—Deténgase —dijo de pronto don Lillino levantando una mano.

Le fastidiaba oír la historia. Sorprendido, Montalbano vio ante él a otra persona, transformada. Los hombros derechos, el ojo sano como la hoja de un cuchillo, el rostro duro y decidido: un jefe.

—¿Qué quiere de nosotros?

—Ustedes ordenaron la muerte de Cosimo Zaccaria para devolver la calma a la familia. —Don Lillino no pronunció ni una sílaba—. Bien, quiero que el asesino de Cosimo Zaccaria venga a entregarse. Y también quiero a Mariuccia Di Stefano como cómplice de la muerte de su marido.

—Tendrá pruebas de todo lo que me ha dicho.

Era el último muro de defensa, que el comisario derribó enseguida.

—En parte sí y en parte no.

—¿Puedo saber entonces por qué me ha molestado?

—Sólo para decirle que tengo la intención de hacer algo peor que exhibir unas pruebas.

—¿Y?

—A partir de mañana mismo empiezo la investigación de los homicidios de Bonpensiero y Zaccaria a toque de tambor, hago que la sigan paso a paso las televisiones locales y los periódicos y mantengo una conferencia de prensa un día sí y el otro no. Os putearé. Los Sinagra se mearán de risa cuando os vean por la calle. Os putearé de tal manera que no sabréis dónde esconderos para ocultar la vergüenza. Sólo tendré que decir cómo han ido las cosas y perderéis el respeto de todos. Porque diré que en vuestra familia no existe la obediencia, que reina la anarquía, que quien tiene ganas de follar, folla con quien se le antoja, mujeres casadas o solteras, que se puede matar libremente cuando, como y a quien se quiere...

—Deténgase... —dijo nuevamente don Lillino.

Se levantó, se inclinó ligeramente ante el comisario y salió.

• • •

Tres días más tarde, Vittorio Lopresti, de la familia Cuffaro, se entregó y declaró haber matado a Cosimo Zaccaria porque no se portó bien como socio suyo en unos negocios.

A la mañana siguiente, Mariuccia Di Stefano, completamente vestida de negro, salió pronto de casa y, con paso apresurado, llegó hasta la punta del muelle de poniente. Estaba sola, pero muchos la observaron. Cuando llegó debajo del faro, tal como dijo Pippo Sutera, testigo ocular, la mujer hizo la señal de la cruz y se tiró al mar. Pippo Sutera se lanzó tras ella para salvarla, pero aquel día el mar estaba grueso.

«La convencieron para que se suicidara porque no tenía otra salida», pensó Montalbano.

En el pueblo todos creyeron que Mariuccia Di Stefano se había matado porque no soportaba la pérdida de su adorado marido.

Amor

Michela Prestìa era hija de una familia a la que le faltaba de todo. La madre fregaba las escaleras del ayuntamiento y el padre, que era temporero en el campo, se había quedado ciego al estallarle una bomba de mano abandonada durante la guerra. La muchacha, a medida que crecía, se hacía cada vez más hermosa, y los vestiditos agujereados que llevaba, poco más que harapos pero limpísimos, no conseguían esconder toda la gracia que Dios le había dado. Morena, los ojos siempre brillantes con una especie de alegría de vivir a pesar de la necesidad, había aprendido sola a leer y a escribir. Soñaba con ser dependienta en uno de aquellos grandes almacenes que la fascinaban. A los quince años, ya una mujer hecha y derecha, se escapó de casa para ir detrás de un vendedor ambulante que recorría los pueblos con una furgoneta vendiendo utensilios de cocina, vasos, platos y cubiertos. Un año después volvió a casa y sus padres hicieron como si nada hubiera ocurrido. Tenían una boca más que alimentar. Durante los cinco años siguientes muchos hombres de Vigàta, solteros o casados, la tomaron y la abandonaron o fueron abandonados, pero siempre sin tragedias ni peleas. La vitalidad de Michela conseguía justificar, convertir en natural cada cambio de pareja. A los veintidós años se trasladó a una casa del anciano doctor Pisciotta, quien la hizo su mantenida y la colmó de regalos y de dinero. La buena vida de Michela duró sólo tres años: el doctor murió en sus brazos y la viuda utilizó a los abogados, que se llevaron todo lo que le había regalado el médico y la dejaron con una mano delante y otra detrás. Apenas seis meses después, Michela conoció al contable Saverio Moscato. Al principio parecía una historia como las otras, pero en el pueblo pronto se dieron cuenta de que las cosas eran muy diferentes.

Saverio Moscato, empleado en la fábrica de cemento, era un treintañero de buena presencia, hijo de un ingeniero y de una profesora de latín. Muy apegado a la familia, no dudó en dejarla en cuanto los padres, al enterarse del asunto, le llamaron la atención por tener relaciones con una muchacha que era el escándalo del pueblo. Sin decir esta boca es mía, Saverio alquiló una casa junto al puerto y se instaló allí con Michela. Vivían bien, pues el contable no disponía sólo del sueldo, ya que un tío suyo le había dejado tierras y negocios. Pero, sobre todo, lo que sorprendía a la gente era que Michela, que con los otros siempre había mantenido una actitud de libertad e independencia, ahora sólo tenía ojos para su Saverio, estaba pendiente de sus palabras, hacía siempre lo que él quería, no se rebelaba. Y en cuanto a Saverio, sucedía lo mismo: estaba atento a todos los deseos de Michela, incluidos los que sólo manifestaba con una mirada. Cuando salían de casa para ir de paseo o al cine, caminaban tan abrazados como si estuvieran despidiéndose para siempre. Y se besaban en cuanto podían y también cuando no podían.

—No hay vuelta de hoja —comentó el aparejador Smecca, que había sido amante de Michela durante un breve tiempo—. Están enamorados. Y el caso es que me gusta. Espero que dure. Michela se lo merece; es una chica estupenda.

Saverio Moscato, que había procurado por todos los medios no alejarse de Vigàta a fin de no dejar sola a Michela, tuvo que trasladarse a Milán por asuntos de su trabajo en la fábrica de cemento y permanecer allí diez días. Antes de salir del pueblo, fue desesperado a ver a Pietro Sanfilippo, el único amigo que tenía.

—Al fin y al cabo —lo consoló el amigo—, diez días no son una eternidad.

—Para mí y para Michela, sí.

—¿Por qué no te la llevas?

—No quiere venir. Nunca ha salido de Sicilia. Dice que una gran ciudad como Milán la asustaría si no estaba siempre a mi lado. ¿Qué hago? Debo asistir a reuniones, tengo citas de trabajo...

Durante la estancia de Saverio en Milán, Michela no salió de casa; nadie la vio por la calle. Pero lo más curioso fue que cuando el contable volvió, la chica no apareció más a su lado. Quizá los días que había estado alejada de su amor habían hecho que enfermara de melancolía.

Un mes después de la vuelta de Saverio Moscato, la madre de Michela se presentó ante el comisario Montalbano. Pero no la movía la preocupación de madre.

—Mi hija Michela no me ha dado la mensualidad que me pasa.

—¿Le daba dinero?

—Sí. Todos los meses. Doscientas o trescientas mil liras, según. Siempre fue una buena hija.

—¿Y qué quiere de mí?

—Fui a su casa y encontré al contable. Me dijo que Michela ya no vivía allí, que cuando volvió de Milán no la encontró en casa. Hasta me enseñó las habitaciones. Nada, de Michela ni siquiera quedaba un vestido. Ni unas bragas, dicho sea con perdón.

—¿Y qué le dijo el contable? ¿Cómo explicó la desaparición?

—Él tampoco se la explicaba. Dijo que Michela, siendo como era, se habría escapado con otro hombre. Pero no lo creo.

—¿Por qué?

—Porque estaba enamorada del contable.

—¿Y qué quiere que haga yo?

—No sé... Hablar con el contable. Quizá a usted le diga lo que sucedió de verdad.

Montalbano esperó a encontrarse con el contable por casualidad; no quería que las preguntas que iba a hacerle parecieran oficiales. Un día, después de comer, lo vio sentado solo, tomándose una menta, en el café Castiglione.

—Buenos días. Soy el comisario Montalbano.

—Sé quién es.

—Quisiera tener una charla con usted.

—Siéntese. ¿Quiere tomar algo?

—Me tomaría un helado.

El contable pidió el helado.

—Dígame, comisario.

—Créame si le digo que me siento algo cohibido, señor Moscato. El otro día fue a verme la madre de Michela Prestìa. Dice que su hija ha desaparecido.

—Es cierto.

—¿Quiere explicármelo mejor?

—¿A título de qué?

—Usted vive, o vivía, con Michela Prestìa, ¿no?

—¡No hablaba de mí! Preguntaba a título de qué se interesa usted por el asunto.

—Bueno, como la madre fue...

—Me parece que Michela es mayor de edad. Es libre de hacer lo que le pase por la cabeza. Se ha marchado y ya está.

—Perdone, pero quisiera saber más.

—Fui a Milán y ella no quiso ir conmigo. Aseguraba que una gran ciudad como Milán le daba miedo, le producía desasosiego. Ahora creo que se trataba de una excusa para quedarse sola y preparar la fuga. Durante los primeros siete días que permanecí fuera, nos llamábamos por la mañana y por la noche. La mañana del octavo día me contestó de mal humor, dijo que..., que ya no aguantaba estar sin mí. Aquella misma noche, cuando la llamé por teléfono, no contestó. No me preocupé, pensé que se habría tomado un somnífero. A la mañana siguiente sucedió lo mismo y me intranquilicé. Le pedí a mi amigo Sanfilippo que fuera a echar un vistazo. Me llamó poco después y me dijo que la casa estaba cerrada, que había pulsado el timbre durante un rato sin obtener respuesta. Pensé que había sucedido algo, una desgracia. Entonces llamé a mi padre, al que antes de partir le había dejado un juego de llaves. Abrió la puerta. Nada; no sólo no había huella alguna de Michela, sino que faltaban sus cosas, todo. Hasta el lápiz de labios.

—Y usted ¿qué hizo?

—¿Quiere saberlo? Me eché a llorar.

. . .

¿Por qué cuando hablaba de la fuga de la mujer amada y de su llanto desesperado sus ojos no delataban tristeza, sino que brillaban con una sosegada satisfacción? Cierto que intentaba poner cara de circunstancias, pero no lo conseguía del todo: de las cenizas que se esforzaba por introducir en la mirada emergía, a traición, una llamita de júbilo.

—Comisario —dijo Sanfilippo—, ¿qué quiere que le diga? Estoy desconcertado. Mire, para darle una idea: cuando Saverio volvió de Milán, pedí tres días de permiso. Puede preguntarlo en el despacho, si no me cree. Pensé que estaría desesperado por la huida de Michela, quería estar a su lado en todo momento, tenía miedo de que hiciera alguna tontería. Estaba demasiado enamorado. Fui a la estación y bajó del tren fresco como una lechuga. Esperaba lágrimas, lamentos... En cambio...

—¿En cambio?

—Mientras veníamos en coche de Montelusa a Vigàta, se puso a cantar en voz baja. Siempre le ha gustado la ópera lírica. Tiene una bonita voz y canturreaba «*Tu che a Dio spiegasti l'ali*». Me quedé helado; hasta pensé que se debía a la impresión. Por la noche fuimos a cenar juntos y comió tranquilo y sereno. A la mañana siguiente volví al despacho.

—¿Hablaron de Michela?

—¡En absoluto! Era como si aquella mujer nunca hubiera existido en su vida.

—¿Se enteró de si se habían peleado, qué sé yo, de alguna discusión...?

—¡Qué va! ¡Se amaban, siempre estaban de acuerdo!

—¿Se tenían celos?

Pietro Sanfilippo no contestó enseguida; tuvo que pensar un poco la respuesta.

—Ella no. Él sí, pero a su manera.

—¿En qué sentido?

—En el sentido de que no estaba celoso del presente, sino del pasado de Michela.

—Mala cosa.

—Oh, sí. Son los celos peores, no tienen remedio. Una tarde que estaba de muy mal humor, salió con una frase que recuerdo perfectamente: «Todos lo han obtenido todo de Michela; ya no hay nada que pueda darme que sea nuevo, virgen.» Quise replicarle que si las cosas estaban así, había escogido a la mujer equivocada, con demasiado pasado. Pero consideré que era mejor el silencio.

—Usted, señor Sanfilippo, era amigo de Saverio antes de que conociera a Michela, ¿verdad?

—Cierto, tenemos la misma edad, nos conocemos desde párvulos.

—Piénselo bien. Si consideramos el periodo de Michela como un paréntesis, ¿observa algún cambio en su amigo entre el antes y el después?

Pietro Sanfilippo lo meditó.

—Saverio no ha sido nunca un tipo abierto, inclinado a manifestar lo que siente. Es callado, dado con frecuencia a la melancolía. Las únicas veces que lo he visto feliz han sido cuando estaba con Michela. Ahora es más cerrado, me evita. El sábado y el domingo los pasa en el campo.

—¿Tiene una casa en el campo?

—Sí, por Belmonte, en el distrito de Trapani; se la dejó su tío. Antes no quería poner el pie allí. Y ahora, ¿me despeja una duda?

—Si está en mi mano...

—¿Por qué se interesa tanto en la desaparición de Michela?

—Su madre vino a verme.

—¿Ésa? A ésa le importa un comino. ¡Sólo le interesa el dinero que le pasaba Michela!

—¿Y no le parece un buen motivo?

—Comisario, no soy tonto. Hace más preguntas sobre Saverio que sobre Michela.

—¿Quiere que sea sincero? Tengo una sospecha.

—¿Qué?

—Tengo la curiosa impresión que su amigo Saverio se lo esperaba. Y quizá hasta conocía al hombre con el que Michela se ha fugado.

Pietro Sanfilippo mordió el anzuelo. Montalbano se felicitó; había improvisado una respuesta convincente. ¿Podía decirle que lo que le inquietaba y lo confundía era una brillante llamita en el fondo de un ojo?

No deseaba mezclar a ninguno de sus hombres, porque no quería hacer el ridículo ante ellos. Se embarcó solo en el interrogatorio de los inquilinos del edificio donde vivía el contable. Todos los aspectos de aquella investigación, si se podía llamar así, eran débiles, no existían como tales aspectos, y el punto de partida para las preguntas era tan inconsistente como un hilillo, como una tela de araña. Si Saverio Moscato le había contado la verdad, Michela contestó a la llamada de la mañana pero no a la de la noche. Por lo tanto, si se marchó lo hizo durante el día. Y alguien pudo haber notado algo. El edificio tenía seis plantas y cuatro apartamentos por rellano. El comisario, muy minucioso, empezó por el último. Nadie había visto ni oído nada. El contable vivía en el segundo piso, interior 8. Sin albergar ninguna esperanza, llamó al timbre del interior 5. En la tarjeta se leía «Maria Costanzo, Vda. de Diliberto». Le abrió la puerta la misma señora, una viejecita peripuesta, de ojos vivos y penetrantes.

—¿Qué desea?

—Soy el comisario Montalbano.

—¿Qué enano?

Era sorda como una tapia.

—¿Hay alguien en casa? —se desgañitó el comisario.

—¿Por qué grita tanto? —dijo la viejecita indignada—. ¡No soy tan sorda!

Atraído por las voces, del interior del apartamento apareció un hombre que ya habría cumplido los cuarenta.

—Hable conmigo, soy su hijo.

—¿Puedo entrar?

El cuarentón lo llevó a una salita y la viejecita tomó asiento en un sillón, frente a Montalbano.

—No vivo aquí, sólo he venido a visitar a mi madre —aclaró el hombre haciendo un gesto con las manos.

—Como ya sabrán, la señorita Michela Prestìa, que convivía en el interior 8 con el contable Saverio Moscato, se ha marchado sin dar explicaciones, mientras el señor Moscato se encontraba en Milán entre el 7 y el 16 de mayo.

La viejecita dio señales de impaciencia.

—¿Qué está diciendo, Pasqualì? —preguntó al hijo.

—Espera —contestó Pasquale Diliberto con voz normal.

Evidentemente su madre estaba acostumbrada a leerle los labios.

—Quisiera saber si durante ese periodo de tiempo su señora madre ha oído, ha visto algo que...

—Ya he hablado con mamá. No sabe nada de la desaparición de Michela.

—Pues sí —protestó la viejecita—. Lo he visto. Ya te lo he dicho. Pero tú dices que no.

—¿Qué ha visto, señora?

—Comisario —intervino el cuarentón—, le advierto que mi madre no sólo es sorda, sino que no está muy bien de la cabeza.

—¿Que no estoy bien de la cabeza? —replicó la señora Maria Costanzo, viuda de Diliberto, levantándose indignada—. ¡Mal hijo, me ofendes delante de los extraños!

Se marchó de la salita dando un portazo.

—Cuéntemelo usted.

—El día 13 de mayo es el cumpleaños de mi madre. Por la noche vine con mi mujer y cenamos juntos, cortamos la tarta y bebimos unas copas de vino espumoso. A las once volvimos a casa. Ahora mi madre asegura que, quizá por haber comido demasiado pastel, pues es muy golosa, no podía conciliar el sueño. Hacia las tres de la madrugada recordó que no había sacado la basura. Abrió la puerta, y la lámpara del rellano estaba encendida. Dice que delante del interior 8, que está justo enfrente, vio a un hombre con una maleta grande. Asegura que se parecía al contable. Y yo le dije: «Pero, mamá, ¿te das cuenta? ¡El contable volvió de Milán tres días después!»

—Señor comisario —explicó Angelo Liotta, director de la fábrica de cemento—, he hecho todas las comprobaciones que me ha pedido. El contable ha presentado debidamente los billetes de viaje y los comprobantes del hotel. Salió el domingo del aeropuerto de Palermo a las dieciocho treinta en un vuelo directo a Milán. Pasó la noche en el hotel Excelsior, donde permaneció hasta la mañana del 17. Ese día regresó en el vuelo que partía de Linate a las siete treinta. Participó en todas las reuniones y acudió a todas las citas que tenía concertadas en Milán. Si desea formularme más preguntas, estoy a su entera disposición.

—Es suficiente, se lo agradezco.

—Espero que un empleado como Moscato, al que aprecio por su laboriosidad, no se encuentre envuelto en ningún asunto feo.

—También yo lo espero —dijo Montalbano al despedirse.

En cuanto el director hubo salido, el comisario cogió el sobre con todos los comprobantes del viaje que el otro le había dejado encima del escritorio y, sin abrirlo siquiera, lo guardó en un cajón.

Con ese gesto se estaba despidiendo de una investigación que nunca había existido.

Seis meses después recibió una llamada telefónica. Al principio no reconoció al que estaba al otro lado del hilo.

—Perdone, ¿cómo ha dicho?

—Angelo Liotta. ¿Recuerda? Soy el director de la fábrica de cemento. Usted me llamó para saber...

—Ah, sí. Lo recuerdo muy bien. Dígame.

—Como ahora estamos cerrando la contabilidad, quisiera que me devolviera los recibos que le dejé.

¿De qué estaba hablando? Entonces se acordó del sobre que no había abierto.

—Se los enviaré hoy mismo.

Sacó el sobre para no olvidarse, lo puso encima de la mesa del despacho, lo miró y, sin saber por qué, lo abrió. Examinó uno por uno los recibos y los volvió a guardar en el sobre. Se apoyó en el respaldo del sillón y cerró los ojos durante unos minutos, reflexionando. Luego volvió a sacar los recibos, los ordenó encima de la mesa, uno al lado del otro. El primero de la izquierda, con fecha del 4 de mayo, era el recibo de un lleno de gasolina; el último pedazo de papel de la derecha era un billete de tren, con fecha del 17 de mayo, para el trayecto Palermo-Montelusa. No cuadraba, no cuadraba. Al parecer, Moscato había salido en coche de Vigàta para ir al aeropuerto; luego, al final del viaje, había vuelto a Vigàta en tren. Su amigo Pietro Sanfilippo fue testigo de su llegada. La pregunta era muy sencilla: ¿quién había llevado el coche del contable a Vigàta mientras estaba en Milán?

—¿Señor Sanfilippo? Soy Montalbano. Necesito una información. Cuando el señor Moscato fue al aeropuerto a coger el avión de Milán, ¿llevó el coche?

   —Comisario, ¿todavía piensa en esa historia? ¿Sabe que de vez en cuando llega alguien al pueblo que dice que ha visto a Michela en Milán, en París, hasta en Londres? De cualquier manera, no sólo no lo acompañé, sino que creo que se equivoca. Si volvió en tren, ¿por qué tenía que llevarse el coche? Michela tampoco pudo acompañarlo porque no sabía conducir.

   —¿Cómo está su amigo?

   —¿Saverio? Hace un montón de tiempo que no lo veo. Se ha despedido de la fábrica de cemento y ha dejado la casa.

   —¿Sabe adónde ha ido?

   —Sí. Vive en el campo, en su casa de la provincia de Trapani, en Belmonte. Quería ir a verlo pero me ha dado a entender que...

   El comisario no necesitó escuchar más. Belmonte, acababa de decir Sanfilippo. El recibo de la gasolina, arriba, a la izquierda, llevaba escrito: «Estación de servicio Pagano-Belmonte (TR).»

Se detuvo en la estación de servicio a preguntar qué camino debía tomar para llegar a la casa de Moscato. Se lo indicaron. Era una casita modesta pero bonita, de un piso, completamente aislada. El hombre que salió a su encuentro se parecía a aquel Saverio Moscato que había conocido. Al comisario le costó reconocerlo, vestido de cualquier manera y con la barba larga. Y en sus ojos, que Montalbano miró fijamente, la llamita se había apagado por completo, sólo había negras cenizas. Lo invitó a entrar en el comedor, muy modesto.

—Estoy aquí de paso —se excusó Montalbano.

Pero no siguió porque Moscato parecía haberse olvidado de su presencia. Se estaba contemplando las manos. El comisario vio la parte de atrás de la casa a través de la ventana: un jardín de rosas, flores, plantas, que contrastaba de manera extraña con el resto del terreno, abandonado. Salió al jardín. En el centro había una gran piedra blanca rodeada por una cerca. A su alrededor, infinidad de rosas. Montalbano cruzó el pequeño recinto y tocó la piedra con una mano. El contable también había salido, Montalbano lo oyó acercarse a sus espaldas.

—La enterró aquí, ¿verdad?

Lo preguntó en voz baja, sin alzar el tono. Y la respuesta que esperaba, que temía, también le llegó en voz baja.

—Sí.

—El viernes, después de comer, Michela quiso que viniéramos aquí, a Belmonte.

—¿Había venido antes?

—Una vez, y le gustó. Yo era incapaz de negarle nada. Decidimos pasar aquí el sábado. El domingo por la mañana me proponía acompañarla a Vigàta, y por la tarde cogería el tren de Palermo. Pasamos un día maravilloso, como nunca. Por la noche, después de la cena, nos fuimos pronto a la cama e hicimos el amor. Hablamos, fumamos un cigarrillo.

—¿De qué hablaron?

—Éste es el *quid* de la cuestión, comisario. Michela sacó un tema a colación.

—¿Qué tema?

—Es difícil de decir. Yo le reprochaba... No, reprochar no es la palabra: me quejaba, eso, de que ella, por la vida que había llevado, ya no pudiera darme algo que nunca hubiera dado a los demás.

—¡Pero usted estaba en las mismas condiciones para ella!

Saverio Moscato lo miró un segundo, sorprendido, cenizas en las pupilas.

—¡¿Yo?! Antes de Michela nunca había estado con una mujer.

Sin saber por qué, el comisario se sintió turbado.

—En un momento dado fue al cuarto de baño, permaneció allí cinco minutos y volvió. Sonreía cuando se echó a mi lado. Me abrazó con fuerza, me dijo que me daría una cosa que los demás nunca habían tenido y que ya nunca podrían tener. Le pregunté de qué se trataba, pero quiso que volviéramos a hacer el amor. Después me dijo lo que me estaba entregando: su muerte. Se había envenenado.

—Y usted ¿qué hizo?

—Nada, comisario. Mantuve sus manos entre las mías. Ella no apartó los ojos de los míos. Fue una cosa rápida. No creo que sufriera mucho.

—No se haga ilusiones. Y sobre todo no rebaje lo que Michela hizo por usted. Con el veneno se sufre, ¡y mucho!

—Aquella misma noche cavé una fosa y la puse donde ahora está. Salí hacia Milán. Me sentía desesperado y feliz, ¿comprende? Un día, el trabajo acabó pronto, todavía no habían dado las cinco. Llegué en avión a Palermo y fui a Vigàta con el coche que había dejado en el aparcamiento del aeropuerto de Punta Ràisi. Hice el trayecto despacio. Quería llegar al pueblo bien entrada la noche, pues no podía correr el riesgo de que me vieran. Llené una maleta con sus vestidos, sus cosas, y la traje aquí. La guardo arriba, en el dormitorio. Cuando me disponía a volver a salir hacia Punta Ràisi, el coche no se puso en marcha. Lo oculté entre aquellos árboles y tomé un taxi de Trapani que me llevó al aeropuerto, con el tiempo justo para coger el avión de Milán. Cuando acabé el trabajo, volví en tren. Los primeros días me encontraba inmerso en la felicidad por lo que Michela había tenido el valor de entregarme. Me trasladé aquí, para recrearme solo con ella. Pero después...

—¿Después? —apremió el comisario.

—Después, una noche, me desperté de pronto y ya no sentí a Michela a mi lado. Cuando había cerrado los ojos me pareció oírla respirar mientras dormía. La llamé, la busqué por toda la casa. No estaba. Entonces comprendí que su gran regalo había resultado muy caro, demasiado.

Se echó a llorar, sin sollozos. Lágrimas mudas descendían por su rostro.

Montalbano contemplaba una lagartija que, encima de la piedra blanca de la tumba, disfrutaba inmóvil del sol.

Una giganta de amable sonrisa

A los cincuenta cumplidos, el doctor Saverio Landolina, un ginecólogo serio y apreciado de Vigàta, perdió la cabeza por la veinteañera Mariuccia Coglitore. El enamoramiento recíproco fue a primera vista. Hasta entonces, los padres de Mariuccia habían tenido como médico de la hija al profesor Gambardella, nonagenario, cuya avanzada edad garantizaba que las exploraciones íntimas se realizaran con el más absoluto respeto a la deontología. El profesor Gambardella murió de un infarto en el campo de operaciones: la muerte le sobrevino con las manos en la masa de una aterrorizada paciente.

El doctor Landolina fue elegido durante un consejo de familia que se extendió hasta los parientes de segundo grado. Los Coglitore, con los primos Gradasso, Panzeca y Tuttolomondo, representaban en Vigàta una especie de comunidad católico-integrista que obedecía a unas leyes propias como la asistencia a la misa de la mañana, las oraciones de la noche con el rezo del rosario y la abolición de radio, diarios y televisión. Durante la reunión se descartó al doctor Angelo La Licata, de Montelusa («ése le pone los cuernos a la mujer: ¿y si contaminase a Mariuccia con sus manos impuras?»), a su colega Michele Severino, también de Montelusa («¿bromeas? Ése no ha cumplido los cuarenta»), y al doctor Calogero Giarrizzo, de Fela

79

(«al parecer ha sido visto comprando una revista pornográfica»). Sólo quedó Saverio Landolina, cuyo único defecto era que vivía en Vigàta, como Mariuccia; cuando se lo encontrara casualmente por la calle, la muchacha podría sentirse turbada. En cuanto a lo demás, no había nada que decir del doctor Landolina, secretario local de la D.C.: estaba bien casado desde hacía veinticinco años con Antonietta Palmisano una especie de giganta de sonrisa amable, pero el Señor no había querido conceder a la pareja la gracia de un hijo. El médico nunca fue objeto de habladurías o de comentarios malignos.

Hasta el momento en que Mariuccia se levantó de la silla, al otro lado de la mesa de despacho, y se colocó tras el biombo para desnudarse, en el corazón del médico no sucedió nada. La muchacha de las gafas que respondía con monosílabos, que se ruborizaba ante sus preguntas, era completamente insignificante. Pero cuando Mariuccia salió de detrás del biombo con unas púdicas enaguas negras y sin las gafas (se las quitaba siempre que se desnudaba), con la piel rojo fuego a causa de la vergüenza, y se colocó en la camilla, en el corazón del cincuentón Landolina se desencadenó una delirante sinfonía que ningún compositor dotado de juicio se habría atrevido nunca a componer: en medio de centenares y centenares de tambores al galope se introdujo el vuelo alto de un violín solitario, y la irrupción de un millar de metales fue contrapuesta por dos pianos líquidos. Todo temblaba, y también vibraba el doctor Landolina cuando puso una mano encima de Mariuccia, y mientras un majestuoso órgano iniciaba un solo, sintió que el cuerpo de la muchacha vibraba al unísono con el suyo, respondía al ritmo de la misma música.

La señora Concetta Sicurella de Coglitore, que había acompañado a su hija y esperaba en la salita a que acabara la visita, atribuyó a virginal turbación el encendido rubor de las mejillas, el brillo febril en los ojos de Mariuccia, que entró moza en la consulta y salió, una hora después, hecha toda una mujer.

Landolina y Mariuccia jugaron a los médicos durante un año: al final de cada visita Mariuccia salía cada vez más lozana y hermosa, mientras Angela Lo Porto, la enfermera que hacía veinte años que estaba enamorada del médico, cada día estaba más delgada, nerviosa y callada.

—¿Novedades? —preguntó Salvo Montalbano entrando en el despacho a las nueve de la mañana del último día de mayo, lunes, con un calor de mediados de agosto.

El comisario lo estaba sufriendo porque había pasado el sábado y el domingo en la casa de campo de su amigo Nicolò Zito, donde había disfrutado de un agradable descanso.

—Han encontrado el coche del doctor Landolina —contestó Fazio.

—¿Lo habían robado?

—No. Ayer por la mañana vino aquí la señora Landolina y nos contó, llorando, que su marido no había vuelto a casa por la noche. Investigamos, pero nada. Ha desaparecido. Esta mañana, al amanecer, han visto un automóvil caído en los escollos de Capo Russello. Ha ido Augello y ha llamado hace un rato. Es el coche de Landolina.

—¿Un accidente?

—Me parece que no —contestó Mimì Augello entrando en el despacho—. La carretera está muy lejos del margen de Capo Russello. Se accede allí a propósito; no puede haber perdido el control del automóvil. Ha ido adrede para tirarse desde allí.

—¿Crees que se trata de un suicidio?

—No hay otra explicación.

—¿Y qué ha sido del cadáver?

—¿Qué cadáver?

—Mimì, ¿no acabas de decirme que Landolina se ha matado?

—Sí, pero al chocar contra los escollos se abrieron las portezuelas. El cuerpo no está; debió de caerse al mar. Uno de allí me ha dicho que seguramente las corrientes lo llevarán hacia la playa de Santo Stefano. Lo encontraremos un día de éstos.

—Bien. Ocúpate tú del asunto.

Por la tarde, Mimì Augello fue a informar a Montalbano. No había encontrado explicación alguna al suicidio del médico. Gozaba de buena salud, no tenía deudas (antes bien, era rico, con propiedades en Còmiso y también la mujer tenía lo suyo), tampoco tenía secretos, no era manirroto. La viuda...

—No la llames viuda hasta que se encuentre el cuerpo —lo interrumpió Montalbano.

—... La señora se está volviendo loca, no consigue entenderlo, se ha agarrado a la idea de una enfermedad repentina. Hasta he mirado en su agenda. Nada, no ha dejado escrito nada de nada. Mañana hablaré con la enfermera, que cuando se ha enterado se ha indispuesto y se ha marchado a su casa. Aunque no creo que pueda revelarme gran cosa.

En cambio, la enfermera Angela Lo Porto tenía mucho que revelar y lo hizo a la mañana siguiente, presentándose en comisaría.

—Todo es teatro —declaró.

—¿Qué?

—Todo. El coche despeñado, el cadáver que no se encuentra. El doctor no se ha suicidado; lo han matado.

Montalbano la miró. Ojeras, rostro amarillento, mirada enloquecida. Tuvo la impresión de que no se trataba de una mitómana.

—¿Y quién lo iba a matar?

—Ignazio Coglitore —respondió sin dudar Angela Lo Porto.

Montalbano aguzó el oído. No porque Ignazio Coglitore y sus dos hijos fueran personas de dudosa moralidad, estuvieran comprometidos con la mafia o se dedicaran a tráficos ilícitos, sino simplemente porque todos conocían en el pueblo el fanatismo religioso de aquella familia. El comisario desconfiaba por instinto de los fanáticos, a los que consideraba capaces de cualquier cosa.

—¿Por qué motivo?

—El doctor había dejado preñada a Mariuccia.

El comisario no lo creyó. Pensó que se había equivocado al juzgar a la enfermera, que debía de ser una de esas que se inventan las cosas.

—Y a usted ¿quién se lo ha dicho?

—Estos ojos —contestó Angela Lo Porto señalándolos.

¡Cojones! Estaba diciendo la verdad, no fantaseaba.

—Cuéntemelo todo desde el principio.

—Hace un año la madre de Mariuccia telefoneó pidiendo hora de visita para su hija y se la di. A la mañana siguiente llegué tarde al consultorio del doctor, pues vivo en Montelusa y el autobús se había estropeado. No tengo coche ni permiso de conducir. Cuando entré, la muchacha estaba sentada ante la mesa del despacho del doctor. ¿Sabe cómo es el consultorio?

—No.

—Hay una gran antecámara y dos salitas aparte. Luego viene el consultorio propiamente dicho, en el que hay un cuarto de baño y un despachito donde estoy yo. Cuando el doctor pasa visita, siempre estoy presente. Aquel día entré en el despachito a cambiarme de ropa y ponerme la bata. Pero todo sucedió al revés. La bata limpia se descosió y tuve que volverla a coser a toda prisa. Cuando finalmente volví a la consulta...

Se detuvo, debía de tener la garganta seca.

—¿Quiere que le traigan un vaso de agua?

No entendió la pregunta, perdida en el recuerdo de lo que había visto.

—Cuando entré en la consulta —siguió—, ya lo estaban haciendo. El doctor se había desnudado; sus ropas estaban en el suelo, de cualquier manera.

—¿Tuvo la sensación de que la estaba violando?

La mujer hizo un ruido extraño con la boca, como si entrechocaran dos trozos de madera. Montalbano se dio cuenta de que la enfermera reía.

—¡Qué dice! ¡Ésa lo tenía bien agarrado!

—¿Ya se conocían?

—Nunca había ido al consultorio; aquélla era la primera vez.

—¿Y luego?

—Y luego ¿qué? No me vieron, no me veían. En aquel momento para ellos yo era aire. Me retiré al despachito y me eché a llorar. Luego él llamó a la puerta. Se habían vuelto a vestir. Acompañé a Mariuccia junto a su madre y volví. Antes de dar entrada a la nueva paciente tuve que limpiar bien la camilla, ¿comprende?

—No.

—La puta era virgen.

—¿Y el doctor no le dijo nada? ¿No se explicó, no se justificó?

—No me dijo una palabra, como si no hubiera sucedido nada.

—¿Fue ése el único encuentro?

De nuevo chocaron los dos trozos de madera.

—Se veían cada quince días. Ella, la puta, estaba más sana que una manzana. El doctor se había inventado una enfermedad para que acudiera a la consulta al menos dos veces al mes.

—¿Y usted qué hacía cuando...?

—¡Qué quiere que hiciese! Me encerraba a llorar en el despachito.

—Perdone la pregunta. ¿Estaba usted enamorada del doctor?

—¿Es que no se nota? —preguntó la enfermera, levantando el semblante desencajado hacia el comisario.

—Y entre ustedes ¿nunca sucedió nada?

—¡Ojalá hubiese habido algo! ¡Ahora estaría vivo!

Empezó a sollozar, apretándose el pañuelo contra la boca. Se recuperó enseguida; era una mujer fuerte.

—Hacia el 15 de abril —siguió diciendo Angela—, llegó ella. Parecía que le había tocado la lotería. Iba hacia el despachito cuando la oí decir: «Pero ¿qué clase de ginecólogo eres? ¿Todavía no te has dado cuenta de que estoy preñada?» Me quedé helada, comisario. Me volví un poco. El doctor parecía una estatua de sal; creo que fue entonces cuando se dio cuenta de la estupidez que había cometido. Entré en el despachito, pero no cerré la puerta. ¿Sabe cuál era la intención de aquella inconsciente cretina? Contárselo todo a su padre, porque así el doctor se vería obligado a dejar a su mujer y casarse con ella. El doctor fue inteligente. Le contestó que esperara un poco antes de hablar con su padre; mientras tanto él hablaría con su mujer y dispondría el divorcio. Después hicieron el amor.

—¿Fue la última vez que se vieron?

—¡Qué va! Volvió hace cinco días. Primero jodían y luego hablaban. El doctor le decía que estaba haciendo progresos con su esposa, que era muy comprensiva. Pero estoy segura de que nada era verdad; se lo decía para calmarla, para buscar una solución. Últimamente estaba distraído y preocupado.

—¿Usted sospechaba que la solución pudiera ser el suicidio?

—¿Bromea? El doctor no tenía ninguna intención de suicidarse; yo lo conocía muy bien. Al parecer esa puta imbécil se lo dijo a su padre. E Ignazio Coglitore no ha perdido el tiempo.

En cuanto salió la enfermera, Montalbano llamó a Fazio.

—Ve a buscar a Ignazio Coglitore y tráelo aquí en diez minutos. No quiero excusas.

Fazio volvió media hora más tarde sin Ignazio Coglitore.

—¡Virgen santa, comisario, qué jaleo!

—¿No quiere venir?

—No puede. Lo han detenido en Montelusa.

—¿Cuándo?

—Esta mañana, a las ocho.

—¿Por qué?

—Ahora se lo explico. Bueno, al parecer cuando la hija de Ignazio Coglitore se enteró de que el doctor Landolina se había matado, sufrió un ataque y se desmayó. La familia lo achacó a que la muchacha estaba en tratamiento. Pero no se recuperaba del desmayo. Entonces Ignazio Coglitore, con la ayuda de sus otros dos hijos varones, la metió en el coche y se la llevó al hospital de Montelusa, donde la ingresaron. Ayer por la tarde Ignazio Coglitore y su mujer fueron al hospital a recogerla. Y he aquí que un médico joven y estúpido les dijo que sería mejor que dejaran a la muchacha unos días más en el hospital, porque corría el riesgo de perder al niño. Ignazio Coglitore y su mujer cayeron fulminados a los pies del médico; parecían muertos. Cuando el padre se recuperó, estaba furioso y la emprendió a puñetazos con médicos y enfermeras. Finalmente consiguieron echarlo. Esta mañana, a las siete y media, ha vuelto al hospital: además de los dos hijos, iban con él los varones de las familias Gradasso, Panzeca y Tuttolomondo. Doce personas en total.

—¿Qué querían?

—A la muchacha.

—¿Por qué?

—Ignazio Coglitore le explicó al jefe de servicio que la querían porque tenían que sacrificarla a Dios para expiar el pecado. El jefe de servicio se negó y se desencadenó el fin del mundo. Puñetazos, gritos, cristales rotos, pacientes huyendo. Cuando llegaron los carabineros, también fueron agredidos. Acabaron en la cárcel.

—A ver si lo entiendo, Fazio. ¿Cuándo les dijo el médico a los Coglitore que su hija estaba preñada?

—Ayer por la tarde, hacia las siete y media.

La hipótesis de la enfermera Angela Lo Porto se había ido al carajo. Los Coglitore se habían enterado de que el responsable de la preñez de Mariuccia era el doctor Landolina. Pero aunque hubieran querido, no hubieran podido vengarse: se enteraron de la noticia de la historia amorosa y de sus consecuencias después de la desaparición del médico. No podían haberlo matado ellos. Si se descartaba el suicidio, no existía otra persona que tuviera razones fundadas para la venganza.

—¿Oiga? ¿Hablo con la señora Landolina?

—Sí.

Más que una sílaba, un soplo dolorido.

—Soy el comisario Montalbano.

—¿Han encontrado el cuerpo?

¿Por qué en la voz de la señora Landolina se había insinuado un tono de aprensión? ¿Era aprensión y no el lógico horror?

—No, señora. Pero deseo hablar con usted, sólo cinco minutos, para aclarar unas cosas.

—¿Cuándo?

—Ahora mismo, si quiere.

—Perdone, comisario, pero esta mañana no me veo con ánimos; me parece que de un momento a otro me va a estallar la cabeza. Tengo tal jaqueca que casi no puedo mantener los ojos abiertos.

—Lo siento, señora. ¿Le va bien hoy después de comer, a las cinco?

—Le espero.

A las tres fue convocado por el jefe de policía: debía asistir sin falta a una importante reunión en Montelusa, a las cinco y media. No quiso renunciar a la cita con la señora Landolina y decidió anticiparla en una hora, sin previo aviso.

—¿Adónde va? —le preguntó desabrido el portero que no lo conocía o lo fingía.

—A casa de la señora Landolina.

—No está. Se ha marchado.

—¿Cómo que se ha marchado? —preguntó Montalbano sorprendido.

—En su coche —replicó el portero en tono ambiguo—. Ha cargado las maletas, que eran muchas, y la hemos ayudado el padre Vassallo y yo.

—¿También estaba el párroco?

—Sí, el padre Vassallo no se ha movido de la casa desde hace dos días para consolar a la señora. Es un santo, y amigo de la señora.

—¿A qué hora se ha marchado?

—Esta mañana, hacia el mediodía.

Por lo tanto, poco después de haber hablado con él. Tantas maletas no se hacen tan pronto; seguramente ya estaba preparada antes de que Montalbano telefonease. Al aplazar la visita a la tarde, simple y llanamente le había dado por el culo.

—¿Le comunicó por casualidad adónde iba?

—Sí. A Còmiso. Me ha dicho que como máximo estaría fuera una semana.

¿Qué hacer? ¿Llamar por teléfono a alguno de sus colegas de Còmiso para que vigilara a la señora Landolina? ¿Con qué motivo? ¿Una lejanísima, aérea e impalpable sospecha de homicidio? ¿O simulación de cita?

Tuvo una inspiración. Volvió corriendo al despacho y llamó por teléfono a Antonino Gemmellaro, antiguo compañero de escuela, ahora director de la filial de la Banca Agrícola Siciliana de Còmiso.

—¡Oiga! ¿Gemmellaro? Soy Montalbano.

¿Por qué los antiguos compañeros de escuela se llamaban entre ellos por el apellido? ¿Recuerdo de la lista de clase?

—¡Oh, qué agradable sorpresa! ¿Estás en Còmiso?

—No, te hablo desde Vigàta. Necesito una información.

—Lo que quieras.

—¿Te has enterado de que el doctor Landolina desapareció el sábado por la tarde? Lo conocías, ¿verdad?

—Claro que lo conocía, era cliente nuestro.

—O se ha suicidado o lo han matado.

Gemmellaro no hizo ningún comentario enseguida; era evidente que estaba pensando en las palabras que Montalbano acababa de decirle.

—¿Dices que se ha suicidado? No lo creo.

—¿Por qué?

—Porque alguien que tiene la intención de matarse no piensa en vender todo lo que posee. Hace un mes vendió, y en algunos casos malvendió, casas, terrenos, negocios; en resumidas cuentas, todo lo que tenía aquí. Quería obtener dinero de prisa.

—¿Cuánto?

—Unos tres mil millones de liras, más o menos.

Montalbano lanzó un silbido.

—Entre él y su mujer, claro está.

—¿La esposa también vendió?

—Sí.

—¿El médico tenía firmado un poder de la esposa?

—¡No! Vino ella a Còmiso.

—Y el dinero ¿dónde está ahora?

—Ah. Aquí ha retirado hasta el último céntimo.

Le dio las gracias, colgó el auricular, llamó a la única agencia inmobiliaria que había en Vigàta, y a quien le respondió le hizo una pregunta concreta.

—Ciertamente, comisario, el pobre doctor Landolina nos encargó la venta de la casa y del estudio.

—¿Y qué harán ahora que ha desaparecido?

—Mire, precisamente hace quince días el pobre doctor dispuso, en un acta notarial, que el producto de la venta se entregase al padre Vassallo.

La reunión con el jefe de policía duró poco y el comisario tuvo tiempo de hacer una visita al teniente Colorni, con el que mantenía una buena relación y que estaba al mando de los carabineros.

—¿Qué medidas habéis tomado con Mariuccia Coglitore?

—La hemos retenido en el hospital. Con esos parientes tan locos...

—¿Y después...?

—La mandaremos a un centro para madres solteras. Está muy lejos de aquí y la dirección no se la daremos a nadie. El instituto lo sugirió el confesor de la muchacha.

—¿Quién es el confesor?

Ya sabía la respuesta, pero quería escucharla.

—El padre Vassallo, de Vigàta.

—Padre, he venido para decirle que mañana por la mañana tendré que dar respuestas a los periódicos y a la televisión acerca de la reciente desaparición del doctor Landolina.

—¿Y cree que puedo serle útil?

—Ciertamente. Pero antes una pregunta: ¿un cura que miente comete pecado?

—Si la mentira es para un buen fin, no creo.

Sonrió, estiró los brazos: Montalbano estaba servido.

El padre Vassallo era un cincuentón un poco metido en carnes, de rostro inteligente e irónico.

—Entonces permítame que le cuente una historia.

—Si lo considera oportuno, comisario.

—Un médico serio, casado, se enamora de una joven, la deja embarazada. Entonces le entra el pánico: las reacciones de la familia de la muchacha pueden llegar a excesos impensables. Desesperado, no le queda más remedio que confesarlo todo a su esposa. Y ella, que debe de ser una mujer extraordinaria...

—Lo es, créame —le interrumpió el cura.

—... idea un plan perfecto. En un mes, sin que la cosa trascienda, venden todo lo que poseen y reúnen una buena cifra. El médico finge un suicidio, pero en realidad, con la complicidad de un amigo cura, se esfuma hacia un destino que ignoramos. Dos días después la mujer lo sigue. ¿Qué me dice?

—Es un cuento verosímil —dijo tranquilo el párroco.

—Sigo. El médico y su mujer son personas de bien y no pueden dejar plantada a la pobre muchacha embarazada. Deciden vender el apartamento y el consultorio médico que poseen en Vigàta, pero la recaudación de la venta la destinan al amigo cura para que atienda a las primeras necesidades de la joven madre.

Hubo un silencio.

—¿Qué dirá en la conferencia de prensa?

—Que el doctor Landolina se ha suicidado. Y que la viuda ha ido a reunirse con sus padres en su pueblo.

—Gracias —dijo el padre Vassallo, casi con un murmullo. Y luego añadió—: Nunca habría pensado que un ángel tomara el aspecto de la señora. ¿La conocía?

—No.

—Una mujerona. Una giganta francamente fea. Una especie de ogresa de cuento. Pero tenía una sonrisa...

—... extraordinariamente amable —acabó el comisario.

Un diario del 43

El viento sopló tan fuerte que el mar llegó hasta la terracita de la casa de Montalbano, comiéndose toda la playa. Como consecuencia, el humor del comisario, que sólo se sentía en paz consigo mismo y con el universo cuando podía tostarse al sol, se puso tan oscuro como la noche. Fazio, que lo conocía muy bien, en cuanto lo vio entrar en el despacho saludó y se esfumó. En cambio Catarella olvidó el riesgo que corría, a pesar de que prestaba servicio en la comisaría desde hacía más de un año, y se precipitó en el despacho.

—¡Comisario! ¡Esta mañana han llamado unas personas que preguntaban por usted en persona! Le escribí los nombres aquí.

Le entregó un papel mal arrancado de un cuaderno de hojas cuadriculadas.

—Y tu hermana, ¿también llamó? —preguntó Montalbano, peligrosamente amable.

Catarella primero se sorprendió, luego sonrió.

—Comisario, ¿bromea? Mi hermana no puede telefonear.

—¿Es monja?

—No, comisario, no es monja. No puede telefonear porque no existe, porque soy hijo único de mi padre y de mi madre.

El comisario abandonó la partida, derrotado. Despidió a Catarella y se puso a descifrar la lista de nombres. El «doctor Vanesio» no podía ser otro que el doctor Sinesio al que habían desvalijado la casa; el «señor Gefe» era evidentemente el jefe de la policía; «Scillicato» se llamaba de verdad Scillicato y el «direztor Purcio» era el director Burgio, al que no veía desde hacía tiempo.

Le era simpático aquel ex director de más de setenta años que, junto con su mujer Angelina, le había ayudado en una investigación que se llevó a cabo al hilo de los recuerdos y que, luego, se vino a llamar del «perro de terracota».

No tenía ganas de hablar con el jefe, el nuevo, porque siempre estaba buscando tres pies al gato. El doctor Sinesio volvería a quejarse porque continuaban sin recuperar la plata robada. En cambio, a Scillicato hacía seis meses que le habían quemado el BMW, y se había comprado un Punto. Cuando también se lo quemaron, adquirió un Cinquecento de segunda mano que quince días después también estaba ardiendo.

—Comisario, ¿qué hago? —le había preguntado.

El consejo más oportuno habría sido que dejara de practicar la usura. En el pueblo se decía que Pepè Jacono se había ahorcado por todo lo que le debía. Montalbano, que aquel día estaba de un humor grueso, lo miró en silencio y luego le contestó:

—Cómprese un monopatín.

Al parecer también le habían quemado el monopatín. Montalbano llamó por teléfono al director Burgio, que lo invitó a cenar a su casa aquella misma noche. Aceptó: la señora Angelina cocinaba platos muy sencillos, pero sabía lo que hacía.

• • •

Después de cenar pasaron al salón y allí el director manifestó la finalidad de la invitación.

—¿Ha ido al puerto recientemente?

—Sí, paso por allí cuando voy a pasear hasta el faro.

—¿Se ha dado cuenta de que han demolido el viejo silo?

—Han hecho bien. Se estaba cayendo; era un peligro para todo el que se acercara.

—Cuando lo construyeron, en 1932, yo tenía siete años —dijo el director—. Mussolini había declarado la llamada «batalla del trigo», estaba convencido de que la había ganado y ordenó que se construyera este gran silo.

—¿Por qué en el puerto y no junto a la estación del ferrocarril? —preguntó el comisario.

—Porque desde aquí tenían que partir los barcos cargados de trigo hacia lo que el Duce llamaba la cuarta orilla, o sea Eritrea, Libia. —Se detuvo un instante, sumergido en los recuerdos de juventud, y luego siguió—: El aparejador Cusumano, que ha dirigido la demolición, ha encontrado en el interior del edificio papeles antiguos y me los ha traído, sabe que me interesan las historias del pueblo. Se trata de correspondencia entre la agencia de Vigàta y la dirección de la cooperativa agraria, que tenía su sede en Palermo. Pero en otra zona del silo, en un pequeño intersticio, descubrió números antiguos del *Popolo d'Italia*, el periódico del partido fascista; un libro, *Parlo con Bruno*, que Mussolini escribió a la muerte de su hijo, y un cuaderno. El aparejador se ha quedado con los periódicos y el libro, y me ha regalado el cuaderno. Le he echado un vistazo y me ha despertado la curiosidad. Si quiere, léalo usted también y luego volvemos a hablar.

• • •

Era un cuaderno común y corriente, un poco amarillento, y la cubierta mostraba a Mussolini, tieso y de uniforme, haciendo el saludo fascista. Abajo habían escrito: «El Fundador del Imperio.» En la contracubierta estaba representado el imperio, es decir, un pequeño mapa de Abisinia. En la primera página, en el centro, cuatro versos:

«Si este cuaderno queréis tocar
la espada al cinto debéis llevar.
Zanchi Carlo, vuestro servidor,
es su legítimo poseedor.»

Una gran X tachaba aquellos versos infantiles de párvulo, como si Zanchi Carlo se avergonzara de ellos. *Más abajo, con gallardía:*

«ZANCHI CARLO, VANGUARDISTA
VIVA EL DUCE VIVA EL REY»

Finalmente:

«AÑO XXI DE LA ERA FASCISTA»

Montalbano hizo un cálculo rápido y llegó a la conclusión de que el cuaderno se remontaba a 1943, año en el que, por lo menos en Sicilia, la era fascista sólo rigió a medias, dado que los aliados desembarcaron en la isla durante la noche del 9 al 10 de julio.

Era una especie de diario desordenado que se limitaba a trasladar al papel los hechos más importantes a los ojos del muchacho. La primera anotación llevaba fecha del 2 de septiembre:

He conseguido traer hasta aquí y esconder cuatro bom-
bas de mano, de las pequeñas, rojas y negras, que se lla-
man Balilla. ¡Duce, sabré utilizarlas!

Unas pocas líneas, suficientes para que el comisario pasara de la mera curiosidad a una concentrada atención.

6 de septiembre. Hoy he asistido a una escena impúdica:
mujeres que se prostituían a los invasores negros. Me he
echado a llorar. ¡Pobre Patria mía!

10 de septiembre. Las ratas vomitadas por las cloacas
han empezado a enseñar, con el beneplácito de los inva-
sores, sus obscenas intenciones. Quieren que renazcan
aquellos partidos que el Fascismo borró. ¿Cómo im-
pedirlo?

15 de septiembre. Los desechos humanos que se han
reunido en nombre de la democracia han elegido alcal-
de a Di Mora Salvatore. Como no es de Vigàta, me he
informado con discreción. ¡Se trata de un conocido
mafioso que el Fascismo había desterrado! ¡Qué ver-
güenza! Es necesario hacer algo para salvar el honor
de nuestro País.

La siguiente anotación llevaba la fecha del 5 de octubre.

Me parece que he encontrado una solución. ¿Pero ten-
dré el valor de ponerla en práctica? Creo que sí. El
Duce me dará las fuerzas. Y si es necesario, sacrificaré
la vida por la Patria.

Fecha 9 de octubre:

Mañana por la mañana se darán las condiciones para
que pueda llevar a cabo mi Gesto. ¡Viva Italia!

La última anotación era del día siguiente. A Montalbano le costó reconocer la caligrafía. En un primer momento pensó que aquellas pocas palabras las había escrito una mano distinta:

10 de octubre. Lo he hecho. Estoy vivo. Ha sido terrible,
tremendo. No creía que... ¡Dios me perdone!

Luego se dio cuenta de que la caligrafía era la misma, sólo que la fuerte tensión emocional la hacía casi irreconocible. Ya no había más vivas al Duce ni invocaciones a Italia, en aquellas palabras se leían el horror y el espanto.

¿Qué había hecho el muchacho? Además, ¿por qué el cuaderno se encontraba entre los cascotes del silo demolido?

Era casi medianoche cuando sonó el teléfono.

—Soy Burgio. Padezco de insomnio y sé que usted se va tarde a la cama; por ello me he permitido llamarlo a estas horas. ¿Ha leído...?

—Sí. Y me ha impresionado mucho.

—¿Qué le decía? ¿Viene mañana a comer?

Montalbano sonrió. El director quería embarcarlo en una de aquellas investigaciones hacia atrás en el tiempo que, a decir verdad, tanto les hacían disfrutar a ambos.

—En aquella época —dijo el director—, nada más nacer ya se le inscribía a uno en la organización juvenil fascista, que primero se llamó Obra Nacional Balilla y luego Juventud Italiana del Lictorio. De los tres a los seis años se pertenecía a los Hijos de la Loba...

—La que amamantó a Rómulo y Remo... —precisó la señora Angelina.

—... De los seis a los diez pasabas a Balilla, luego a la Vanguardia y de los dieciséis en adelante eras Joven Fascista. Por lo tanto, el muchacho que escribía el diario debía de tener como máximo quince años.

—Escribía un italiano perfecto —observó Montalbano.

—Sí. Yo también me he fijado en eso.

—Un muchacho un poco exaltado...

—A aquella edad y en aquel período lo éramos todos —interrumpió la señora Angelina al comisario—, si no tan exaltados como éste, al menos sí engreídos. Aunque a los mayores el fascismo los había desilusionado, sufrieron mucho al ver las tropas extranjeras en nuestra tierra.

—Quiero decir —siguió el comisario— que un muchacho tan indignado, equivocado o no, con cuatro bombas de mano, es una verdadera mina andante...

—Que debe explotar —dijo el director.

—Zanchi no es un apellido de por aquí —señaló Montalbano.

—No —dijo el director—, pero existe una explicación. Entre los papeles que me ha traído Cusumano, y que todavía no he leído, hay una carta que quizá lo aclara.

Se levantó, entró en la otra habitación y volvió con un papel ajado que entregó al comisario.

DIRECCIÓN GENERAL - PALERMO
10 de octubre de 1944

Como continuación de la nuestra del 30 de septiembre nº1. de reg. 250, nos complace informarle que los refugiados alojados en el silo se han trasladado a Montelusa. En el silo sólo quedan ahora las camas y algunos

muebles (mesas, sillas, bancos, etcétera) que dentro de
unos días el servicio de asistencia del ayuntamiento
procederá a desalojar.

Después nos ocuparemos de la limpieza de los loca-
les y de las pequeñas reparaciones que sean necesarias.

Atentamente.

—Quién sabe de dónde procedían esos refugiados
—reflexionó en voz alta el comisario.

—Se lo puedo decir enseguida. Me he enterado por
otra carta. El responsable del silo pedía una gran cantidad
de raticida. Escribía que las ratas, de enormes proporciones, imagínese un silo vacío, asaltaban a las diez familias
fugitivas de Libia. Debía de tratarse de una pobre gente, ex
colonos que lo habían perdido todo. Los funcionarios, los
peces gordos que escaparon de Libia, debieron de encontrar acomodo en otro lugar.

—¿Qué debió de organizar este Zanchi con sus bombas de mano? —se preguntó Montalbano.

—Ésa es la cuestión —concluyó el director.

—Sin embargo, tenemos un punto de partida —dijo
Montalbano volviendo al principio de la discusión.

—¿Y es?

—La fecha. Lo que hizo Zanchi, algo terrible, como
él mismo escribe en el diario, debió de suceder el 10 de
octubre de 1943. ¿En Vigàta no hay nadie que pueda...?

—Está Panarello —intervino la señora Angelina—.
Pepè Panarello, el padre de mi amiga Giulia, nunca se ha
movido de Vigàta. Estaba empleado en la oficina del censo. Es del año 10.

—¡Jesús! —exclamó el comisario—. ¡Es un viejo de
ochenta y siete años! ¡No recordará nada!

—Se equivoca —replicó la señora Angelina—. Giulia, su hija, me decía precisamente el otro día que su padre se olvida de todo lo que ha hecho el día anterior, pero las cosas de hace cincuenta o sesenta años las recuerda con precisión y lucidez.

Montalbano y el director se miraron.

—Llámala ahora mismo —dijo el director a su mujer—. Pregúntale cómo está su salud y consigue una cita para mí y para el comisario.

En lugar de recibirlos en su casa, Pepè Panarello quiso encontrarse con ellos en el café Castiglione.

—Es que así aprovecha para tomarse el coñaquito que yo no le daría aunque me lo pidiera de rodillas —aclaró la hija a la señora Angelina.

Lo encontraron sentado ante una de las mesitas colocadas en la acera. Estaba tomando un brandy.

Era un viejo extremadamente delgado, cuya piel parecía pintada encima de los huesos. La mano izquierda se agitaba con un temblor, pero enseguida se veía que tenía la cabeza muy despierta. Fue el primero en hablar. Su hija debió de explicarle que dos señores necesitaban su memoria.

—¿Qué quieren saber?

—Estamos investigando un hecho que ni siquiera sabemos si sucedió de verdad —dijo el director.

—Un hecho que sucedió aquí, en Vigàta, en los primeros diez días de octubre del 43 —precisó el comisario.

—Si sucedió algo, lo recordaré; desde que me jubilé paso los días sacando brillo a los recuerdos.

Acabó el brandy con calma, mientras remontaba los recuerdos. Luego movió la cabeza.

—No sucedió nada —concluyó tras la exploración que había durado diez minutos.

El director y Montalbano no se habían atrevido a abrir la boca para no distraerlo.

—¿Es cierto? —preguntó Montalbano desilusionado.

—Ciertísimo —confirmó decidido el viejo, y levantó una mano para llamar al camarero.

El comisario creyó que el viejo quería pagar.

—Si me permite, le invito yo.

—Gracias, así con el dinero del primero me tomo el segundo.

—Oiga, señor Panarello, ¿no cree que a su edad...?

—¿Mi edad?, ¡y una leche! Según usted, ¿cuánto puedo aguantar todavía? ¿Seis meses? ¿Un año? ¿Y para qué voy a privarme de un coñaquito?

En ese momento sonó la hora en el reloj del ayuntamiento, situado delante de la terraza del café.

—¿Ya son las seis? —se sorprendió Panarello.

—No, lleva una hora de adelanto —dijo el director—. Ese reloj marca las horas que le parecen.

—¡Jesús! —casi gritó el viejo. Y añadió en voz baja—: ¿Cómo he podido olvidarme? ¡Jesús! —La excitación le producía violentos temblores en la mano izquierda y para inmovilizarla la sujetó con la derecha—. Si no hubiera sido por el reloj, no me habría acordado.

El camarero, junto con el brandy, había servido un providencial vaso de agua, que Panarello se bebió de un trago.

Montalbano y el director Burgio, callados, permanecían inmóviles en las sillas. Finalmente, el viejo consiguió hablar.

—Cuando los aliados tomaron Sicilia, se les presentó el problema de cómo eliminar la enorme cantidad de explosivos de distinto tipo que italianos y alemanes habían abandonado. Era algo impresionante, créanme. Los niños jugaban con las bombas de mano. Un día dos grupos de vigateses jugaron a la guerra a cañonazos. Se decidió arrojar los explosivos al mar y se confió la labor a los soldados negros. Llegaban al muelle camiones cargados con municiones y bombas con tres o cuatro negros a bordo. Habían requisado una decena de pesqueros con sus tripulaciones. Los negros, desde la caja del camión lanzaban las piezas a los del pesquero, que las cogían al vuelo y las iban ordenando en cubierta. Cuando el pesquero estaba cargado, zarpaba y, una vez en mar abierto, arrojaba el material y volvía para hacer otro viaje. Nosotros, en el pueblo, encomendábamos nuestra alma al Señor, pues era inevitable que, antes o después, sucediese algo. Y sucedió. La mañana del 10 de octubre un camión saltó por los aires. Murieron los cuatro negros que viajaban en él, cuatro paisanos nuestros que iban a bordo del pesquero, tres estibadores del puerto que trabajaban a cierta distancia y dos pescadores que pasaban en aquel momento. Trece muertos y cuarenta heridos. ¡Jesús! ¿Cómo es que se me ha olvidado?

—Según su opinión, ¿hay que excluir el sabotaje? —preguntó el comisario.

El viejo lo miró sorprendido.

—Perdone, no le he entendido.

—Según su opinión, ¿fue un accidente?

—¡Claro! ¡Estaban locos haciendo el trabajo de esa manera! ¡Sin precauciones! ¡Con una arrogancia...! Fue una desgracia, ¿qué otra cosa pudo ser?

—Nada —dijo Montalbano.

—Perdone, pero ¿recuerda dónde se encontraba el camión cuando saltó por los aires? —preguntó el director.

—Mire, precisamente debajo del silo que ha sido demolido. Tres personas que entonces vivían allí resultaron heridas.

—Dígame una cosa —inquirió el comisario—: ¿Por qué el reloj del ayuntamiento le ha recordado la explosión?

El viejo sonrió.

—Ah, por una historia que circuló entonces, no sé si verdadera o falsa. Mire, el ruido de la explosión fue tan fuerte que se rompieron los cristales de las casas a dos y tres kilómetros de distancia. Yo estaba en la oficina, aquí, en el ayuntamiento, que dista del puerto cuatro calles y media, y la onda expansiva arrancó la puerta, rompió los cristales y me arrojó al suelo. La historia es que el cristal del reloj se desprendió, y la maquinaria se detuvo a las diez y doce. En el minutero había algo oscuro, y todos pensamos que era un pichón muerto a causa de la explosión. Pero cuando vino uno de fuera a arreglar el reloj y a poner un cristal nuevo, dijo que en la aguja no había un pichón muerto, sino la mano de un negro que había volado por encima de los tejados de cuatro hileras de casas. Lo cierto es que de los cuatro negros del camión sólo se recogieron trozos pequeños, como máximo un pie o un brazo. Fue una cosa terrible, tremenda.

Terrible, tremendo. Las mismas palabras que había empleado Carlo Zanchi cincuenta y siete años antes.

Volvieron en silencio, uno a su casa y el otro al despacho. Sólo cuando se despidieron, el director habló:

—¿Y si fuera sólo una coincidencia?

—No lo creo. Esperó a que el embarque de material explosivo se hiciera debajo del silo y lanzó una bomba al camión desde el tejado. Luego se arrepintió al ver tantos muertos inocentes.

—¿Y qué hacemos con nuestro secreto? —preguntó el director.

—Lo guardamos entre nosotros dos o, mejor dicho, tres, porque usted se lo contará a la señora Angelina.

Pero eran cuatro los que conocían el secreto. Una noche, cuando el comisario estaba viendo las noticias de Retelibera sentado en un sillón, lo sorprendió una noticia. El periodista Nicolò Zito dijo, entre otras cosas, que en la comunidad de San Calogero, que acogía a descarriados de todo tipo, se había producido un incendio, seguramente provocado, que destruyó dos barracones. Se creía que el responsable era alguien expulsado de la comunidad por mala conducta. No fue la noticia en sí misma lo que llamó la atención de Montalbano, sino el nombre del fundador de la comunidad: don Celestino Zanchi.

Recordó inmediatamente que en la carta de 1944 se decía que todos los refugiados que se albergaban en el silo fueron trasladados a Montelusa. Podía tratarse de una simple coincidencia, pero valía la pena comprobarlo.

Buscó el número en el listín de teléfonos, lo apuntó y se fue a dormir.

A la mañana siguiente, a las ocho, llamó. Le dijeron que el párroco tenía un poco de fiebre, pero que lo recibiría igualmente si pasaba después de comer, a las cinco. Ni siquiera le preguntaron la razón de la visita.

Don Celestino Zanchi lo recibió en la cama. Tenía treinta y ocho de fiebre.

—Una gripe sin importancia —dijo excusándose—, pero muy fastidiosa. —Delgado, de ojos muy vivos, era un hombre fuerte y decidido, de edad muy avanzada—. ¿Es comisario de policía?

—Sí.

—¿Ha venido por el incendio?

—No.

El párroco lo miró más atentamente, mientras el comisario, a su vez, observaba la pobrísima habitación. Sobre la cómoda sólo había dos fotografías: la de una pareja y la de un muchacho de unos catorce años. El párroco había seguido su mirada.

—Son mis padres en Libia, en el 38. La otra es de mi hermano Carlo cuando apenas tenía quince años.

Sin saber, sin querer, ya se lo había dicho todo. ¿Qué estaba haciendo en aquel cuarto, atormentando sin razón a un pobre párroco? No podía apartar los ojos de la fotografía de Carlo: un rostro limpio, de buen muchacho, una sonrisa abierta, franca.

—Se ha enterado de algo que hace referencia a mi hermano, ¿verdad? —preguntó en voz baja don Celestino.

—Sí —contestó el comisario sin volver la cabeza.

—¿Cómo se ha enterado?

—Se ha encontrado un cuaderno entre las ruinas del silo de Vigàta. Una especie de diario que escribía su hermano.

—En el que dice que...

—No de manera clara. ¿Lo sabía? —preguntó Montalbano volviéndose finalmente hacia la cama.

—Mire, yo no estaba con mi familia en el silo. Como en Libia ya había entrado en el seminario, me acogieron en el de Montelusa. La mañana del 10 de octubre nos enteramos de la explosión. Después de comer se presentó mi hermano en el seminario. Estaba trastornado, temblaba, balbuceaba. Creí que les había sucedido algo a mis padres. Pero él me confesó llorando la monstruosidad que había cometido. No sabía qué hacer, tenía fiebre y a ratos parecía que deliraba. Corrí a ver al rector, que me apreciaba, y se lo conté todo. El rector lo acogió en una celda vacía y llamó a un médico. Durante casi un mes se negó a comer, y yo le obligaba a hacerlo por la fuerza. Luego, una tarde, pidió al rector que lo confesara. A la mañana siguiente comulgó y salió del seminario. Lo encontraron quince días después en el campo, en Sommatino. Se había ahorcado. —Montalbano no supo qué decir. ¿Por qué demonios se le habría metido en la cabeza ir a ver a don Celestino?—. Y yo me impuse una obligación.

—¿Cuál?

—Resarcir, al menos en parte, a las víctimas inocentes. Mi padre, un año antes de morir, recibió de nuestro gobierno una indemnización por la explotación agrícola que había perdido en Libia. Era grande, valía mucho. En cuanto heredé el dinero, lo envié anónimamente a las viudas e hijos de aquellos pobres muertos. Y no pasa un día que no rece al Señor por ellos y por mi hermano Carlo, que murió desesperado.

—Mañana le enviaré el cuaderno —dijo el comisario con brusquedad—. Haga con él lo que quiera.

Se inclinó ligeramente ante el párroco y salió del cuarto maldiciendo su olfato de policía.

Al día siguiente, mandó un sobre a don Celestino por medio del agente Gallo. En el interior había un cuaderno y un cheque de quinientas mil liras de sus ahorros, destinado a la comunidad.

Luego llamó por teléfono a Burgio y se invitó a comer. Tenía que contarle el final de la investigación.

El olor del diablo

La señora Clementina Vasile Cozzo era una anciana maestra jubilada, paralítica, que había ayudado en diversas ocasiones al comisario Montalbano. Entre ellos había nacido algo más que una amistad: el comisario, que se había quedado sin madre cuando era pequeño, sentía hacia ella una especie de amor filial. A menudo, cuando iba a hacerle una visita, Montalbano se quedaba a comer o a cenar. Los guisos de Pina siempre eran una promesa de algo bueno que acababa resultando mejor.

Aquel día habían acabado de comer y estaban tomando el café cuando la señora dijo:

—¿Sabe que mi maestra de párvulos todavía vive y está sana?

—¿De verdad? ¿Y qué edad tiene?

—Noventa y cinco; los cumple hoy precisamente. Pero ¡si la viera, comisario! Muy lúcida, independiente; camina como una muchachita. Una vez al mes, por lo menos, viene a visitarme. Vive cerca de la antigua estación.

—¿Viene a pie? —se maravilló el comisario pues había un buen trecho de camino.

—Sin embargo, hoy soy yo quien irá a visitarla y por dos razones. Me lleva mi hijo y luego me irá a buscar. En Vigàta quedamos una decena de ex alumnos suyos y se ha convertido en una costumbre reunirnos todos en casa de

Antonietta —se llama Antonietta Fiandaca—, para festejar su cumpleaños. Nunca se quiso casar; siempre ha estado sola. Porque así lo eligió ella, cuidado.

—¿Y la otra?

—¿Qué otra? No comprendo.

—Señora Clementina, me ha dicho que iba a visitar a su antigua maestra por dos razones. Una es el cumpleaños. ¿Y la otra?

La señora Clementina puso cara de circunstancias. Estaba indecisa.

—El hecho es que me cuesta un poco hablar de ello. Bien, Antonietta me llamó ayer por teléfono para decirme que otra vez había olido la fetidez del diablo.

El comisario comprendió enseguida que la señora no estaba hablando en sentido metafórico, que se refería al diablo diablo, el de los cuernos, patas de cabra y rabo. En cuanto a que un diablo de este tipo fuera fétido, es decir, que emitiese malos olores, Montalbano lo sabía por la lectura y por la tradición oral, por los cuentos que le contaba su abuela. Ante la seriedad de la señora Vasile Cozzo, le entraron ganas de sonreír.

—Mire, comisario, que es una cosa muy seria.

Montalbano encajó la amonestación.

—¿Por qué me ha dicho que su antigua maestra lo ha olido «otra vez»? ¿Ya le había sucedido antes?

—Empiezo desde el principio, que es mejor. Bien, Antonietta procede de una familia muy rica; trabajaba de maestra no por necesidad, sino porque ya tenía ideas avanzadas. Luego los negocios de su padre fueron mal. Para resumir, ella y su hermana Giacomina se repartieron una herencia discreta. Entre otras cosas, a Antonietta le tocaron dos pequeñas villas, una en el campo, en Pàssero, y una aquí, en Vigàta. La de aquí es una preciosidad, ¿la conoce?

—¿Se refiere a la villa de estilo morisco que está a una decena de metros de la antigua estación?

—Sí, ésa. Es del arquitecto Basile.

El comisario no sólo la había visto, sino que más de una vez se había detenido a observarla y admirar su gracia.

—Cuando Antonietta se jubiló, le gustaba pasar largas temporadas en la villa que poseía en el campo, que tenía muy arreglada y decorada con muebles de valor. El jardín parecía el de una casa inglesa. Se dedicaba a dar clases de repaso a los hijos de los vecinos. Cuando llegaba el invierno, bajaba al pueblo. Esto lo hizo hasta dos años antes de que usted llegara a Vigàta.

—¿Qué pasó?

—Cierta noche la despertó un ruido. Como es natural, pensó en ladrones. Sobre la mesilla de noche tenía una especie de telefonillo conectado con la casita del guarda, donde éste vivía con su mujer y sus hijos. El guarda llegó a los cinco minutos con un arma. No había ninguna puerta forzada ni cristal roto en las ventanas. Volvieron a la cama. Apenas se había metido entre las sábanas, Antonietta empezó a percibir aquel hedor. Era insoportable, de azufre quemado mezclado con porquerías de cloaca. Daba náuseas. Antonietta volvió a vestirse, y como no quería despertar otra vez al guarda, pasó el resto de la noche en un pabellón que había en el jardín.

—¿El hedor persistía cuando volvió a la casa al día siguiente?

—Ciertamente. También lo notó la mujer del guarda, que acudió a limpiar la casa. Débil, pero persistía.

—¿Sucedió otras veces?

—¡Desde luego! Antonietta mandó vaciar el pozo negro, limpiar el desván, ordenar la bodega. Nada. El hedor siempre volvía. Luego sucedió algo distinto.

—¿Sí?

—Una noche, después de que el hedor la obligara a refugiarse en el pabellón, oyó unos ruidos espantosos procedentes del interior de la casa. Cuando entró, vio que todos los vasos y los platos estaban rotos, estrellados contra las paredes. Y todavía sucedió algo peor. Al cabo de dos meses de dormir Antonietta en el pabellón, todo acabó de golpe, como había empezado. Antonietta volvió a dormir en su cama. Tras quince días durante los cuales parecía que todo había vuelto a la normalidad, sucedió lo que sucedió. —El comisario no preguntó nada, pero estaba muy interesado—. Antonietta duerme habitualmente boca arriba. Hacía calor y había dejado la ventana abierta. La despertó algo pesado que le había caído encima del vientre. Abrió los ojos y lo vio.

—¿A quién?

—Al diablo, comisario. Al diablo, en la forma que había decidido adoptar.

—¿Y qué forma tenía?

—La de un animal. De cuatro patas. Con cuernos. Fosforescente, los ojos rojos, soplaba y emitía un horrible hedor de azufre y cloaca. Antonietta lanzó un grito y se desmayó. Gritó tan fuerte que llegaron corriendo el guarda y su mujer, pero no encontraron huella alguna del inmundo animal. Tuvieron que llamar al médico, Antonietta tenía fiebre alta y deliraba. Cuando se recuperó, desesperada y aterrorizada, llamó al padre Fulconis.

—¿Quién es?

—Su sobrino, es párroco de Fela. Giacomina, la hermana, se casó con un médico, el doctor Fulconis, y tuvo dos hijos: el cura, Emanuele, y Filippo, un degenerado, jugador empedernido que mató a disgustos a su madre y que ha dilapidado el patrimonio. Don Emanuele tenía fama de exorcista en Fela. Por eso Antonietta lo llamó, esperando que le limpiase la casa.

—¿Y lo logró?

—Qué va. En cuanto llegó, estuvo a punto de desmayarse. Se puso tan pálido que parecía un muerto, y dijo que sentía la presencia del Maligno. Luego quiso que lo dejaran solo en la villa, hizo que se alejaran de allí hasta el guarda y su familia. Como pasaron tres días sin saber nada de él, Antonietta se preocupó y lo comunicó a los carabineros. Encontraron al padre Fulconis con la cara hinchada a golpes, cojo de una pierna y más en el otro mundo que en éste. Contó que el diablo se le había aparecido muchas veces y que lucharon, pero que no logró vencerlo y había llevado la peor parte. En resumen, Antonietta se trasladó a Vigàta e hizo correr la voz de que quería vender la villa. Pero la noticia de que el diablo habitaba allí la conocía todo el mundo y nadie quiso adquirir la casa. Finalmente se atrevió alguien de Fela, se la compró por cuatro cuartos, una miseria. Puso un restaurante en la planta baja y transformó las habitaciones de arriba en un garito clandestino. Los carabineros lo cerraron. Después ya no sé qué ha pasado; no importa, pues la casa ya no pertenece a Antonietta. La habrán comprado otros. ¿Sabe una cosa? Esta historia del diablo la he conocido cuando todo había pasado y Antonietta ya había vendido la villa.

—Si se hubiera enterado a tiempo, ¿qué habría hecho?

—Pensándolo bien, no habría sabido qué hacer, qué aconsejar. ¡Pero me ha dado una rabia! Y ahora la historia vuelve a empezar. Me temo que la pobre Antonietta, tan anciana, saldrá muy perjudicada, y no sólo económicamente.

—Explíquese mejor.

—Ha perdido la cabeza. Me ha dicho cosas que me preocupan. El otro día me preguntó: «¿Qué quiere de mí el diablo?»

Se había hecho tarde y el comisario tenía que volver a su despacho.

—Le ruego que me tenga informado —le dijo a la señora.

Cuando la señora Clementina se enteró de que su anciana maestra, después de un aumento de las manifestaciones diabólicas de azufre y porquerías, se había visto obligada a pasar dos noches sentada en un escalón ante la puerta de su casa, le envió a Pina con una tarjeta y la convenció para que fuera a dormir a su casa.

Durante el día, la señora Antonietta volvía a la villa y cuando oscurecía, cambiaba de casa.

Clementina Vasile Cozzo informó por teléfono al comisario de este cambio de hábitos de la señorita. Convinieron que se trataba de la mejor solución, dado que era evidente que al diablo no le gustaba la luz del sol y que por la noche emitía el hedor sólo en presencia de la anciana maestra.

Una mañana, dos días más tarde, Montalbano llamó por teléfono a la señora Clementina.

—¿Todavía está con usted la señorita Antonietta?

—No, ya ha vuelto a su casa.

—Bien. ¿Puedo pasar esta mañana? Necesito hablar con usted.

—Venga cuando quiera.

• • •

116

La señorita Antonietta cenaba a las siete y media (por decir algo, porque un pájaro comía más que ella), luego se preparaba las cosas para la noche, las metía dentro de una bolsa y se dirigía a casa de su ex alumna.

Aquella tarde sonó el timbre del teléfono cuando acababa de cenar.

—¿Antonietta? ¿Ya ibas a salir?

—Sí.

—Mira, me resulta muy doloroso, no sabes cuánto me desagrada, pero ha llegado sin avisar mi sobrino de Australia. No te puedo albergar ni esta noche ni mañana.

—¡Dios mío! ¿Adónde voy a ir?

—Quédate en casa. Esperemos que no ocurra nada.

La primera noche no sucedió nada, pero la señorita Antonietta no durmió por temor a sentir el hedor del diablo.

En cambio, la segunda noche el diablo se manifestó y el primero que lo vio fue el comisario, que estaba oculto en su coche, aparcado a poca distancia de la entrada posterior de la villa. El Maligno abrió cautelosamente la puerta, entró, permaneció en la casa apenas un minuto, salió de nuevo, cerró e inició el camino hacia su automóvil.

—Perdone un momento.

Sorprendido por la voz que le llegaba de sus espaldas, el Diablo dio un respingo y dejó caer la botellita que tenía en la mano. No la había tapado bien y el líquido se vertió en el suelo.

—Usted es el diablo —dijo Montalbano—, lo reconozco por el hedor que desprende.

Luego, no sabiendo cómo tratar a una presencia sobrenatural, le dio un fuerte puñetazo en la nariz, por si acaso.

• • •

—Me ha confesado que estaba acosado por las deudas, jugaba y perdía. Se le ocurrió repetir lo que había hecho hace unos años con la casita de campo. Los que la compraron por la décima parte de su valor estaban de acuerdo con él. Ahora estaba de acuerdo con otros, y habría obligado a su tía a vender también la villa de Vigàta.

—Ya sabía —dijo la señora Clementina— que Filippo era un delincuente. Me ha explicado que el hedor del diablo provenía de un compuesto químico que había encargado, y lo creo. Pero ¿qué era el animal diabólico, luminoso, que la pobre Antonietta vio encima de su vientre? ¿Y por qué Emanuele, el hermano cura, dijo que había sido derrotado en su enfrentamiento con el diablo?

—El animal diabólico era un gato, untado con una pasta fosforescente y con un par de cuernos de cartón pegados en la cabeza. En cuanto al párroco, no se enfrentó con el diablo, sino con su hermano Filippo. Lo había descubierto todo y quería persuadirlo.

—Y se hizo cómplice. ¡Un cura!

—No lo justifico, pero lo entiendo. Filippo estaba amenazado de muerte por sus acreedores.

—Y ahora ¿qué hacemos? ¿Se lo contamos todo a Antonietta? Si se enterase de que ha sido su sobrino quien ha organizado todo esto, se moriría de pena, como su hermana.

Montalbano pensó en ello.

—Se me ocurre una cosa.

—Espere un momento. ¿Cómo se enteraba Filippo que Antonietta dormía en la villa?

—Tenía un cómplice que le informaba de los desplazamientos. Me ha dado su nombre.

—Ahora explíqueme su idea.

• • •

El padre Emanuele Fulconis, el exorcista, llegó apresuradamente a Vigàta, llamado por su tía Antonietta, según le
había sugerido la señora Clementina. Esta vez trabajó muy
bien; le bastó una sola noche. A la mañana siguiente, anunció triunfante que finalmente lo había conseguido, que había derrotado al diablo para siempre.

Acababan de comer las sardinas rellenas cuando el comisario se atrevió a hacer la pregunta que durante días y días lo
inquietaba.

—Señora Clementina, ¿cree usted en el diablo?

—¿Yo? ¡Qué va! Si hubiera sido así, ¿para qué le habría
contado esta historia? Si hubiera creído en el diablo se la
habría contado al obispo, ¿no le parece?

El compañero de viaje

El comisario Salvo Montalbano llegó a la estación de Palermo con mal humor. Su malestar se debía a que se había enterado tarde de la doble huelga de aviones y barcos, y para ir a Roma sólo había encontrado una litera en un compartimiento de segunda para dos personas. Lo que significaba, en pocas palabras, una noche entera con un desconocido dentro de un espacio tan asfixiante que una celda de aislamiento resultaba más cómoda. Además, Montalbano nunca conseguía conciliar el sueño en el tren, aunque tomara somníferos hasta el límite del lavado gástrico. Para pasar las horas, llevaba a cabo un ritual que únicamente era posible si estaba solo. Consistía en acostarse, apagar la luz, encenderla apenas media hora después, fumar medio cigarrillo, leer una página del libro que se había llevado, apagar el cigarrillo, apagar la luz, y cinco minutos después, repetir la misma operación, y así hasta la llegada. Si no estaba solo, era absolutamente indispensable que el compañero de viaje tuviera unos nervios a toda prueba y un sueño pesado como el plomo; a falta de tales requisitos, la cosa podía acabar a bofetadas. La estación estaba tan llena de viajeros que parecía el primer día de agosto. Esto malhumoró aún más al comisario, perdida la esperanza de que la otra litera quedara vacía.

Delante del coche había un individuo vestido con un mono azul sucio y una plaquita con su nombre en el pecho. A Montalbano le pareció un mozo, raza en vías de extinción, porque ahora existen los carritos y el viajero pierde una hora antes de encontrar uno que funcione.

—Déme el billete —le dijo amenazador el hombre del mono.

—¿Por qué? —preguntó desafiante el comisario.

—Porque hay huelga de revisores y me han dicho que los sustituya. Estoy autorizado a abrirle la litera, pero le advierto que mañana por la mañana no puedo prepararle café ni traerle el periódico.

Montalbano se malhumoró aún más: lo del periódico pase, pero sin café estaba perdido. Peor no se podía empezar.

Entró en el compartimiento. Su compañero de viaje todavía no había llegado: no había equipajes a la vista. Apenas tuvo tiempo de dejar la maleta y abrir la novela policíaca que había elegido, sobre todo por su grosor, cuando el tren se puso en movimiento. ¡Mira que si el otro ha cambiado de idea y no ha subido! El pensamiento lo alegró. Después de un trecho, el hombre del mono se presentó con dos botellas de agua mineral y dos vasos de papel.

—¿Sabe dónde sube el otro señor?

—Me han dicho que ha comprado el billete en Messina.

Se consoló: por lo menos podía estar en paz durante más de tres horas, que era lo que empleaba el tren en hacer el recorrido de Palermo a Messina. Cerró la puerta y siguió leyendo. La historia que narraba el libro lo enganchó de tal manera, que cuando se le ocurrió echar una mirada al reloj, observó que faltaba poco para llegar a Messina.

Llamó al hombre del mono, se hizo preparar la litera —le había tocado la de arriba— y, en cuanto el mozo hubo acabado, se desnudó, se acostó y siguió leyendo. Cuando el tren entró en la estación, cerró el libro y apagó la luz. Cuando entrara el compañero de viaje fingiría estar dormido; así no habría necesidad de intercambiar palabras de cumplido.

Sin embargo, después de interminables maniobras hacia delante y hacia atrás, cuando el tren finalmente embarcó en el transbordador, la litera inferior seguía vacía. Montalbano empezaba a dejarse arrastrar por la satisfacción cuando, una vez amarrado el barco con una sacudida, se abrió la puerta del compartimiento y el viajero hizo su temida entrada. El comisario, debido a la escasa luz procedente del corredor, tuvo tiempo de entrever a un hombre de baja estatura, cabello cortado al cepillo, envuelto en un abrigo largo y pesado y con un portafolios en la mano. El pasajero olía a frío. Evidentemente había subido en Messina, pero había preferido permanecer en la cubierta durante la travesía del estrecho.

El recién llegado se sentó en la litera y no se movió, no hizo el menor movimiento ni encendió la luz pequeña, la que permite ver sin molestar a los demás. Permaneció sentado e inmóvil más de una hora. De no haber tenido una respiración pesada como después de una larga carrera de la cual es difícil recuperarse, Montalbano habría creído que la litera inferior continuaba vacía. Con la intención de que el desconocido se sintiera cómodo, el comisario fingió dormir y empezó a roncar un poco, con los ojos cerrados, pero como hace el gato, que parece dormido y, en realidad, está contando las estrellas del cielo de una en una.

De pronto, y sin darse cuenta, se durmió de verdad. Nunca le había sucedido.

Se despertó con un escalofrío, el tren se había detenido en una estación: Paola, le informó una voz masculina desde un altavoz. La ventanilla estaba completamente bajada y las luces amarillas de la estación iluminaban discretamente el compartimiento.

El compañero de viaje seguía envuelto en el abrigo y ahora estaba sentado a los pies de la litera, la cartera abierta encima de la tapadera del lavabo. Leía una carta y acompañaba la lectura con un movimiento de los labios. Cuando acabó, la rompió a conciencia y dejó los pedacitos junto a la cartera. El comisario observó que el montón blanco formado por las cartas rasgadas era bastante alto. Si aquella historia hacía rato que duraba, él había dormido dos horas más o menos.

El tren se movió, cogió velocidad, y cuando estuvieron fuera de la estación el hombre se levantó, cogió con ambas manos la mitad del montoncito y lo hizo volar fuera de la ventanilla. Repitió el movimiento con la mitad que quedaba y luego, tras un momento de indecisión, cogió la cartera todavía parcialmente llena de cartas para releer y romper y la lanzó por la ventanilla. Montalbano observó que aspiraba por la nariz y comprendió que aquel hombre estaba llorando, porque luego se pasó la manga del abrigo por la cara para secarse las lágrimas. Después, el compañero de viaje se desabrochó la pesada indumentaria, sacó del bolsillo posterior de los pantalones un objeto oscuro y lo lanzó fuera con fuerza.

El comisario tuvo la certeza de que aquel hombre se había librado de un arma de fuego.

El desconocido volvió a abrocharse el abrigo, cerró la ventanilla, corrió la cortinilla y se echó en la litera como un peso muerto. Comenzó a sollozar sin freno. Montalbano, incómodo, aumentó el volumen de su falso ronquido. Un bonito concierto.

Poco a poco los sollozos se fueron aplacando. Venció el cansancio, o lo que fuera, y el hombre de la litera de abajo cayó en un sueño agitado.

Cuando observó que faltaba poco para llegar a Nápoles, el comisario bajó por la escalerilla, encontró a tientas la percha con la ropa y se vistió en silencio: el compañero de viaje, siempre envuelto en el abrigo, le daba la espalda. A Montalbano, sin embargo, le dio la sensación de que estaba despierto y no quería darlo a entender, como él mismo hizo durante la primera parte del viaje.

Cuando se inclinó para atarse los zapatos, Montalbano observó que en el suelo había un rectángulo de papel blanco, lo recogió, abrió la puerta, salió rápidamente al corredor, y cerró a sus espaldas. Era una tarjetita postal y representaba un corazón rojo rodeado por un vuelo de blancas palomas bajo un cielo azul. Estaba dirigida al contable Mario Urso, calle de la Libertà número 22, Patti (provincia de Messina). Un texto de cinco palabras: «Te recuerda siempre con amor» y la firma, «Anna».

El tren no se había detenido bajo la marquesina, y el comisario corría desesperado por el andén en busca de alguien que vendiera café. No encontró a nadie, llegó jadeando al vestíbulo central, se quemó la boca con dos tazas, una tras otra, se precipitó hacia el quiosco y compró el periódico.

Tuvo que echar a correr porque el tren volvía a ponerse en marcha. Se quedó en el pasillo para recuperar el aliento y luego empezó a leer precipitadamente la crónica de sucesos, como siempre hacía. Enseguida se fijó en una noticia procedente de Patti (provincia de Messina). Unas cuantas líneas, tantas como el hecho merecía.

Mario Urso, un estimado contable cincuentón, al sorprender a su joven esposa Anna Foti en actitud inequívoca con R.M., de treinta años, que estaba vigilado por la policía, la había matado con tres disparos de pistola. R.M., el amante, que anteriormente se había burlado en público del marido traicionado, no sufrió heridas, pero se encontraba en el hospital debido a la impresión sufrida. La policía y los carabineros seguían buscando al asesino.

El comisario no entró en el compartimiento, permaneció en el corredor fumando un cigarrillo tras otro. Luego, cuando el tren avanzaba muy lento bajo la marquesina de la estación de Roma, se decidió a abrir la puerta.

El hombre, siempre con el abrigo puesto, se había sentado en la litera, los brazos alrededor del pecho, el cuerpo sacudido por largos escalofríos. No veía, no oía.

El comisario cobró ánimos y entró en la densa angustia, la palpable desolación, la visible desesperación que llenaban el compartimento y lo teñían de un color amarillo putrefacto. Cogió la maleta y luego dejó con delicadeza la tarjeta en las rodillas de su compañero de viaje.

—Buena suerte, contable —susurró.

Y se mezcló entre los viajeros que se disponían a bajar.

Una trampa para gatos

—El domingo por la noche organizo una fiesta para celebrar mis veinticinco años de matrimonio. Acudirán todos los amigos y los colegas. Mi mujer y yo quisiéramos que nos hiciera usted el honor de tenerlo entre nosotros —dijo Fazio.

—Claro que iré —aceptó Montalbano.

Entre los hombres del comisario, en Vigàta, Fazio era con el que mejor se entendía; bastaba una mirada. Luego venía el subcomisario Augello: a veces también le bastaba una simple mirada, aunque se requería que en ese momento no hubiera perdido la cabeza por alguna mujer.

—¿Carne o pescado? —preguntó Fazio sabiendo lo difícil que era satisfacer los gustos gastronómicos de su jefe.

Montalbano se lanzó a lo seguro: le constaba que la señora Fazio sabía lo que se hacía en la cocina. Pero nació y creció en un pueblecito muy pequeño del interior, donde el pescado nunca entraba en casa.

—Carne, carne.

La señora Fazio se superó: la pasta rellena estaba para chuparse los dedos; y el rollo de carne relleno de huevo duro, tocino y queso de cabra troceado, se volatilizó, aunque hubiera habido suficiente para una veintena de personas. El comisario había llevado una caja con doce botellas de buen vino, del que elaboraba su padre. Una vez acabada la cena y también las doce botellas, y puesto que hacía una noche hermosísima de principios de mayo, decidieron dar un largo paseo por el muelle, hasta el faro, para aligerar un poco la carga que todos llevaban a bordo.

Como todos eran policías, resultaba inevitable que en un determinado momento se pusieran a hablar como policías. La ocasión la dio la inocente pregunta que el comisario le hizo a Fazio, que caminaba a su lado.

—¿Qué le has regalado a tu mujer?

Estaban recorriendo la calle Roma, la principal de Vigàta, llena de tiendas con los escaparates iluminados pese a lo avanzado de la noche.

—Venga, que se lo enseño —contestó Fazio.

Cruzaron a la otra acera y Fazio se detuvo ante el escaparate de una joyería.

—Un relojito igual a aquel con la pulsera roja, ¿lo ve?

Los otros los alcanzaron.

—Son objetos de valor —observó Mimì Augello—, no es bisutería. ¿Te ha costado mucho el reloj?

—Bastante —contestó Fazio en tono seco.

Entre ellos dos no había amistad.

—Un forastero que pase por aquí y vea esta calle —intervino Galluzzo mientras reemprendían el camino hacia el puerto—, se formará un concepto equivocado de Vigàta. Creerá que aquí no hay ladrones, porque el cristal de los escaparates ni siquiera está blindado.

—Y mientras lo piensa, le birlan la cartera o le arrancan el bolso —dijo Tortorella.

—El hecho es que los comerciantes de la calle Roma —comentó Fazio— pueden estar tranquilos; pagan un precio muy alto para estarlo. Los carabineros, que se ocupan de estas cosas, lo saben pero no pueden hacer nada. Ningún comerciante va a denunciar que le obligan a pagar el impuesto a la mafia para que su tienda no sufra ningún daño.

—Es como un seguro; hay muchos seguros, sólo que éste no falla, puesto que pagas para que no te pase nada, y en efecto, no te pasa nada. En cambio si te sucede algo, una aseguradora de verdad sí puede no te paga —fue el confuso comentario de Gallo que, él solo, se había metido entre pecho y espalda una botella y media de vino.

—Los de la calle Roma ¿a quién pagan el impuesto? —preguntó distraído Montalbano.

—A la familia Sinagra —contestó Fazio.

—¿Envían a un cobrador?

—No, comisario; ni siquiera se toman ese trabajo. Cada fin de mes los comerciantes van a la tienda de Pepè Rizzo, la última a la derecha de la calle Roma. ¿Lo conoce?

—Le compro los zapatos.

—Bien; Rizzo pertenece a la familia Sinagra. Cobra, toma su parte y el resto lo entrega. ¡Así es más cómodo!

—¡Da mucha rabia saber que alguien es un delincuente y no poder tocarle siquiera un pelo! —estalló Gallo.

—Porque si le tocas un pelo —observó Fazio—, te cae encima toda la familia Sinagra con la caterva de hombres dentro y fuera de la ley que están a sus órdenes.

—Las cosas no son como se las estáis contando al comisario —objetó Tortorella, que era el más lúcido de todos porque, a causa de una antigua herida en el vientre, no podía beber ni una gota de vino.

—Ah, ¿no? ¿Y cómo son? —replicó polémico Fazio al que a menudo el vino se le atravesaba.

—Lo cierto es que Pepè Rizzo no es mafioso, no pertenece a la familia Sinagra, y cuando cobra el impuesto de sus colegas no se queda ni un céntimo.

—Entonces, ¿por qué lo hace?

—Porque lo han obligado los Sinagra, y han hecho correr que es uno de ellos.

—¿Cómo te has enterado de todo eso?

—Me lo ha contado él, confidencialmente. Es primo mío, hemos crecido juntos, lo conozco por dentro y por fuera. Y le creo.

Montalbano se echó a reír.

—Una trampa para gatos —dijo.

Los otros lo miraron sorprendidos.

—Una vez la hija de una amiga mía, que no había cumplido cuatro años todavía, dibujó un pájaro en la página de un cuaderno. Al menos ella estaba convencida de haber dibujado un pájaro, aunque no se veía muy claro. Entonces le pidió a su madre que escribiera encima del dibujo: «Esto es un pájaro.» Luego cogió el papel y lo puso encima de la hierba del jardincito que tenían. «¿Qué has hecho?», le preguntó la madre con curiosidad. «Una trampa para gatos», contestó la pequeña. Los Sinagra han actuado igual, haciendo creer que Rizzo es uno de sus hombres. Habría que joderlos estrepitosamente haciéndolos caer, a su vez, en otra trampa para gatos.

Mientras estaba hablando, decidió que al día siguiente iría a comprarse un par de zapatos.

A las siete y media de la tarde, en cuanto el dependiente se hubo marchado, bajada en sus tres cuartas partes la persiana metálica, el comisario preguntó medio asomándose:

—¿Puedo entrar? ¿Llego a tiempo? Soy Montalbano.

—¡Claro, comisario! —respondió desde el interior Pepè Rizzo.

Montalbano, como un cangrejo, pasó de lado por debajo de la persiana y entró en la tienda.

—¿En qué puedo servirle?

—Los habituales mocasines marrones con cordones.

Mientras Rizzo elegía las cajas de los estantes, el comisario tomó asiento, se quitó el zapato derecho y apoyó el pie en el escabel.

—¿Sabe cuántas tiendas hay en la calle Roma?

La pregunta podía parecer inocente, pero como Pepè Rizzo no tenía la conciencia tranquila, se puso a la defensiva.

—No sabría decirle. Nunca las he contado —contestó mientras seguía buscando entre las cajas.

—Se lo diré: setenta y tres. La calle Roma es larga.

—Ya.

Pepè Rizzo se agachó a los pies del comisario y abrió la primera de las cuatro cajas que había elegido.

—Éstos son un poco caros. ¡Pero mire qué suavidad!

Montalbano no los miró; por su expresión parecía perdido en sus pensamientos.

—¿Sabe una cosa? Usted sólo puede contar con sesenta y tres amigos, los otros diez no lo son.

—¿Por qué?

—Porque estos diez, cuyos nombres no le daré, han venido esta tarde a comisaría y lo han denunciado. Dicen que usted cobra los impuestos por cuenta de la familia Sinagra.

Pepè Rizzo lo encajó con un ruido sordo, expulsó el aire que tenía en los pulmones con una especie de lamento y cayó hacia atrás con los brazos extendidos.

El comisario se levantó. Cojeando del pie descalzo, corrió a bajar del todo la persiana, se precipitó en la trastienda, volvió con media botella de agua mineral y un vaso de plástico, roció con un poco de agua la cara de Rizzo y, en cuanto empezó a recuperarse, le sirvió un vaso hasta el borde. Rizzo bebió, temblando como una hoja, pero no abrió la boca para defenderse: su silencio no era peor que si hubiera admitido la acusación.

—Mire, la denuncia es lo de menos —dijo el comisario con una expresión a medio camino entre lo angélico y lo diabólico.

—¿Y qué es lo que importa? —preguntó el otro con un hilo de voz.

—Lo importante será la reacción de los Sinagra a la denuncia. Imaginarán que usted es un hombre que no ha sabido hacerse respetar y los ha metido en problemas. Usted lo sabe mejor que yo. En comparación con lo que son capaces de hacerle, la cárcel le parecerá el paraíso terrenal.

Pepè Rizzo empezó a temblar como un árbol sacudido por el viento, pero el poderoso tortazo que Montalbano le dio en pleno rostro le hizo girar la cabeza y le evitó otro ataque de nervios.

—Procure estar tranquilo —le aconsejó el comisario—. Tenemos que hablar.

Tortorella estaba en lo cierto: Pepè Rizzo era un mafioso de cartón.

Pepè Rizzo claudicó y cantó de plano. Reveló al comisario cómo lo contrataron los Sinagra, qué presiones ejercieron sobre él para que aceptara el encargo de cobrador, cuáles eran las cuotas de cada comerciante, en dinero contante, el 28 de cada mes. El día siguiente a la recaudación, se presentaba a primera hora de la mañana un individuo con una saca de tela, metía dentro el dinero de los impuestos, saludaba y se marchaba.

—¿Siempre la misma persona? —preguntó Montalbano.

Rizzo contestó que durante los cinco años que duraba el asunto, al menos habían sido siete las personas que llevaban la saca.

—Y usted ¿cómo hacía para reconocerlas? ¿Sólo porque venían con una saca?

Rizzo dijo que cada cambio era precedido por una llamada telefónica.

—¿Y usted se fiaba de una voz anónima al teléfono?

—No señor; había una especie de consigna.

La voz anónima decía: «Hoy he decidido cambiar de zapatos.»

Cuando Rizzo insistió en conocer los nombres de quienes habían tenido el valor de denunciarlo, el comisario le confesó que se había tirado un farol.

—¿Qué? —inquirió Rizzo extrañado.

—No es verdad lo que le he dicho; yo le he tendido una trampa y usted ha caído en ella.

Pepè Rizzo se encogió de hombros.

—Mejor así.

Hablaron, discutieron. Montalbano salió de la tienda cuando ya despuntaba el día. Llevaba una caja bajo el brazo: ya que estaba allí, los mocasines marrones con cordones le habían gustado mucho, pero había tenido un largo tira y afloja con Rizzo que, en un arranque de agradecimiento, quería regalárselos.

El canon de protección no era el mismo para los setenta y tres comerciantes de la calle Roma porque los Sinagra, con magnanimidad y comprensión para cada caso individual, establecieron tarifas *ad personam* que iban de las cien mil a las trescientas mil liras. La tarde del 28 de aquel mismo mes, Pepè Rizzo, una vez cerrada la tienda, se dirigió a pie a su casa con el habitual maletín con los ciento setenta millones en billetes; caminaba sin prisas, no temía a los rateros porque en el pueblo todos sabían que un robo habría tenido consecuencias letales para los atolondrados que se hubieran atrevido. A la mañana siguiente, siempre con el maletín que durante la noche guardaba debajo de la cama, Pepè Rizzo salió de casa a las siete y media y fue al bar Salamone a desayunar un *brioche* con un granizado de café y luego, a las ocho menos cinco en punto, como todos los días salvo los domingos y las fiestas de guardar, se dispuso a abrir la persiana de la tienda, no sin antes haber dejado en el suelo el maletín. El horario de trabajo del dependiente empezaba a las nueve, pero antes llegaría el encargado de los Sinagra para trasladar el dinero a la saca de tela que luego se llevaba. Pepè Rizzo estaba concentrado en la operación de la apertura de la tienda y no vio el coche con dos personas que se detenía junto a la acera. Una vez hubo abierto la persiana hasta la mitad, Rizzo se agachó para recoger el maletín: con un sincronismo perfecto, el hombre que estaba sentado al lado del conductor abrió la portezuela, dio un salto y, con la mano izquierda, dio un violento empujón a Rizzo por la espalda y lo envió al interior de la tienda. Con la mano derecha cogió el maletín y volvió a subir al automóvil gritando «¡vamos!» al conductor. Entonces, como atestiguaron después algunos transeúntes, ocurrió algo increíble: el motor del coche empezó a fallar, en lugar de ponerse en marcha a toda velocidad. En vano el conductor se esforzó con el encendido. Nada. Pepè Rizzo salió de la tienda dando voces como un loco, en la mano el revólver que guardaba en un cajón debajo de la caja registradora, porque nunca se sabe. Como el coche no se decidía a ponerse en marcha, Pepè Rizzo no perdió el tiempo: dando unos gritos que podían oírse desde el faro, apuntó con el arma al que estaba al lado del conductor y, amenazándolo con que le iba a saltar la tapa de los sesos, le obligó a devolverle el maletín. Entonces, como liberado de un encantamiento, el coche se puso en marcha y se alejó a toda prisa. Pepè Rizzo disparó dos tiros para intentar detener la huida y luego, por los nervios, como era habitual en él, perdió el conocimiento y cayó cuan largo era. Se organizó un gran alboroto. Muchos creyeron que a Pepè Rizzo lo habían herido los malhechores. Por suerte el comisario Salvo Montalbano se encontraba en los alrededores e intervino con autoridad para imponer el orden. En cuanto al número de matrícula del automóvil, que le suministraron algunos testigos llenos de buenas intenciones, el comisario expresó su convencimiento de que no llevaría a ningún sitio; seguramente se trataba de un coche robado. Por su parte, cuando se recuperó, Pepè Rizzo dijo que en aquellos terribles momentos la ira le había impedido fijarse en los rasgos del hombre que le había devuelto el maletín. El revólver estaba debidamente registrado, precisó mientras lo volvía a meter en la funda.

—Pero ¿qué hay que sea tan importante en ese maletín? —preguntó finalmente el comisario.

Todos los que se habían reunido en el lugar de los hechos sabían perfectamente lo que había dentro, y ante la pregunta, contuvieron el aliento.

—Papeles, nada importante —contestó tranquilo y sonriente Pepè Rizzo—. Vaya usted a saber lo que se imaginaban.

Los presentes —y Montalbano lo intuyó muy bien— no pudieron dominarse y aplaudieron. El comisario le dijo a Rizzo que se presentara en comisaría cuando le fuera bien para la declaración, saludó y se fue.

A las nueve de la noche del mismo día en que sucedieron los hechos, los setenta y tres comerciantes de la calle Roma, excepto Pepè Rizzo, se reunieron en la trastienda de Vinos y Licores de Fonzio Alletto. El primer punto del orden del día no escrito versó sobre el número, la forma y la composición de las pelotas de Pepè Rizzo. Giosuè Musumeci aseguró que las tenía cuadradas, Michele Sileci que tenía cuatro, Filippo Ingroia que tenía dos como todo el mundo, pero de plomo. Todos, sin embargo, estuvieron de acuerdo en que Pepè Rizzo, al hacer lo que había hecho, había actuado por el interés común: no cabía duda de que los Sinagra pedirían un resarcimiento y obligarían a pagar de nuevo el canon. Al llegar a este punto, la discusión se encendió. ¿Los dos ladrones eran un par de zopencos que ignoraban lo que contenía el maletín? ¿O se trataba de dos individuos pertenecientes a la familia enemiga de los Sinagra, que había decidido iniciar una guerra para conquistar la calle Roma? Esta segunda hipótesis era la más inquietante: los que iban a recibir de todas formas serían ellos, los comerciantes, pillados en medio de dos fuegos. Se despidieron con el semblante hosco y preocupado.

El día 30 caía en domingo. El lunes, a las nueve y media de la mañana, Stefano Catalanotti y Turi Santonocito, hombres de confianza de los Sinagra, se dirigieron el primero a la Banca Agraria y el segundo a la Banca Cooperativa de Vigàta. Cada uno iba a ingresar ochenta y cinco millones de liras. Rellenaron el impreso y se lo entregaron, con los billetes de banco, a los cajeros. El de la Banca Agraria, en plena cuenta, dudó, volvió a formar el montón, observó el primer billete un rato y luego lo miró a contraluz.

—¿Algo va mal? —preguntó Stefano Catalanotti.

—No lo sé —respondió el cajero levantándose y desapareciendo en el despacho del director.

Mientras tanto, las cosas se estaban desarrollando más o menos del mismo modo en la Banca Cooperativa de Vigàta.

Veinte minutos después de haber salido de sus bancos respectivos, Stefano Catalanotti y Turi Santonocito, que no quisieron revelar la procedencia del dinero, fueron esposados por los agentes de la comisaría de Vigàta, acusados de introducir dinero falso.

A las cinco de la tarde de aquel mismo día, sucedió un hecho que superó cualquier fantasía. Un niño de apenas seis años entregó un paquete a Pepè Rizzo, y le dijo que dos señores que iban en un coche se lo habían dado junto con ¡diez mil liras de propina! Le encargaron que llevara el paquete personalmente al propietario de la tienda de zapatos.

En el interior había ciento setenta millones de liras en billetes de banco verdaderos y una nota que decía: «Devolver a los propietarios. Los Sinagra no pintan nada.» Es decir, que estaban en el último lugar del escalafón de los hombres.

Aquella noche, en la trastienda de Vinos y Licores de Fonzio Alletto, se reunieron todos los comerciantes de la calle Roma, esta vez convocados por Pepè Rizzo. Discutieron animadamente, pero sólo llegaron a una conclusión. El robo fue fingido, el motor del automóvil se caló a propósito para dar tiempo a Rizzo a coger el maletín, pero no el suyo, sino otro idéntico lleno de billetes falsos. El dinero que, con toda buena fe, Rizzo entregó al emisario de los Sinagra. Y el hecho de que el dinero de verdad fuera devuelto, significaba que todo había sido una burla diabólica para perjudicar a los Sinagra. El primero en recuperarse de la sorpresa fue Giosuè Musumeci. Y se echó a reír. Al cabo de un momento todos reían, unos llorando, otros sujetándose la panza, y algunos hasta rodaron por el suelo. Aquellas risotadas marcaron el principio de la decadencia de la familia Sinagra.

Montalbano reía solo en su casa de Marinella. Él había sido el autor y director de la genial tragicomedia o, mejor dicho, trampa para gatos, escenificada con la colaboración de Pepè Rizzo (protagonista), Santo Barreca y Pippo Lo Monaco, agentes de la comisaría de Mazara del Vallo (en los papeles de falsos ladrones) y de la jefatura de policía de Montelusa (que suministró los billetes falsos y cartuchos de fogeo para el revólver de Pepè Rizzo). El comisario Salvo Montalbano sabía que nunca podría salir al escenario a recibir los merecidos aplausos, pero no importaba, porque disfrutaba igualmente.

Milagros de Trieste

¿Se puede ser policía de nacimiento, llevar en la sangre el instinto de la caza, como lo llama Dashiell Hammett, y al mismo tiempo cultivar buenas y hasta refinadas lecturas? Salvo Montalbano lo era, y cuando alguien le hacía la pregunta, sorprendido, él no contestaba. Una sola vez, que estaba de un humor negro, replicó con malos modos a su interlocutor:

—Documéntese antes de hablar. ¿Sabe quién era Antonio Pizzuto?

—No.

—Pues uno que hizo carrera en la policía; fue jefe de policía y jefe de la Interpol. Traducía a escondidas a filósofos alemanes y clásicos griegos. Cuando se jubiló, a los setenta años cumplidos, empezó a escribir. Y se convirtió en el mayor escritor de vanguardia que hemos tenido. Era siciliano. —El otro se quedó mudo. Montalbano siguió—: Y ya puestos, le confesaré una íntima convicción. Si Leonardo Sciascia, en lugar de ser maestro de escuela, hubiera hecho oposiciones a la policía, habría sido mejor que Maigret y Pepe Carvalho juntos.

Como Montalbano era como era, en cuanto bajó del cochecama que lo había llevado a Trieste, empezó a resonar en su interior un poema en dialecto de Virgilio Giotti. Sin embargo, enseguida lo borró de la cabeza: aquí, en el lugar

139

donde había nacido, su dicción siciliana habría parecido una ofensa, si no un sacrilegio.

Era una mañana diáfana, clara, y Montalbano, que padecía cambios de humor según variaba el día, se auguró que podría permanecer hasta la noche con el mismo estado de ánimo de aquel momento, abierto con benevolencia a cualquier situación, a cualquier encuentro.

Recorrió el andén lleno de gente, entró en el vestíbulo y se detuvo a comprar *Il Piccolo*. Buscó en vano unas monedas; en la cartera sólo llevaba billetes de cincuenta y de cien mil liras. Sacó uno de cincuenta mil con escasas esperanzas.

—No tengo monedas —dijo el quiosquero.

—Yo tampoco —repuso Montalbano, y se alejó.

Sin embargo, volvió atrás otra vez: había encontrado la solución. Añadió al periódico dos novelas policíacas elegidas al azar, y esta vez el quiosquero le dio treinta y cinco mil liras de cambio que el comisario metió en el bolsillo derecho de los pantalones, porque no tenía ganas de abrir la cartera. Se dirigió a la parada de taxis, mientras en su cabeza, y de manera irresistible, Saba cantaba con esa voz que había oído en la televisión:

> *Trieste posee una gracia*
> *huraña. Si gusta*
> *es como un muchachote rudo y voraz*
> *de ojos azules y manos demasiado grandes...*

Las manos que de pronto le agarraron la chaqueta por las solapas no eran las de un muchachote; pertenecían a un cincuentón con gafas, bien trajeado y de ningún modo rudo y voraz. El hombre había tropezado, y si no se hubiera agarrado instintivamente a Montalbano y si el comisario, también instintivamente, no lo hubiera sujetado, habría acabado en el suelo cuan largo era.

—Perdone, he tropezado —dijo el hombre apurado.

—¡Por favor!

El hombre se alejó y Montalbano, fuera ya de la estación, se aproximó al taxi que estaba el primero, fue a abrir la portezuela y, en aquel preciso momento, se dio cuenta de que no llevaba la cartera.

«Pero cómo», se indignó. ¿Era aquella la bienvenida que le daba la ciudad que tanto le gustaba?

—¿Se decide o no? —preguntó el taxista al comisario, que abrió la portezuela, la cerró y luego la abrió de nuevo.

—Oiga, hágame un favor. Lleve esta maleta y estos libros al Jolly. Me llamo Montalbano, tengo reservada una habitación. Yo iré más tarde, tengo que resolver un asunto. ¿Bastan veinte mil?

—Bastan —repuso el taxista, que partió enseguida,

El Jolly estaba a dos pasos, pero Montalbano no lo sabía.

Se quedó contemplando el taxi hasta que desapareció de su vista y tuvo un mal pensamiento.

«No cogí el número de matrícula.»

Le sobrevino una sensación de desconfianza, de estar perdido.

El hombre que le había robado la cartera aún debía de encontrarse en las proximidades. Perdió media hora mirando y remirando dentro de la estación y poco a poco fue perdiendo las esperanzas. Que recuperó de golpe cuando, una vez salió a la plaza de la Libertà, vio al carterista caminando en zigzag entre los coches aparcados. Acababa de representar la misma escena con un señor impresionante, blancos cabellos al viento, el cual, ignorante de que estaba siendo aligerado de peso, siguió su camino hacia la Galería de Arte Antiguo, mirando majestuoso a los demás desde las alturas.

El carterista desapareció de nuevo. Poco después a Montalbano le pareció verlo dirigiéndose hacia la avenida Cavour.

¿Puede un comisario de policía echar a correr tras un individuo gritando «al ladrón, al ladrón»? No, no puede. Lo único que podía hacer era acelerar el paso e intentar alcanzarlo.

Un semáforo en rojo detuvo a Montalbano. Así pudo asistir, impotente, a otra exhibición del carterista: esta vez la víctima fue un hombre de unos sesenta años, muy elegante, que se parecía a Chaplin en *Un rey en Nueva York*. El comisario no tuvo más remedio que admirar la magistral habilidad del ladrón, un verdadero artista en su género.

¿Dónde se había metido? Pasó por delante del hotel, llegó a la altura del teatro Verdi y se desanimó. Era inútil continuar la búsqueda. Además, ¿en qué dirección? ¿Quién le aseguraba que el carterista no había tomado cualquier calle de las que partían de la plaza Duca degli Abbruzzi o del paseo III Novembre? Lentamente volvió sobre sus pasos.

Trieste supo resarcirle de la persecución de la ida con un tranquilo y aireado paseo de vuelta. Gozó del olor denso y fuerte del Adriático, tan distinto del aroma del mar de su tierra.

Ya habían llevado la maleta a la habitación y dijo en recepción que después entregaría el documento de identidad.

Lo primero que hizo fue llamar por teléfono a la jefatura de policía y preguntar por el comisario Protti, amigo de siempre.

—Soy Montalbano.

—Hola, ¿cómo estás? Has llegado con antelación; la convención no empieza hasta la una. ¿Vienes a comer conmigo? Te paso a recoger por el Jolly, ¿de acuerdo?

—Sí, te lo agradezco. Oye, tengo que decirte algo, pero si te echas a reír juro que voy y te rompo la cara.

—¿Qué te ha pasado?

—Me han robado la cartera. En la estación.

Tuvo que esperar cinco minutos con el teléfono en la mano, el tiempo suficiente para que Protti se recuperara de la risotada con la que corrió el peligro de ahogarse.

—Perdóname, pero no lo he podido remediar. ¿Necesitas dinero?

—Ya me lo darás cuando nos veamos. Intenta echarme una mano con tus colegas para encontrar al menos los documentos; ya sabes, el permiso de conducir, la tarjeta del banco, la del ministerio...

Montalbano colgó el auricular mientras se reanudaban las carcajadas de Protti, se desnudó, se metió en la ducha, volvió a vestirse, mantuvo una larga conversación telefónica con Mimì Augello, su segundo de Vigàta, y otra con Livia, su novia, que estaba en Boccadasse, Génova.

Cuando bajó al vestíbulo, el recepcionista lo llamó y al comisario se le ensombreció el semblante. Seguramente quería los documentos; uno no puede esquivar a los recepcionistas porque, en cuanto a respetar las reglas, estaban todavía en los tiempos de los godos. ¿Qué cojones podía contarle para ganar tiempo?

—Señor Montalbano, han traído este sobre para usted.

Era un sobre grande, de papel tela, con su nombre escrito en letra de imprenta. Lo habían entregado en mano y no había remitente. Lo abrió. Dentro estaba la cartera. Y en el interior de la cartera, todo cuanto contenía: el permiso de conducir, la tarjeta del banco, la de identidad, quinientas cincuenta mil liras; no faltaba un céntimo.

¿Era un milagro? ¿Qué significaba? ¿Cómo había conseguido el carterista arrepentido enterarse del hotel donde se albergaba? La única explicación posible era que el ladrón, al darse cuenta de que lo seguían, se asustase y siguiera a su vez a la víctima del robo hasta el hotel.

Pero ¿por qué se arrepintió? Quizá se dio cuenta, al mirar los documentos, de que la víctima era un policía y se sintió presa del miedo? ¡Venga! Eso no se aguantaba.

—¿Me cuentas con más detalle la historia de la cartera? —fue lo primero que Protti le preguntó.

Era evidente que el muy puñetero quería disfrutar un poco más; tenía ganas de más risotadas.

—Ah, perdona, debí decírtelo enseguida, pero me han llamado por teléfono de Vigàta y se me ha olvidado. Tenía descosido el bolsillo de la chaqueta y la cartera resbaló dentro del forro. Falsa alarma.

Protti lo miró con expresión de duda, pero no dijo nada.

En el restaurante al que lo llevó su amigo, sólo servían pescado. Pidió un plato de fideos con langosta y de segundo filetes de caballa. Para bajar todos estos manjares, Protti le aconsejó un del Carso de la tierra, que se produce en las colinas que hay detrás de Trieste.

En la convención se reunieron trescientos policías de toda Italia. Cuando invitaron a Montalbano a sentarse en el escenario, quizá para dominar el sueño que le asaltó después de la comilona se dedicó a observar de uno en uno, en busca de una cara conocida, a los que estaban en la platea, todos con la tarjeta prendida en la solapa de la chaqueta.

Y la encontró, encontró una cara que había visto durante unos segundos, suficientes para que se le quedase grabada. Montalbano sintió una especie de sacudida eléctrica a lo largo de la espina dorsal: era el carterista, no había duda. Era el carterista, un hombre de mala vida que se daba el gustazo de fingirse policía, con la tarjeta bien a la vista (¿a quién se la habría birlado?), cuya mirada se cruzaba con la suya y le sonreía.

¿Puede un comisario, en una convención de policías, saltar del escenario y abalanzarse sobre un individuo al que todos consideran un colega, gritando que es un ladrón? No, no puede.

Sin dejar de mirarlo fijamente, sin dejar de sonreír, el ladrón se alzó las gafas y le dirigió una cómica mueca.

Entonces Montalbano lo reconoció. ¡Genuardi! Imposible equivocarse: era Totuccio Genuardi, un compañero de bachillerato, el que hacía reír a la clase; siempre hay uno así. Entonces ya era extraordinariamente hábil con sus manos de terciopelo: en cierta ocasión le había birlado la cartera al director y se habían ido todos a darse un lingotazo a una taberna.

¿Qué hacer?

Cuando finalmente se concedió el descanso para tomar un café y se disponía a abandonar el escenario, lo entretuvo un colega que le planteó un delicado problema sindical. Se escabulló en cuanto pudo, pero Totuccio ya había desaparecido.

Buscó y buscó y, finalmente, lo vio. Lo vio y se quedó helado. Totuccio acababa de finalizar su representación con el jefe Di Salvo y se estaba excusando, fingiéndose muy turbado. El jefe, que era un gran señor, lo consoló con una palmada en el hombro y él mismo le abrió la puerta para que saliera. Totuccio le sonrió, hizo una semi-rreverencia de agradecimiento, salió y se perdió entre la gente.

146

Ícaro

Dado que en Vigàta el agua (no potable) de la planta desalinizadora se suministraba dos veces por semana durante cuatro horas; dado que los emigrados a Bélgica y a Alemania eran ya dos mil doscientos trece; dado que el número de parados había rebasado el setenta por ciento de la población; dado que una reciente investigación revelaba que cuatro de cada diez jóvenes se drogaban; dado que el puerto apenas hacía dos meses que había sido rebajado a una categoría inferior; dadas estas y otras cosas, el alcalde había organizado solemnes festejos con ocasión del 150 aniversario de la proclamación de Vigàta (denominada Sottoposto Molo di Montelusa) como municipio autónomo.

En el programa de festejos, que iban a prolongarse una semana, del 25 al 30 de junio, se incluía, durante todas las noches, la exhibición de la «Familia Moreno». Los que habían tenido la suerte de asistir a este espectáculo en las ciudades del norte, hablaban de él largo y tendido. El nombre artístico elegido por la compañía, «Familia Moreno», hacía pensar en un juego inocente al que los abuelos podían asistir con los nietos. Pero era un engaño, decían los bien informados, y era cierto porque en los carteles habían pegado un letrero transversal que decía: «No autorizado para los menores de 18 años.»

El padre Burruano, el arcipreste, debidamente informado por la mujer de uno que había asistido al espectáculo en Bérgamo, se lanzó contra el alcalde quien, para sorpresa del párroco, pertenecía a un partido cuyo fundador tenía una tía monja a la que siempre estaba nombrando. Pero el alcalde permaneció inamovible: replicó que pertenecía a un partido que quería a los hombres libres, su administración no era como las otras del pasado, gobernadas por gentes sin Dios, Patria, ni Libertad. Por lo tanto, si los adultos querían asistir al espectáculo, que fueran; y si no, podían elegir entre dos festejos que se desarrollarían al mismo tiempo que la exhibición de la «Familia Moreno»: la carrera de sacos y el torneo de escobazos.

Los hermanos Gerhardt y Annelise Boldt, ella dos años menor que él, nacidos y criados en un circo, eran acróbatas desde pequeños. Annelise, a los dieciocho años, convertida en una muchacha rubia que podía competir con las mujeres de las portadas de revista, perdió la cabeza por un piloto de helicópteros, Hugo Rittner, y se casó con él. Precisamente fue a Hugo a quien se le ocurrió formar con su mujer y su cuñado la «Familia Moreno».

Tres días antes de la exhibición, en el lugar elegido, al aire libre, se construyó con tubos de hierro una estructura circular enorme, y encima de las crucetas se colocó una gruesa tela que representaba el Coliseo.

La estructura, con un aforo para cuatrocientas personas, tenía en el centro un amplio espacio circular cubierto por completo con una tarima de madera blanca. Junto a la estructura se colocaron una torre de luces giratoria y otra cruceta que sostenía una cabina de madera con una antena arriba. La exhibición, según el programa, empezaba a las

148

veintiuna treinta en punto, pero una hora antes la sala ya estaba abarrotada de varones vigateses, solteros y casados, a pesar de que el coste de la entrada era considerable. De mujeres, en cambio, nada: la advertencia que prohibía la entrada a los menores de dieciocho años las mantuvo alejadas. Por lo menos aquella primera noche. A la hora establecida, con una precisión teutónica, el haz blanco de la torre de luces empezó a explorar el cielo mientras una música de película de terror ensordeció a los espectadores. El público levantó la cabeza hacia el cielo negro y en la misma posición estaban los vigateses que permanecían fuera del recinto. Luego la torre de luces enfocó un helicóptero y lo siguió hasta que se situó arriba, encima de la estructura. Parecía que iba a aterrizar sobre la tarima de madera, pero el helicóptero dejó caer un largo cable que terminaba con un anillo, y por el cable oscilante bajó un individuo metido en un traje espacial plateado. Empezó a hacer una serie de acrobacias espectaculares. Mientras tanto, en el pueblo se desencadenaba una verdadera algarabía: todo el mundo en los balcones o en las ventanas contemplando el cielo. El torneo de escobazos y la carrera de sacos fueron suspendidos. El acróbata terminó su número con rapidísimos giros con un solo brazo que dejaron sin respiración a los vigateses.

Del helicóptero descendió otro cable del que colgaba un trapecio. En la barra estaba sentada una mujer: se distinguía por los cabellos rubios sujetos en un moño redondo. También vestía un traje espacial aunque no llevaba casco. Cuando llegó a la altura del otro acróbata, la mujer realizó un solo de ejercicios a una velocidad increíble y realmente difíciles. Luego comenzaron una serie de acrobacias a dúo. La gente gritaba «¡bravo!», aplaudía, voceaba, pero ellos estaban demasiado elevados para oírla.

Cuando finalizó esta danza aérea, los cables se alargaron hasta llegar a dos metros de distancia de la tarima y los acróbatas desaparecieron de la vista de los vigateses que no habían pagado la entrada. La torre de luces se apagó, el helicóptero retiró los cables y se alejó, y en la pista se encendió un solo reflector. Y la música cambió metafóricamente y dio paso a la segunda parte del espectáculo, contra la que el arcipreste, el padre Burruano, había lanzado palabras incendiarias.

La mujer saltaba del trapecio, fingía caer mal o desmayarse, los brazos extendidos, las piernas abiertas. Luego su compañero se quitaba el traje espacial y aparecía vestido sólo con una piel de tigre y con una máscara de león. La muchacha, recobrado el sentido, se asustaba al ver al animal y echaba a correr. El primer zarpazo del león le arrancaba la parte superior del traje dejándola en sostén. Otro zarpazo la dejaba en bragas. Entonces la muchacha, que ya había comprendido las intenciones del león, le hacía un gesto indicándole que esperara e iniciaba un lentísimo y voluptuoso *strip-tease* al término del cual se quedaba con un tanga casi invisible. En ese momento cedía a los deseos del león, que al parecer no sólo conocía de memoria el Kamasutra, sino que habría podido hacer una nueva edición del libro corregida y aumentada.

Cuando la exhibición finalizó, en medio de delirantes aplausos, hacía un poco de fresco, pero los hombres estaban acalorados y sudorosos como si hubieran permanecido delante de un horno. El helicóptero volvió a ponerse en perpendicular, echó los cables, los dos acróbatas saludaron una vez más y ya iban a subir, cuando sucedió lo que sucedió.

• • •

—¿Que qué sucedió? —contestó Mimì Augello a la mañana siguiente dirigiéndose a Salvo Montalbano—. No sé si llamarlo farsa o tragedia. La muchacha acababa de sujetar el cable cuando se oyó una voz desesperada. Tan desgarradora, que la gente enmudeció. «¡No, no! ¡No te vayas! ¡No subas!», gritaba aquella voz. Interpretaba el sentimiento de todos. La joven sujetaba el cable con una mano, la expresión sorprendida. Mientras saludaba, se había soltado los cabellos que le llegaban por debajo de la espalda. Las piernas, larguísimas, eran tan fuertes que se diría capaces de partirte en dos si te encontrabas entre ellas, pero al mismo tiempo resultaban tan femeninas... Y con aquel culito tan alto y duro que llegaba al nivel de mis dolores cervicales, y aquellas tetitas sonrosadas al descubierto... —Montalbano lanzó un silbido de pastor, Mimì Augello se sobresaltó y salió del ensueño—. Me volví a mirar quién daba aquellas voces, pero no lo distinguí bien. Era un muchacho al que estaban sujetando sus dos vecinos de asiento. Luego el joven se liberó y se precipitó a la pista. Cuando la mujer vio el peligro, subió ágilmente por el cable. El muchacho intentó ir tras ella, pero lo derribó el puñetazo en la cara que le propinó el acróbata varón. El muchacho cayó al suelo, los dos artistas treparon por los cables y el helicóptero desapareció. El muchacho se levantó despacio del suelo. Le salía sangre de la boca a causa del mamporro recibido, pero farfullaba: «¡La quiero! ¡La quiero!» Tenía los ojos desorbitados de un loco y temblaba de arriba abajo. Fui hacia él y le dije que si la noche siguiente lo encontraba merodeando por los alrededores lo iba a arrestar. No sé si entendió lo que le decía. ¿Sabes quién era? ¡Nenè Scòzzari!

El comisario se sorprendió al escuchar el nombre. ¿Nenè Scòzzari? Un muchacho querido y alabado en Vigàta por su seriedad, compostura y educación. Hijo de un abogado, el número uno del pueblo, de familia acomodada, de Acción Católica, licenciado en derecho a los veintitrés años, prometido desde hacía seis meses con Agatina Lo Vullo, adalid de las Hijas de María. ¿Y hacía esas cosas en público, dando escándalo?

—No lo entiendo —dijo Augello—. Si hubiera podido agarrar a la acróbata, se la habría tirado allí mismo, delante de todo el mundo.

Esto sucedió durante la primera exhibición, la del día 25. Cuando corrió la voz del espectáculo de Nenè Scòzzari dentro del espectáculo, la noche siguiente la gente que se presentó ante la taquilla fue tanta que tuvieron que intervenir los guardias municipales para imponer el orden. Se dejaron ver una decena de mujeres casadas acompañadas de los maridos. También fue Mimì Augello el cual, con toda su cara dura, le aseguró a Montalbano que su presencia era indispensable para que no ocurrieran incidentes como el del día anterior. Aunque luego acabó confesando a su superior que los muslos de la acróbata alemana no le habían dejado conciliar el sueño.

El espectáculo del día 26 transcurrió sin incidentes, aparte de un ligero malestar que sufrió el caballero Scibetta, de setenta años, durante la escena más interesante del Kamasutra. Su hijo y su nieto tuvieron que sacarlo en brazos, dado que los demás no quisieron moverse para no perderse ni un minuto siquiera de la exhibición.

El muchacho hizo caso del consejo y nadie vio a Nenè Scòzzari. Tampoco desde la noche del 25 lo volvieron a ver sus padres, con los que vivía.

• • •

La mañana del 27, hacia las once, se presentó en el despacho del comisario el abogado Giulio Scòzzari, el padre de Nenè.

—Mi hijo no ha vuelto a casa desde la noche del 25, después de organizar el sainete que organizó, y que ha hecho que se nos caiga la cara de vergüenza.

—¿Ha desaparecido?

—¡Qué va, desaparecido! —exclamó sorprendido el abogado—. Sé perfectamente dónde está.

—¿Y dónde está?

—En Punta Speranza, donde están el helicóptero y el campamento de esos jodidos alemanes.

Punta Speranza, donde los alemanes fijaron su base, era una zona desierta, casi a pico sobre el mar.

—¿Y qué hace?

—Nada. El muy cretino está dentro del coche, a poca distancia, y espera a que la alemana salga para verla.

—¿Y qué quiere de mí?

—Si pudiera ir a hablar con él, a convencerlo para que no haga más el payaso...

Eran las once y media y no tenía ganas de ir a parlamentar con el muchacho. Se lo encargó a Mimì Augello, que no se lo hizo repetir dos veces. Salió como un rayo, por si conseguía ver a la alemana de cerca. Volvió dos horas más tarde, trastornado.

—¡Virgen santa, Salvo! Cuando he llegado a Punta Speranza me he encontrado con lo siguiente: Nenè Scòzzari estaba apoyado en el capó del automóvil a unos veinte metros de las dos tiendas de campaña y del helicóp-

153

tero. La alemana estaba echada sobre una tumbona, tomando el sol completamente desnuda. Nenè sujetaba en la mano un ramillete de margaritas que acababa de coger, se acercó a la mujer, lo dejó encima de las tetas y volvió a su puesto. Entonces ella lo miró. ¡Virgen santa, Salvo, qué mirada! Ésa en cuanto pueda, en cuanto el marido y el hermano le dejen un momento de respiro, le da un revolcón a Nenè. ¡Te lo garantizo!

—Y esos hombres le rompen la cara, y esta vez en serio.

—Vamos, Salvo, son alemanes, no sicilianos. ¡Una cana al aire de la mujer la perdonan!

—A propósito, ¿dónde estaban los hombres?

—Bañándose, cien metros más abajo.

—¿Has hablado con Nenè?

—Sí. Pero créeme, estoy seguro de que no me ha oído. Hasta creo que ni siquiera me ha visto, para él era transparente. No dejaba de mirar a la alemana y ella a él. ¿Qué podía hacer? Volver aquí. Te confieso que esa alemana me estaba haciendo hervir la sangre.

—¿Es que no has visto nunca una mujer desnuda?

—Como ésa nunca —dijo sinceramente Mimì—, y no sólo es cuestión de belleza. Ahora comprendo de verdad lo que los americanos entienden cuando hablan de *sex-appeal.*

Las funciones del 27 y del 28 fueron muy bien, sólo que el número de mujeres doblaba el de los hombres.

—Es comprensible —reconoció Mimì, que no había faltado a ninguna velada—. Si fuera mujer, perdería la cabeza por él. Es idéntico a su hermana, en versión masculina.

La mañana del 29 Mimì Augello llegó al despacho con retraso y con una sonrisa en los labios.

—¿Se te pegaron las sábanas?

—¡Qué va! Me dirigía a la oficina cuando delante de la casa de alquiler de coches vi a los dos alemanes, el piloto y el acróbata, que salían en un coche. Entonces entré e interrogué al propietario. Fueron a Catania, a inspeccionar el lugar de su próxima actuación.

—Mimì, eres más curioso que una portera o una camarera.

—¡No he acabado! —exclamó Mimì con los ojos brillantes—. Se me ocurrió...

—... ir a Punta Speranza.

Mimì Augello lo miró con admiración.

—¡Acertaste! Cuando llegué, me detuve a cierta distancia para que no oyeran el motor. Nenè no estaba dentro de su coche. Me acerqué a la tienda de campaña de la alemana y su marido. ¡Y qué te decía, Salvo! Estaba cerrada, pero ella, enfurecida, gritaba «*Ja! Ja!*»; parecía que la estuvieran degollando. Si Nenè no pierde fuerzas, puede estar cabalgando hasta las seis de la tarde; antes no volverán esos dos alemanes. ¿No te lo había dicho, Salvo, que en cuanto pudiera ésa no dejaba escapar a Nenè?

A las seis y media de la mañana del 30, al comisario le despertó la llamada del abogado Giulio Scòzzari.

—Comisario Montalbano, perdóneme por la hora, pero estoy muy preocupado por mi hijo.

—¿Qué ha pasado?

—Tal como he hecho todas estas noches, hacia la una pasé por la zona de Punta Speranza. El coche de mi hijo no estaba.

—¿El helicóptero y el campamento seguían en su sitio?

—Sí, ya habían vuelto del espectáculo. Esperé una hora, no lo vi y pensé que quizá había vuelto a casa. No estaba tampoco.

¿Podía decirle al padre que quizá el hijo, cansado de la larga cabalgada, como la llamaba Mimì, había ido a recuperar fuerzas a cualquier hotel para no tener que dar explicaciones a los padres?

—Bueno, abogado, a lo mejor ha cambiado algo.

El abogado no entendió.

—¡No ha cambiado nada! He pasado hace apenas un cuarto de hora, los alemanes duermen y ni mi hijo ni su coche están allí.

—Abogado, su hijo es mayor de edad.

—¿Y qué tiene que ver?

—Tiene que ver, sí, porque no podemos ir a buscarlo como si fuera un niño perdido. Esperemos un poco más y si no aparece, ya veré qué podemos hacer.

El abogado Scòzzari transmitió su angustia al comisario. A las ocho de la mañana, en lugar de dirigirse a su despacho, Montalbano decidió ir a visitar a los alemanes. No había rastro del coche de Nenè Scòzzari. Estaba seguro de que los alemanes aún dormían, pero los dos varones estaban despiertos. Hugo manipulaba la hélice del helicóptero y Gerhardt se ejercitaba en las paralelas. El comisario se acercó. No sabía una palabra de alemán pero sí hacerse entender.

—¿Sabes adónde ha ido a parar el hombre que estaba aquí en un coche?

Gerhardt bajó de las paralelas, estiró los brazos y negó con la cabeza. Se acercó al del helicóptero, que había oído la pregunta.

—Italiano enamorado ya no visto más.

Y rió. El acróbata también se echó a reír con una carcajada muy desagradable.

Es imposible decir a nadie, quizá ni a uno mismo, que una investigación empieza sólo por una carcajada desagradable, en la que resonaban la mofa, el desprecio, el triunfo y la maldad. En cuanto llegó a la oficina, llamó a Fazio y a Gallo.

—Ve a Punta Speranza donde los acróbatas alemanes tienen su base —le dijo al segundo—, y no te dejes ver. Llévate los prismáticos y el móvil. Quiero estar informado de todo.

»Y tú —continuó, dirigiéndose a Fazio—, en cuanto llegue Mimì Augello, ve con él a buscar a la alemana. Despertadla si duerme, no me importa en absoluto. La quiero aquí, pero sola.

Luego llamó por teléfono al abogado Scòzzari.

—¿Noticias de su hijo?

—Ninguna, comisario. Estamos desesperados.

El abogado, sin embargo, sospechó algo.

—¿Por qué me ha telefoneado, comisario? ¿Se ha enterado de algo? ¿Por qué me ha llamado?

Montalbano no supo qué responder.

—Perdone, pero tengo mucho trabajo. Llámeme si hay novedades.

Colgó el auricular. En ese momento apareció Mimì Augello.

—¿No te has ido con Fazio?

—Como he telefoneado advirtiendo que llegaría tarde, Fazio se ha ido a buscar a la alemana con Galluzzo.

—¡Yo quería que fueras tú porque a fuerza de joder con turistas chapurreas alguna palabra en alemán!

—Si es por eso, Galluzzo también sirve. De muchacho se fue a Alemania a buscar trabajo.

—Mimì, cuando nos traigan a la alemana, quiero que te quedes conmigo. Y no te distraigas mirándole las tetas y los muslos.

—¿Me puedes explicar lo que ha pasado?

—Nenè Scòzzari ha desaparecido con su coche.

—¿Sólo eso? Después de la gran juerga que se corrió ayer...

—Sí, Mimì, yo también lo he pensado. Pero hay algo que no me convence.

Mimì Augello calló. Cuando su superior decía que algo no funcionaba, quería decir que algo no funcionaba de verdad, lo sabía por experiencia.

En cuanto Annelise entró en el despacho, vestida con unos pantalones cortos muy ajustados y un gran pañuelo de seda que le cubría el pecho, Montalbano comprendió el sufrimiento de Mimì al verla desnuda. Tenía razón su segundo, no se trataba sólo de belleza. Sonrió a Augello, a quien ya conocía, hizo un gesto con la cabeza al comisario y dijo algo en alemán.

—Pregunta si se trata de los pasaportes.

—*Nein* —dijo por instinto Montalbano.

—*Nein* —dijo al mismo tiempo Mimì.

Se miraron.

—Perdona —se excusó el comisario—, dile que queremos saber qué hizo ayer.

Mimì preguntó y ella contestó. Una respuesta larga. A medida que hablaba, Augello parecía más turbado.

—¿Qué ha dicho?

—Bueno, Salvo, a ésta le gusta llamar al pan, pan y al vino, vino. Dice que como ayer se quedó sola, aprovechó para hacer sexo, lo ha dicho así, con ese guapo muchacho

158

siciliano que se ha vuelto loco por ella. No comieron, estuvieron juntos hasta las cuatro de la tarde, cuando ella lo echó porque temía que volvieran el marido y el hermano, que habían ido a Catania. En cuanto el muchacho salió, ella se quedó dormida porque estaba, así lo ha dicho, un poco cansada.

—Mis felicitaciones a Nenè Scòzzari.

—Hacia las siete de la tarde —continuó Mimì—, su marido la despertó y ella empezó a prepararse para la exhibición.

—Pregúntale si cuando salió para subir al helicóptero el coche del joven seguía allí.

—Dice que no lo sabe —tradujo Mimì—, estaba muy oscuro. Ha dicho que hace poco, cuando los nuestros han ido a buscarla, le ha sorprendido no ver el coche en el lugar habitual. Le ha producido decepción y a la vez satisfacción.

—Pregúntale por qué decepción, y luego que te explique por qué se ha sentido satisfecha.

La respuesta de Annelise fue bastante larga.

—Decepcionada porque los hombres, según su opinión, son todos unos puercos egoístas que en cuanto consiguen lo que quieren, o se duermen, o van a mear al retrete, así lo ha dicho, o bien desaparecen. Y satisfecha porque temía que Gerhardt reaccionara mal, pues no sólo es celoso, sino también violento.

—¿Traduces bien, Mimì? Mira que Gerhardt es el hermano; el marido se llama Hugo.

—Ha dicho Gerhardt. Ahora se lo vuelvo a preguntar.

Mimì preguntó algo y la respuesta de la alemana hizo que se ruborizara violentamente. Montalbano se quedó atónito: ¿el caradura de su segundo era capaz de ruborizarse?

—¿Qué ha dicho? ¿Qué ha dicho?

—Simplemente ha dicho que cuando tenía catorce años, su hermano fue el primer hombre de su vida.

—Porque antes se lo hacía con los elefantes —comentó poco galante el comisario.

—Ha dicho también que Gerhardt sufrió mucho cuando tuvo que casarse con Hugo, pero que por suerte su marido es muy comprensivo. Ha añadido que el pobre Gerhardt sufre una fuerte tensión cuando hacen el Kamasutra en la pista, porque está obligado a fingir lo que haría de verdad.

La alemana se inclinó hacia delante para quitarse un granito de polvo del dedo gordo que emergía de la sandalia. Estaba claro que se pitorreaba de la reacción de los dos hombres ante sus palabras.

—Dile que se vaya —decidió Montalbano—. Está claro que no sabe nada de Nenè. Será una puta, pero me parece sincera.

—A mí también.

Reunió a todos sus hombres, excepto a Gallo, que estaba en Punta Speranza vigilando a los alemanes, y les explicó lo que pensaba hacer.

—Germanà, tú ve a casa del abogado Scòzzari y que te firmen una denuncia por la desaparición de su hijo Nenè. Debe llevar la fecha de por lo menos la mañana del 28, de otro modo no se cumplen las veinticuatro horas que se requieren por ley para iniciar las investigaciones. La denuncia se la entregas a Augello. Tú, Mimì, presentas la denuncia ante el juez, le cuentas cualquier gilipollez y que te dé una orden de registro de la caravana, el TIR, el helicóptero; en resumidas cuentas, de todo lo que tienen los alemanes. Pero el registro debe hacerse esta noche, no antes, en cuanto aterricen con el helicóptero en Punta

Speranza después del espectáculo. Tortorella, Galluzzo y Grasso que vayan en un coche de servicio a los alrededores de Punta Speranza sin que los vean los alemanes. Buscad el automóvil del muchacho; Augello os dará la marca y el color. Tú, Germanà, te pones en contacto con el móvil de Gallo, que te diga dónde se encuentra y dentro de una hora lo relevas.

—¿Y tú? —preguntó Augello.

—¿Yo? Yo me voy a comer —contestó Montalbano. Catarella entró disparado.

—Comisario, ahora, ahora ha telefoneado Gallo. Dice que los alemanes se están peleando con la alemana, le están gritando y su hermano le ha dado un empujón.

—Tengo malas noticias —dijo Mimì entrando en el despacho hacia las cuatro de la tarde.

—¿El juez no ha firmado el mandamiento?

—No, no ha dicho ni mu, lo tengo en el bolsillo. El hecho es que se me ha ocurrido algo y he pasado por la tienda de alquiler de coches. He preguntado al propietario a qué hora devolvieron el coche los alemanes. Me ha contestado que hacia las seis y media. Lo llevó Gerhardt, y para volver al campamento tomó el autobús de Montereale, que tiene parada cerca de Punta Speranza.

—¿Y te parece una mala noticia?

—Hay algo más. El propietario de la tienda ha añadido que los alemanes volvieron antes.

—¿Y cómo puede saberlo?

—Porque los vio pasar hacia las tres y media; se dirigían hacia Montereale y, por lo tanto, a Punta Speranza.

—Entonces es posible que vieran salir a Nenè de la tienda de Annelise.

—Exacto. Y eso me da que pensar.

Sonó el teléfono: era Germanà, que había relevado a Gallo.

—¿Comisario? Aquí todo está tranquilo. Los dos acróbatas están haciendo ejercicios en las paralelas. Gerhardt y Annelise, después de la pelea que ha visto Gallo, han hecho las paces. Se han abrazado y se han besado. ¿Quiere saber una cosa, comisario? Si ésos son hermanos, yo soy el Papa.

—No te asombres, Germanà; los alemanes tienen estas costumbres. Lo hacen todo en familia; peor que nosotros.

A las siete, la voz triunfante de Tortorella anunció que habían encontrado el coche de Nenè Scòzzari a tres kilómetros de Punta Speranza. Estaba escondido entre unos matorrales y cubierto con ramas cortadas. En el interior no había nadie. ¿Qué hacían? El comisario contestó que lo dejaran todo tal y como lo habían encontrado. Grasso iba a quedarse de guardia en las proximidades. Los otros podían volver.

A las ocho se presentó Gallo.

—Voy a relevar a Germanà. ¿Sabe, comisario? Los altavoces de los alemanes dicen que esta noche habrá un número especial. Lo hará un acróbata que se llama Ícaro.

«¿Y dónde lo han pescado?», se preguntó el comisario. Pero enseguida encontró la respuesta: en Catania.

—Sobre todo —le recomendó Montalbano—, si ves u oyes cualquier cosa extraña, llama por teléfono, llevo colgado el móvil.

· · ·

162

—Me parece que esta noche voy a ir yo también —dijo Montalbano—. ¿Cuánto vale la entrada?

Mimì lo miró sorprendido.

—¡No necesitas entrada!

—¿No? ¿Por qué?

—Porque somos autoridades.

—No lo sabía —admitió el comisario en tono sincero.

—¿No lo sabías? Tenemos los asientos reservados en primera fila.

A las nueve y veinte iba a salir del despacho cuando sonó el teléfono móvil. Era Gallo.

—¿Comisario? La alemana no ha subido al helicóptero. Lo veo bien porque dentro hay luz. La mujer no está. Ahora mismo van hacia allá.

—¿Cuántos hay dentro del helicóptero?

—Dos, comisario. El piloto y el acróbata que lleva en la mano el casco espacial, lo he reconocido perfectamente.

¿Dónde estaba Annelise? ¿Y el nuevo acróbata, ese Ícaro que anunciaban los altavoces?

—Oye, Gallo, haz una cosa. Acércate al campamento. Si ves algo que despierte tus sospechas, actúa según tu iniciativa. Pero comunícate conmigo por teléfono.

Los altavoces habían anunciado un espectáculo distinto que comenzó cuando el helicóptero, parado sobre la perpendicular, lanzó el primer cable, el del anillo, hasta rozar la tarima de madera. Transcurrieron unos minutos y no sucedió nada más. Luego, suspendido del segundo cable, del que habían retirado el trapecio, apareció un acróbata. Las cuerdas que lo sujetaban al cable estaban cruzadas de tal manera que el hombre, con el vientre hacia abajo, parecía una rana. En calzoncillos, camiseta, y calcetines. Sólo llevaba el casco espacial. Un disfraz verdaderamente ridículo. El acróbata comenzó a mover los brazos y las piernas desacompasadamente, de una manera tan cómica que el público empezó a reír. El hombre colgado del cable se detuvo, los brazos extendidos, las piernas abiertas, temblaba, parecía una araña. Indudablemente se trataba de Ícaro, un payaso.

—Es muy bueno —le dijo Mimì al comisario.

Montalbano no contestó, se estaba preguntando si sería posible fingir un pánico loco, total, hasta el punto de parecer verdadero. El acróbata Ícaro, de pronto, cuando vio cerca el cable, se agitó violentamente para asirlo con las manos extendidas, pero dio un vuelco y quedó con la cabeza hacia abajo y los pies al aire. El público estalló en risas, aplaudió. Los movimientos del payaso, que imitaba todos los gestos del miedo, se hicieron frenéticos.

En aquel momento sonó el móvil de Montalbano.

—¿Comisario? Soy Gallo. He oído un lamento procedente de una de las tiendas y he hundido la puerta. Estaba la alemana, atada y amordazada. Está como loca, comisario, no entiendo lo que grita, quiere escapar, me ha arañado.

—¡Reténla! —gritó a Gallo y gritó también dirigiéndose a Augello—: ¡Ven conmigo!

Corrió fuera, con Mimì a su lado.

—¿Llevas la pistola? En cuanto entremos, pon fuera de combate a todo el que nos encontremos.

Se precipitó detrás de la torre de luces, empezó a encaramarse por la escalerilla de hierro de la cruceta, sudado, aferrando con las manos las barras. Sufría un poco de vértigo.

—¿Quieres explicarme lo que pasa? —le preguntó Mimì, que subía detrás de él.

—Ahora no me hables, coño, estoy sin aliento —contestó jadeando.

Llegó a la plataforma en la que estaba la cabina, se apartó. Mimì Augello se lanzó contra la puerta, que sólo estaba entornada, y se precipitó como un alud contra un hombre sentado ante un cuadro de mandos y que acabó en el suelo con silla y todo.

Montalbano le arrancó los auriculares de las orejas, oyó que preguntaban algo en alemán y se los pasó a Mimì. En el cuadro de mandos había dos micrófonos. El comisario activó el que no estaba utilizando el hombre cuando entraron.

—Los del helicóptero siguen preguntando qué está pasando aquí —dijo Mimì y, para tener las manos libres, propinó un golpe en la nuca con la culata de la pistola al hombre que se estaba levantando, aturdido.

—¡Vigateses! —gritó Montalbano.

Desde la ventana de la cabina se veían tres cuartas partes de la platea y casi toda la pista. El comisario observó que su voz llegaba y que todos se habían vuelto hacia los altavoces de la sala.

—¡Vigateses! —repitió. Y el diablillo maligno de la ironía, que siempre estaba junto a él hasta en los momentos más difíciles, le sugirió añadir «hermanos, pueblo mío» como Alberto Da Giussano. Dominó la tentación—. Soy el comisario Montalbano. El hombre que está colgando allá arriba no es Ícaro, no es un payaso. ¡Es nuestro paisano Nenè Scòzzari a quien los alemanes han capturado y le están obligando a arriesgar la vida! ¡Ayudadme!

—Los del helicóptero han entendido algo. Hay que darse prisa —dijo excitado Mimì con los auriculares puestos.

Sí, pero ¿qué hacer? El comisario se volvió a mirar al público. El espectáculo que vio lo conmovió y le puso un nudo en la garganta. Dos o tres muchachos se estaban encaramando por el cable como si fueran monos, y un racimo humano de una treintena de personas sujetaba el mismo cable, para hacer peso. Montalbano observó que el helicóptero estaba en dificultades, aunque habría podido elevarse.

—Habla con esos dos mierdas; diles que si se alejan se llevan volando a una decena de personas suspendidas de un cable. Puede ser una matanza. Que vayan con cuidado.
—Pero ya sabía cómo iba a acabar todo—. ¡Dejad libre el helicóptero! —gritó—. ¡Que todo el mundo vuelva a su sitio!

El cable que sostenía a Nenè Scòzzari, desmayado, como una marioneta con los hilos rotos, empezó a bajar lentamente.

«Las cosas fueron de esta manera. La alemana, un putón verbenero del que Augello, mi segundo, tendrá un imperecedero recuerdo tras haberla visto desnuda, aprovecha la ausencia del marido y del amante (que no es otro que su hermano) para concederse unas horas de intensos revolcones en su tienda con Nenè Scòzzari, ex joven serio que se ha vuelto loco por ella. Los dos alemanes, que vuelven antes de tiempo, sorprenden al joven saliendo de la tienda. Se les ocurre hacerle pagar la diversión con una broma cruel: lo raptan, lo atan, lo esconden en el helicóptero y hacen desaparecer el automóvil. Cuando el putón se despierta del sueño reparador, los dos le echan en cara lo que ha hecho, pero la cosa parece acabar ahí. Envían a un acólito por el pueblo a anunciar que aquella noche participará en el espectáculo un acróbata nuevo, Ícaro. Poco antes de salir de su base, los dos bromistas atan y amordazan a la esposa y hermana amante respectiva, la cual evidentemente se niega a participar en la broma. Luego dejan en canzoncillos a Scòzzari, le ponen el casco para que no se oigan sus gritos y lo bajan con el cable. Y ya está creado el nuevo payaso-acróbata Ícaro. Lo he comprendido todo cuando mi agente me ha llamado para decirme que había descubierto a la muchacha atada y amordazada.

«Mi propuesta es la siguiente: prisión para los dos imbéciles (quede claro que no tenían la intención de matar a Scòzzari, sino tan sólo darle un buen susto); libertad condicional a la alemanita (el condicionamiento de la libertad consiste en dejarla durante un mes en poder de mi segundo Mimì Augello).»

Esto fue lo que refirió el comisario Montalbano en su informe al juez. Pero utilizó otras palabras y omitió las propuestas finales.

La advertencia

—No consigo entenderlo, comisario.

Carlo Memmi parecía un hombre de treinta años que llevara mal la edad, pero cuando te fijabas bien en la fecha de nacimiento, veías que era casi un cincuentón que llevaba muy bien sus años. Antenore Memmi, su padre, había poseído en Parma una renombrada barbería, a la que iban todos los jerarcas fascistas de la ciudad. ¿Cómo se explica entonces que a finales del 45 apareciera en Vigàta, en casa de la madre de su mujer, Lia, que era vigatesa? Los paisanos se devanaron los sesos para encontrar una explicación. ¿Qué le sucede a quien se acuesta con niños? Que meado se levanta. Y esto fue lo que le sucedió a Antenore Memmi: a fuerza de frecuentar fascistas, en la época de Salò al parecer cogió el vicio de pelar a los partisanos que sus amigos hacían prisioneros. Tras la liberación, evitó el arresto pero comprendió que seguir en Parma no era conveniente, porque antes o después le tocaría pagar el empacho que se había dado. En Vigàta abrió una peluquería con el dinero de la suegra, y como en su profesión era muy bueno, tenía clientes que venían de los pueblos vecinos. En 1950 nació su hijo Carlo, que no tuvo hermanos y que empezó a trabajar en la peluquería, primero como mozo y después como ayudante. Cuando Carlo cumplió veinte años murió la señora Lia, su madre. Seis meses después,

Antenore Memmi se obsesionó con volver a Parma, ciudad que no veía desde hacía veinticinco años. El hijo se lo desaconsejó, pero Antenore siguió en sus trece y partió tras asegurar a Carlo que iba a ser una visita muy breve. Y así fue. Tres días después de su llegada, Antenore Memmi fue atropellado y muerto por un automóvil que nunca llegó a identificarse. La opinión general, en Vigàta, fue que un pariente de alguno de los que había pelado no quedó satisfecho del servicio y, aunque había pasado tanto tiempo, quiso hacérselo saber. Carlo, al quedarse huérfano, vendió el salón de peluquería del padre y compró uno mayor que dividió en dos partes, para señora y para caballero. Cuando Carlo se trasladó a Parma para los funerales, conoció a su prima Anna, peluquera de señoras. Fue un amor a primera vista que, entre otras cosas, proporcionó a Vigàta un elegantísimo salón decorado con el rótulo «Carlo y Anna».

Pasado algún tiempo, cuando los negocios iban viento en popa, Carlo tuvo la ingeniosa idea de llevar a Vigàta directamente de París a Monsieur Dédé, un peluquero de señoras cuarentón, ejemplar típico de la especie sarasa (según los viejos vigateses), una maricona (según los vigateses más vulgares), un gay (según las señoras que lo consideraban mal). La consecuencia de la llegada de Monsieur Dédé fue que Carlo tuvo que trasladarse a un local tres veces mayor y contratar a una secretaria sólo para apuntar las citas. Sin embargo, ocurrió algo inexplicable, porque a principios de los años 90 Carlo Memmi y su mujer Anna, se retiraron dejando el salón en manos de Monsieur Dédé, que se lo compró por cientos de millones. Carlo pudo dedicarse así a sus dos pasiones: la caza y la pesca. Tenía una casita en Marinella, donde pasaba los veranos y los inviernos con su mujer, muy cómoda para la pesca, que él practicaba saliendo a mar abierto en un bote de goma con motor. Para la caza la cosa era algo más complicada. Carlo Memmi salía al extranjero, primero iba a Yugoslavia y luego a Checoslovaquia una vez al año, y permanecía un mes fuera de casa. Tenía un todoterreno muy bien pertrechado que guardaba en un garaje de Vigàta, mientras que para los desplazamientos diarios utilizaba un Punto. Poseía tres fusiles de gran calibre y un perro de caza de raza inglesa que le había costado una fortuna. Al perro lo tenía en el jardín de la casita junto con Bobo, otro perro, cruce de razas, al que la señora Anna quería mucho.

El comisario Montalbano nunca había sido cliente del salón de Carlo: si detestaba ir al barbero a cortarse el pelo, mucho más detestaba ir a un sitio en el que decenas de espejos te reflejan con la expresión de idiota que uno adquiere en esas ocasiones. Pero conocía a Carlo Memmi y sabía que era una persona de bien, tranquila, que nunca había molestado a nadie. Entonces, ¿por qué?

—Entonces, ¿por qué? —dijo Carlo Memmi como si le hubiera leído el pensamiento.

La noche anterior, hacia la una, mientras Carlo estaba en alta mar pescando, hubo una gran explosión en el garaje donde guardaba el todoterreno, seguida de un principio de incendio. La explosión estropeó el pavimento de la casa de la familia Currera, que vivía encima del garaje y a la que los bomberos aconsejaron desalojar. Mimì Augello le dijo al comisario que seguramente el incendio era intencionado. La señora Amalia Currera, que tenía el sueño ligero, había declarado que una media hora después de la medianoche oyó que abrían la persiana. Volvió a dormirse y la despertó el ruido:

—¡Ah, qué susto! ¡Parecía una bomba!

En el garaje, concluyó Augello, estaba ahora trabajando el técnico de la compañía de seguros.

A las diez de la mañana Carlo Memmi pidió hablar con Montalbano. Ahora estaba allí, con el semblante embotado de sueño y de preocupación, preguntándose por qué.

—Si el incendio del Toyota resulta intencionado —dijo Montalbano—, es señal que le han enviado una advertencia.

—Pero, advertencia ¿de qué?

—Señor Memmi, hablemos claro. Una advertencia: en mi pueblo y también en el suyo, dado que usted ha nacido aquí, tiene siempre un doble significado.

—¿Y es?

—Amigo mío, ¿quieres hacer eso? Mira que no te conviene. O bien: amigo mío, ¿no quieres hacer eso? Pues te conviene hacerlo. Pero lo que debe o no debe hacer sólo lo sabe usted; es inútil que venga a preguntármelo. Yo sólo puedo serle útil con una condición: que me diga sinceramente cómo están las cosas y por qué han llegado a quemar el Toyota.

Bajo la mirada del comisario, Carlo Memmi permaneció sentado, callado, durante dos minutos por lo menos. En aquellos dos minutos sufrió una transformación: aparentaba los cuarenta años y pico que tenía y hasta algo más. Finalmente, emitió un suspiro de resignación.

—Créame, comisario, lo he estado pensando desde el incendio. No consigo encontrar nada que deba hacer o no hacer. Sin embargo, esta mañana se me ha ocurrido...

Se interrumpió de golpe.

—Siga —dijo Montalbano.

—He pasado por la peluquería. Le he preguntado a Dédé si tenía...

Se interrumpió de nuevo, le era difícil continuar. El comisario lo ayudó.

—¿Si pagaba regularmente el canon?

—Sí —confirmó Carlo ruborizándose.

—¿Y lo había pagado?

—Sí —repitió el hombre convirtiéndose en una llamarada.

Luego se levantó y tendió la mano.

—Perdone por las molestias. Sé que hará todo lo que pueda, pero yo no estoy en condiciones de ayudarlo. Me harán saltar por los aires y moriré preguntándome por qué.

Una mañana, unos quince días más tarde, el comisario se levantó, pero tuvo una sensación de dejadez tan grande, unas ganas de no hacer nada, que la idea de vestirse e ir al despacho le provocó unas ligeras náuseas. Avisó a Fazio a comisaría y se instaló en la terracita de su casa en traje de baño. Era el 3 de mayo, pero parecía el 3 de septiembre. Tiempo atrás había sido un fiel lector de *Linus*, que le introdujo en el gusto por los tebeos de la época, desde Mandrake hasta el agente secreto X-9, de Flash Gordon a Jim de la Jungla. Un mes antes, cuando fue a visitar a Livia a Boccadasse, Génova, descubrió en un puesto de un mercadillo un semestre del *Corriere dei piccoli* de 1936, muy bien empaquetado. Lo compró, pero no tuvo tiempo de leerlo. Ahora había llegado el momento. No era así.

—¡Comisario! ¡Comisario!

Lo llamaba Carlo Memmi, corriendo por la playa. Fue a su encuentro.

—¿Qué sucede?

—¡Han matado a *Pippo*! —exclamó Memmi. Se echó a llorar desconsolado.

—Perdone, ¿quién era *Pippo*?

—¡Mi perro de caza! —contestó el hombre entre sollozos.

—¿Lo han degollado?

—No, ha sido con una albóndiga envenenada.

El llanto de Carlo Memmi era incontenible. Molesto, Montalbano le dio unas palmaditas en el hombro.

—¿Cómo ha sabido que lo han envenenado?

—Me lo ha dicho el veterinario.

Llegó al despacho de mal humor, y lo primero que hizo fue lanzar una mirada solemne a Fazio, que le había estropeado la mañana revelando a Carlo Memmi que estaba en su casa. Luego llamó a Mimì Augello.

—Mimì, ¿has sabido algo más del coche incendiado?

—¿Qué coche?

—¡Ése, de qué coche crees que hablo!

—Vamos, Salvo, no te enfades. ¿A qué coche te refieres?

Montalbano tuvo una sospecha.

—Perdona, Mimì, ¿cuántos coches se han incendiado en estos últimos quince días?

—Siete.

—Ah. Quiero que me hables del Toyota de Carlo Memmi.

—Abrieron el garaje con una llave falsa; no había rastro de haber sido forzado. Quitaron el tapón de la gasolina, metieron dentro una media de mujer y la encendieron.

—¿Cómo has dicho?

—¿Qué he dicho?

—¿Una media de mujer? ¿Cómo puedes saberlo?

—Me lo ha dicho el perito de la compañía de seguros. Sólo quedó un pedacito minúsculo sin quemarse.

—Dame el nombre y el número del perito.

Llamó al perito y hablaron durante diez minutos. Al final, sin perder tiempo, convocó a Fazio.

—Dentro de dos horas como máximo quiero saber lo que se dice en el pueblo de los motivos que empujaron a Carlo Memmi y a su mujer a deshacerse del salón de peluquería.

—¡Si ya han pasado cuatro años!

—¿Y qué cojones me importa? Significa que en lugar de dos horas serán tres. ¿Te va bien?

Pero Fazio estaba de vuelta apenas una hora después.

—Me han dado una explicación.

—¿Quién?

—El otro barbero, ese al que va usted.

—¿Se puede? —preguntó Carlo Memmi al otro lado de la terracita.

—Voy enseguida —dijo Montalbano—. ¿Le apetece un café?

—Con mucho gusto.

Tomaron asiento en el banco. El viento había pasado unas páginas del *Corriere dei piccoli*, que seguía en la mesita desde la mañana. El comisario sonrió.

—Señor Memmi, ¿ha leído alguna vez este semanario?

Memmi le echó una ojeada distraída.

—No, pero he oído hablar de él.

—¿Ve esta página que el viento nos ha puesto ante los ojos? Tiene una historieta de Arcibaldo y Petronilla.

—Ah, ¿sí? ¿Y quiénes son?

—Luego se lo explico. ¿Sabe? Hace un momento, cuando volvía del despacho a casa, me he parado frente a la suya y he bajado del coche.

—¿Y por qué no ha llamado a la puerta? Le habríamos invitado a un café.

—Iba a hacerlo, pero en el jardín había un perro que me ha ladrado.

—¿Quién? ¿Bobo? ¿El perro de Anna? No puedo aguantarlo. ¿Por qué no le habrán dado a él la albóndiga envenenada en lugar de a Pippo?

En previsión de una nueva crisis de llanto, Montalbano lanzó su comentario:

—Ésta es la cuestión. —Carlo Memmi se lo quedó mirando sin parpadear—. Corríjame si me equivoco —continuó el comisario—. Esta noche, mientras usted estaba pescando, alguien ha lanzado a su jardín, donde había dos perros sueltos, un bocado envenenado. ¿Es cierto?

—Cierto.

—¿Y cómo explica que sólo lo haya comido su perro y no el de su esposa?

—He pensado en ello, ¿sabe? —dijo Memmi mientras se le iluminaba el semblante—. Y tiene una explicación. *Pippo* era más rápido, tenía los reflejos de un rayo. ¡Imagínese! Antes de que *Bobo* hubiera dado un paso, *Pippo* ya se habría engullido la albóndiga o lo que fuera. —Suspiró y añadió—: ¡Seguro!

—Quiero hacerle otra pregunta. ¿Por qué en lugar de incendiar el coche que coge todos los días y que deja aparcado delante de su casa, al alcance de todos, se han tomado la molestia de abrir el garaje y quemarle el Toyota? Han corrido un riesgo mayor, ¿no cree?

—Me parece que sí, ¡ahora que lo pienso! —exclamó Memmi—. Y usted, ¿cómo lo explica?

Montalbano no contestó a la pregunta, y siguió como si pensara en voz alta:

176

—Después del incendio del Toyota, hubiera apostado a que la segunda advertencia sería la destrucción del bote de goma que deja en la playa. Habría sido muy fácil, una cuestión de pocos segundos. Y habría ganado la apuesta. En cambio, la he perdido porque esta vez se han arriesgado más, matando a su perro. Piénselo: han tenido que quedarse delante de la verja para asegurarse de que la carne envenenada se la comía *Pippo* y no *Bobo*. Con el riesgo de que los sorprendiera la señora, a la que el insistente ladrido de *Bobo* habría despertado, que será todo lo estúpido que usted quiera, pero que se excita en cuanto se mueve una hoja.

—¿Adónde quiere llegar, comisario?

—A una conclusión. Pero llegaremos juntos, no lo dude. ¿Puedo hacerle otra pregunta?

—Es usted muy dueño de hacerla.

—Esta mañana he hablado con el perito de la compañía de seguros, que me ha explicado cómo han incendiado su coche. Me ha dicho que a usted lo informó ayer por la mañana.

—Sí, es cierto. Me llamó por teléfono.

—A usted también le habrá sorprendido, ¿verdad señor Memmi? Pero ¿cómo? ¿Desde cuándo se incendia un coche con una media de mujer empapada en acetona, eso para el esmalte de uñas?

—Efectivamente...

Carlo Memmi estaba muy turbado, no miraba al comisario, sino una mosca que se había caído dentro de su tacita vacía.

—Cinco minutos más y habremos acabado. ¿Le apetece otro café?

—Sólo quisiera un poco de agua fresca.

Cuando Montalbano volvió con una botella y dos vasos, observó que Carlo Memmi había sacado la mosca de la taza, que se agitaba inútilmente sobre la mesa, y no podía salir volando porque tenía las alas pegadas con el azúcar. Cuando Montalbano le llenó el vaso, Mimmi metió la punta del dedo y dejó caer una gota de agua sobre la mosca. Luego levantó la cabeza y miró al comisario.

—Esperemos que el agua disuelva el azúcar. No soporto ver sufrir ni siquiera a una hormiga.

Como tantos cazadores, sentía un enorme respeto por todas las criaturas de la tierra.

—¡Cuánto debió de sufrir al tener que matar a Pippo! —dijo Montalbano a media voz, con los ojos fijos en el mar, que brillaba tanto que hacía daño a la vista.

La reacción de Carlo Memmi no la esperaba el comisario. El hombre no lo contradijo, no gritó, no se echó a llorar. Sólo dejó caer otra gota sobre la mosca.

—¿Sabe por qué tuve que traspasar el salón?

—Sí, me he enterado esta mañana. Por los celos de su mujer, que iban empeorando día a día. Me han contado que de vez en cuando le hacía escenas en público, le echaba en cara tener relaciones con las dependientas, con las clientas.

—¿Sabe, comisario? Nunca la he traicionado, nunca. Traspasé el salón con la esperanza de darle menos motivos de sufrimiento. Durante un tiempo las cosas fueron bastante bien, luego apareció una nueva obsesión: decía que cuando salía a cazar al extranjero la traicionaba. Volvieron a empezar las escenas. Hace veinte días, en el bolsillo de un traje de caza encontró una tarjeta postal de Checoslovaquia. No me dijo nada.

—Perdone, la tarjeta postal ¿era de una mujer?

—¡Claro que no! La tarjeta postal decía solamente «hasta pronto» y llevaba la firma «Tatra». Mi amigo Jan Tatra, mi compañero de batidas. A mi mujer le entró la fijación que era el nombre de una mujer. Y una noche salió de casa con la llave del garaje que guardo en el cajón del escritorio, lo abrió e incendió el coche con lo que tenía más a mano, acetona y una media de seda.

—¿Y no sospechó de su mujer?

—¡Nunca! ¡Ni siquiera se me pasaba por la antecámara de la cabeza! Estaba asustado, aterrorizado por lo que creía una advertencia mafiosa. Luego, ayer por la mañana me telefoneó el perito. Y empecé a pensar en ello. Había habido un precedente. En una ocasión intentó prender fuego a los cabellos de una empleada mía, porque pensaba que era una de mis muchas amantes. Le echó acetona en la cabeza y luego, con el encendedor... El episodio me decidió a dejarlo todo. Acallar a la empleada me costó un montón de dinero. Ayer, en la mesa, le pregunté por qué me había quemado el coche. No contestó, gritó y se me echó encima. Luego entró en el dormitorio y salió con la tarjeta postal. Intenté explicarle la verdad, pero no hubo manera. La sujeté por las muñecas y ella me dio puntapiés en las piernas. De repente puso los ojos en blanco, cayó al suelo y comenzó a tener convulsiones. Llamé al médico y la llevaron al hospital de Montelusa. Entonces, la misma noche, encerré en casa a *Bobo* y le di el veneno a *Pippo*.

—¿Por qué?

—¿Cómo que por qué? ¿Lo ha entendido todo y no ha comprendido por qué? Porque cuando Anna vuelva a casa dentro de dos o tres días, entenderá que he acabado definitivamente con la caza. Quiero mucho a mi mujer.

Luego hizo la pregunta cuya respuesta le horrorizaba.

—¿Qué piensa hacer, comisario?

—¿Qué piensa hacer usted, señor Memmi?

—¿Yo? Hoy mismo voy a hablar con Donato Currera. Quiero resarcirle de los daños y por el susto que ha pasado con toda su familia. Pero no se lo diré a Anna.

—Me parece bien —dijo Montalbano.

Carlo Memmi lanzó un suspiro de alivio y se levantó.

—Gracias. Ah, no me ha contado la historia de... ¿Cómo se llaman esos dos?

—Arcibaldo y Petronilla. Se la contaré en otra ocasión. Por ahora es suficiente que sepa que Petronilla es una esposa celosa.

Intercambiaron una sonrisa y se estrecharon la mano. Recuperada la libertad de movimientos, la mosca salió volando.

Being here...

En cuanto el hombre entró en su despacho, Montalbano pensó que estaba sufriendo una alucinación: el recién llegado era la viva estampa de Harry Truman, el ya difunto ex presidente de los Estados Unidos, tal como el comisario lo había visto en fotografías y documentos de la época. El mismo traje rayado cruzado, el mismo sombrero claro, la misma corbata llamativa, las gafas con la misma montura. Sólo que, cuando se le miraba mejor, las diferencias eran dos. La primera, que el hombre estaba camino de los ochenta, si no los había sobrepasado ya, aunque los llevaba estupendamente. La segunda, que mientras el ex presidente reía siempre hasta cuando ordenaba lanzar la bomba atómica sobre Hiroshima, éste no sólo no sonreía, sino que emitía un halo de contenida melancolía.

—Perdone si lo molesto, señor. Soy Charles Zuck —hablaba un italiano de libro, sin acento dialectal; mejor dicho, tenía un acento bastante evidente.

—¿Es americano? —preguntó el comisario haciéndole un gesto para que tomara asiento en la silla que había delante de la mesa escritorio.

—Soy ciudadano americano, sí.

Sutilísima distinción que Montalbano interpretó, con toda justeza, de este modo: no he nacido americano, me he nacionalizado americano.

—Dígame en qué puedo serle útil.

Aquel hombre despertaba su simpatía. No sólo tenía aquel aire melancólico, sino que también parecía ajeno, extraño.

—He llegado a Vigàta hace tres días. Quería hacer una visita corta. De hecho pasado mañana he de coger el avión en Palermo para volver a Chicago.

¿Y qué? Quizá con otro, Montalbano ya habría perdido la paciencia.

—¿Cuál es su problema?

—Que el alcalde de Vigàta no me recibe.

¿Y él qué tenía que ver?

—Mire, usted es extranjero, y aunque hable un italiano perfecto, ignora que un comisario de policía no se ocupa de...

—Le agradezco el cumplido —dijo Charles Zuck—, pero he enseñado italiano durante décadas en los Estados Unidos. Sé perfectamente que no tiene la facultad de obligar a que el alcalde me reciba. Pero puede intentar convencerlo.

¿Por qué lo escuchaba con tanta paciencia, por qué aquel hombre despertaba su curiosidad?

—Puedo hacerlo, sí —admitió el comisario. Y añadió, con la intención de disculpar al primer ciudadano ante un extraño—: Faltan tres días para las elecciones y nuestro alcalde se presenta a la reelección. En cualquier caso, tiene la obligación de recibirlo.

—Y con más razón porque soy, o mejor dicho, era vigatés.

—Ah, entonces nació aquí —dijo algo sorprendido Montalbano.

A primera vista, el hombre debió de nacer hacia los años veinte, cuando el puerto funcionaba y Vigàta estaba lleno de extranjeros.

—Sí. —Charles Zuck hizo una pausa. Su aire melancólico pareció condensarse, hacerse más denso, y sus pupilas saltaron de una pared a otra de la habitación—. Y aquí fallecí.

La primera reacción del comisario no fue de estupor, sino de rabia: rabia hacia sí mismo por no haber comprendido enseguida que el hombre era un pobre loco, uno de esos que no están bien de la cabeza. Decidió llamar a uno de sus hombres para que se lo llevaran de la comisaría. Se levantó.

—Perdone un segundo.

—No estoy loco —advirtió el americano.

Ya se sabe que los locos aseguran estar cuerdos y que los condenados juran ser tan inocentes como Cristo.

—No necesita llamar a nadie —dijo Zuck levantándose —. Y perdone por haberle hecho perder el tiempo. Buenos días.

Pasó delante de él para dirigirse hacia la puerta. Montalbano sintió lástima; ahora le pesaban los ochenta años del anciano. No podía dejar así a una persona de su edad, porque aunque no estuviera loco sí estaría desorientado y podía tener alguna mala experiencia.

—Vuelva a sentarse.

Charles Zuck obedeció.

—¿Tiene algún documento de identidad?

Sin decir una palabra, le entregó el pasaporte.

No había duda alguna: se llamaba como había dicho y había nacido en Vigàta el 6 de septiembre de 1920. El comisario se lo devolvió. Se miraron.

—¿Por qué dice que está muerto?

—No soy yo quien lo dice. Es lo que está escrito.

—¿Dónde?

—En el monumento a los caídos.

El monumento a los caídos, que se levantaba en una plaza en la calle principal de Vigàta, representaba a un soldado con el puñal levantado defendiendo a una mujer con un niño en los brazos. El comisario se había detenido alguna vez a mirarlo porque, según su opinión, se trataba de una buena escultura. Se alzaba sobre un basamento rectangular y en el lado más a la vista había una lápida encajada con los nombres de los muertos en la guerra de 1914-1918, a los que en principio el monumento había sido dedicado. Luego, en el 38, apareció una segunda lápida a la derecha, con la lista de los que se dejaron la piel en las guerras de Abisinia y de España. En el 46 se añadió la tercera lápida en el lado izquierdo, con la lista de los muertos en la guerra de 1940-1945. El cuarto y último lado, de momento, estaba vacío.

Montalbano hizo un esfuerzo por recordar.

—No recuerdo haber leído su nombre —concluyó.

—Charles Zuck no está. En cambio está Carlo Zuccotti, que soy yo.

El viejo sabía contar las cosas con orden, brevedad y claridad. Tardó menos de diez minutos en hacer un resumen de los setenta y siete años de su existencia. Contó que su padre se llamaba Evaristo, era de familia milanesa y se había casado, muy joven, con una muchacha de Lecco, Annarita Vismara. Poco después de la boda, Evaristo, que era ferroviario, fue trasladado a Vigàta, que entonces tenía tres estaciones de ferrocarril, de las cuales una, reservada al tráfico comercial, estaba precisamente a la entrada del recinto del puerto. Así fue como Carlo, único hijo de la pareja, nació en Vigàta. Carlo pasó en el pueblo los primeros doce años de su vida, estudiando primero en la escuela elemental de Vigàta y luego en el instituto de Montelusa, al que se trasladaba en el coche correo. Después el padre ascendió y fue trasladado a Orte. Cuando Carlo acabó el bachillerato en esta ciudad, se matriculó en la Universidad de Florencia, adonde el padre había sido trasladado de nuevo. Un año antes de obtener la licenciatura murió su madre, la señora Annarita.

—¿En qué se especializó? —preguntó Montalbano.

Todo lo que aquel hombre le estaba narrando no era suficiente, deseaba ahondar más.

—Literatura moderna. Estudié con Giuseppe De Robertis. Mi tesis versó sobre *Le Grazie* de Foscolo.

«Para quitarse el sombrero», pensó el comisario, que era un apasionado de la literatura.

Mientras tanto estalló la guerra. Carlo fue movilizado y lo enviaron a combatir a África septentrional. Cuando hacía seis meses que estaba en el frente, una carta de la dirección general de ferrocarriles de Florencia le informó de que su padre había muerto a causa de un ametrallamiento. Estaba solo en el mundo; no conocía el nombre de los parientes de sus padres. Cayó prisionero de los americanos y fue enviado a un campo de concentración de Texas. Conocía bien el inglés y esto lo ayudó mucho, tanto que se convirtió en una especie de intérprete. Así conoció a Evelyn, la hija del responsable administrativo del campo. Cuando lo dejaron en libertad, una vez finalizada la guerra, se casó con Evelyn. En el 47 le enviaron desde Florencia, a petición suya, el título de licenciado. En Estados Unidos no servía, pero Carlo reinició los estudios y obtuvo el título que le capacitaba para dedicarse a la enseñanza. Consiguió la ciudadanía americana y cambió el nombre de Zuccotti por Zuck, como los americanos lo llamaban para abreviar.

—¿Por qué ha querido venir aquí?

—Ésta es la respuesta más difícil.

Por un instante pareció que se perdía en el laberinto de los recuerdos. El comisario permaneció en silencio, a la espera.

—Llega un momento comisario, en que la vida de los viejos como yo consiste en una lista: la de los muertos. Muertos que poco a poco son tantos que te da la sensación de haberte quedado solo en un desierto. Entonces tratas desesperadamente de orientarte, pero no siempre lo consigues.

—¿Su esposa Evelyn ya no está con usted?

—Tuvimos un hijo, James. Sólo uno. Al parecer, mi familia es de hijos únicos. Cayó en Vietnam. Mi mujer no se recuperó. Hace ocho años fue a reunirse con nuestro hijo.

Una vez más Montalbano no abrió la boca.

El viejo profesor sonrió. La sonrisa le produjo a Montalbano la sensación de que el cielo se oscurecía y una mano le agarraba el corazón.

—Una historia fea, comisario. Fea en sentido literario, a medio camino entre un dramón a lo Giacometti, el de la muerte civil, y ciertas situaciones pirandellianas. ¿Dice que por qué he querido venir aquí? Pues por un impulso. Aquí he pasado lo mejor de mi existencia; lo mejor, sí, porque todavía no tenía conciencia de lo que era el dolor. Y no es poco, ¿sabe? En la soledad de Chicago, Vigàta empezó a brillar como una estrella. Pero en cuanto pisé el pueblo, la ilusión desapareció. Era un espejismo. No he encontrado a ninguno de mis antiguos compañeros de escuela. Tampoco existe ya la casa en la que vivía; ahora en su lugar hay un edificio de diez plantas. Y las tres estaciones se han reducido a una con muy poco o nada de tráfico. Luego he descubierto que figuraba en la lápida de los caídos. He ido al censo. Evidentemente fue un error del mando militar. Me dieron por muerto.

—Perdone la pregunta, pero cuando ha leído su nombre, ¿qué ha sentido?

El viejo se quedó meditando un instante.

—Pesar —repuso en voz baja.

—¿De qué?

—De que las cosas no fueran como está escrito en la lápida. En cambio, he tenido que vivir.

—Mire, profesor, le conseguiré para mañana una entrevista con el alcalde. ¿Dónde se aloja?

—En el hotel Tre Pini. Está a las afueras de Vigàta. Para ir y venir tengo que tomar un taxi. Y ahora que hablamos de ello, ¿me pide uno?

A primera hora de la tarde no pudo hablar con el alcalde, porque estaba ocupado en un acto electoral y luego en unas visitas puerta a puerta. A la mañana siguiente pudo recibirlo. Le contó la historia de Carlo Zuccotti, el muerto viviente. Cuando acabó, el alcalde lanzó una risotada tal que se le saltaron las lágrimas.

—¿No se da cuenta, comisario? Nuestro casi paisano Pirandello no necesitaba tanta fantasía para inventarse las cosas. ¡Le bastaba transcribir lo que sucede en realidad en nuestros pueblos!

Montalbano, como no podía darle un puñetazo en la cara, decidió no darle su voto.

—¿Sabe lo que quiere de mí?

—Probablemente que cambie la lápida.

—¡Cristo! —exclamó el alcalde—. Menudo gasto.

· · ·

—¿Profesor? Soy el comisario Montalbano. El alcalde lo recibirá hoy, a las cinco de la tarde, en el ayuntamiento. ¿Le va bien? Así mañana podrá coger el avión a Chicago.

Silencio absoluto al otro lado.

—¿Me ha oído, profesor?

—Sí. Pero esta noche...

—¿Esta noche?

—Me he quedado despierto pensando en la lápida. Le agradezco su amabilidad, pero he tomado una decisión. Creo que es la más justa.

—¿Qué decisión?

—*Being here*...

Y colgó sin despedirse.

Being here: ya que estoy aquí.

Se levantó apresuradamente de la silla. En el pasillo se encontró a Catarella, lo empujó con violencia y corrió al coche. Los dos kilómetros que separaban Vigàta del hotel le parecieron un centenar. Irrumpió en el vestíbulo.

—¿El profesor Zuccotti?

—No hay ningún Zuccotti.

—Charles Zuck, idiota.

—En la 115, primer piso —balbuceó sorprendido el recepcionista.

El ascensor estaba ocupado y subió los escalones de dos en dos. El comisario Montalbano llegó jadeando y llamó a la puerta.

—¿Profesor? ¡Abra! ¡Abra, por favor! Soy el comisario Montalbano.

—Un segundo —contestó la voz tranquila del viejo.

188

Luego, en el interior, sonó un disparo violento, fortísimo.

Excepto Montalbano nadie supo que el alcalde de Vigàta no iba a tener que afrontar el gasto de una lápida nueva.

El pacto

Vestida de negro, tacones altos, el sombrerito pasado de moda, el bolso de piel brillante colgado del brazo derecho, la señora (porque se veía enseguida que era una señora, y de las de antes) caminaba con paso breve pero decidido por el borde de la carretera, los ojos fijos en el suelo, indiferente a los pocos coches que pasaban rozándola.

Si de día aquella mujer habría llamado la atención del comisario Montalbano por la distinción y la elegancia de otra época que emanaba, mucho más a las dos y media de la madrugada, en una carretera a las afueras del pueblo. Montalbano volvía a su casa de Marinella, tras una larga jornada de trabajo en la comisaría. Estaba cansado, pero conducía despacio. De las ventanillas abiertas del coche le llegaban los aromas de una noche de mediados de mayo, ráfagas de jazmín de los jardincillos de las villas a la derecha, rachas salobres del mar a la izquierda. Tras haber permanecido un trecho detrás de la señora, el comisario se puso a su lado e inclinándose sobre el asiento del pasajero le preguntó:

—¿Necesita algo, señora?

La mujer ni siquiera levantó la cabeza, no hizo el mínimo gesto y siguió caminando.

El comisario encendió las luces largas, detuvo el coche, bajó y se plantó delante de ella impidiéndole el paso.

Entonces la señora, en absoluto sorprendida, se decidió a mirarlo. A la luz de los faros Montalbano observó que era muy vieja, pero tenía los ojos de un azul intenso, casi fosforescente, que resaltaban en el rostro por su expresión juvenil. Llevaba unos pendientes de mucho valor y alrededor del cuello, un espléndido collar de perlas.

—Soy el comisario Montalbano —dijo para tranquilizarla, aunque aquella mujer no demostraba el más mínimo nerviosismo.

—Mucho gusto. Yo soy la señorita Angela Clemenza. ¿Qué desea? —hizo hincapié en el «señorita».

El comisario estalló:

—No deseo nada. ¿Le parece lógico ir por ahí, con estas joyas, sola y a estas horas de la noche? Ha sido afortunada de que todavía no la hayan robado y luego la hayan tirado a una zanja. Suba al coche, la acompaño.

—No tengo miedo. No estoy cansada.

Era cierto: respiraba pausadamente y en su rostro no había huella de sudor. Sólo los zapatos blanqueados por el polvo demostraban que la señora había recorrido a pie un largo trecho.

Montalbano la tomó del brazo con delicadeza y la llevó hacia el coche.

Angela Clemenza lo miró un instante: el azul de sus ojos se había teñido de violeta. Evidentemente estaba enfadada, pero no dijo nada y subió.

En cuanto estuvo sentada en el coche, apoyó el bolso en las rodillas y se frotó ligeramente el brazo derecho. El comisario observó que el bolso estaba lleno; debía de pesar.

—¿Adónde la llevo?

—A Gelso. Le indico cómo llegar hasta allí.

El comisario lanzó un suspiro de alivio. Gelso no estaba lejos, en la zona del interior, a pocos kilómetros de Marinella. Hubiera querido preguntarle por qué estaba allí sola, de noche, recorriendo el camino a pie, pero la discreción y la compostura de aquella mujer lo intimidaban.

Por su parte, la señorita Clemenza sólo abrió la boca para darle breves indicaciones sobre el camino. Al otro lado de una gruesa verja de hierro forjado, y tras recorrer una avenida perfectamente cuidada, Montalbano se detuvo en la plazoleta que se extendía ante una villa del siglo XIX, de tres pisos, recién restaurada, preciosa, con puertas y ventanas que le parecieron pintadas de verde. Bajaron del coche.

—Ha sido muy amable. Gracias —dijo la señorita.

Y alargó el brazo. Montalbano, sorprendiéndose a sí mismo, se inclinó y le besó la mano. La señorita Clemenza le dio la espalda, buscó algo en el bolso, sacó una llave, abrió la puerta, entró y cerró.

No eran todavía las siete de la mañana cuando lo despertó la llamada de Mimì Augello, su segundo.

—Perdona, Salvo, que te llame a estas horas, pero ha habido un homicidio. Ya estoy aquí. Te he enviado un coche.

Apenas había tenido tiempo de afeitarse cuando llegó el coche.

—¿Sabes a quién han matado?

—A un profesor jubilado; se llamaba Corrado Militello —respondió el agente al volante—. Vive más allá de la vieja estación.

La casa del que fue profesor Militello se levantaba, en efecto, más allá de la vieja estación, en medio del campo. Antes de que Montalbano cruzara el umbral, Mimì Augello, que aquella mañana se había despertado con ganas de parecer el primero de la clase, le informó:

—El profesor tenía más de ochenta años. Vivía solo; nunca se había casado. Desde hace diez días no salía de casa. Cada mañana venía una sirvienta, la misma desde hace treinta años, que es quien lo ha encontrado muerto y nos ha llamado. En el piso de arriba hay dos dormitorios grandes, dos cuartos de baño y un cuarto pequeño. En la planta baja, un salón, un pequeño comedor, un cuarto de baño y un estudio. Allí lo han matado. Pasquàno está trabajando.

En la antecámara, la sirvienta, sentada en el borde de una silla, lloraba en silencio, moviendo el tronco adelante y atrás. El cuerpo del profesor Corrado Militello yacía sobre el escritorio del estudio. El doctor Pasquàno, el forense, lo estaba examinando.

—El asesino —dijo Mimì Augello— ha querido asustar al profesor antes de matarlo. Mira aquí: ha disparado a la lámpara, a la librería, a ese cuadro, me parece que es una reproducción del *Beso* de Velázquez...

—Hayez —corrigió Montalbano con expresión cansina.

—... en la ventana, y el último tiro ha sido para él. Un revólver, no hay casquillos.

—No perdamos tiempo contando los tiros —intervino el doctor Pasquàno—. Han sido cinco, de acuerdo, pero cuando ha disparado al busto de Wagner, que es de bronce, la bala ha rebotado y ha atravesado la frente del profesor, matándolo.

Augello no replicó.

En la chimenea, una montaña de papel hecho cenizas. Montalbano sintió curiosidad, y con la mirada preguntó a su segundo.

—La sirvienta me ha dicho que desde hacía dos días estaba quemando cartas y fotografías —contestó Augello—. Las guardaba en este baúl que ahora está vacío.

Mimì Augello se encontraba en uno de esos días en los que, si se decidía a hablar, no podían pararlo ni a cañonazos.

—La víctima abrió al asesino; no hay rastro de que la puerta haya sido forzada. Seguramente lo conocía, confiaba en él. Uno de casa. ¿Sabes qué te digo, Salvo? Saldrá de algún sitio un sobrinito que estaba esperando la herencia desde hacía demasiado tiempo, ha perdido la paciencia y se ha liado la manta a la cabeza. El viejo era rico: casas, terrenos edificables...

Montalbano no lo escuchaba, estaba sumergido en el recuerdo de películas inglesas de policías. E hizo una cosa que había visto hacer en estas películas: se dirigió a la chimenea, metió una mano entre las cenizas y buscó. Tuvo suerte: palpó con los dedos un cartoncito cuadrado. Era el fragmento de una fotografía, no más grande que un sello. Cuando lo miró sufrió una sacudida eléctrica. Medio rostro de mujer, pero ¿cómo no reconocer aquellos ojos?

—¿Hay algo? —preguntó Augello.

—No —contestó Montalbano—. Oye, Mimì, ocúpate de todo; tengo trabajo. Saluda de mi parte al juez cuando llegue.

—Entre, entre —dijo la señorita Angela Clemenza, contenta de volverlo a ver—. Venga por aquí. Desde que murió mi hermano, el general, la casa es demasiado grande para mí sola. Me he reservado estas tres habitaciones en la planta baja, así me ahorro las escaleras.

Eran las nueve y media de la mañana, pero la señorita estaba impecable. Frente a ella, el comisario se sintió sucio y descuidado.

—¿Le apetece un café?

—No se moleste. Sólo quiero hacerle unas preguntas. ¿Conoce al profesor Corrado Militello?

—Desde 1935, comisario. Entonces tenía dieciséis años y él, uno más que yo.

Montalbano la miró fijamente: nada, ninguna emoción; los ojos un lago de alta montaña, sin crispaduras.

—Créame si le digo que con gran pesar tengo que comunicarle una mala noticia.

—¡Pero si ya la conozco, comisario! ¡Le he disparado yo!

Montalbano sintió que le faltaba el suelo bajo los pies, la misma impresión que tuvo durante el terremoto de Belice. Se sentó en una silla que por suerte había detrás de él. La señorita Clemenza también tomó asiento, muy compuesta.

—¿Por qué? —consiguió articular el comisario.

—Es una vieja historia; se aburrirá.

—Le garantizo que no.

—A mediados del siglo diecinueve, por razones que ignoro y que nunca he querido saber, mi familia y la de Corrado empezaron a odiarse. Hubo muertos, duelos, heridos. Capuletos y Montescos, ¿recuerda? Y nosotros, en lugar de odiarnos, nos enamoramos. Como Romeo y Julieta. Nuestras familias, en esta ocasión aliadas, nos separaron: a mí me mandaron con las monjas y él acabó en un colegio. Mi madre, en su lecho de muerte, me hizo jurar que nunca me casaría con Corrado. O él o nadie, me dije yo. Corrado hizo lo mismo. Durante años y años nos hemos escrito, nos llamábamos por teléfono, procurábamos vernos. Cuando sólo quedamos los dos, yo ya tenía sesenta y dos años y él sesenta y tres. Convinimos que a esa edad habría sido ridículo casarnos.

—Sí, muy bien, pero ¿por qué?

—Hace seis meses me llamó por teléfono y hablamos mucho. Me dijo que no podía aguantar la soledad. Quería casarse con una viuda, una pariente lejana. Yo le pregunté por qué a los sesenta años lo había encontrado ridículo y no a los ochenta.

—Comprendo. Y por esta razón usted...

—¿Bromea? ¡Por mí podía casarse cien veces! El hecho es que me llamó al día siguiente. Me dijo que no había podido pegar ojo. Confesó que me había mentido: no se casaba por miedo a la soledad, sino porque se había enamorado de verdad de aquella mujer. Como puede comprender, así las cosas cambiaban.

—¿Por qué?

—Porque teníamos un compromiso, habíamos hecho un pacto.

Se levantó, abrió el mismo bolso que llevaba la noche anterior y que estaba encima de una mesita, sacó un papel amarillento y se lo dio al comisario.

Nosotros, Angela Clemenza y Corrado Militello, juramos ante Dios lo siguiente: quien de nosotros se enamore de una tercera persona, pagará con la vida la traición. Leído, firmado y suscrito: Angela Clemenza, Corrado Militello

Vigàta, 10 de enero de 1936

—¿Se da cuenta? Todo está en orden, ¿verdad?

—¡Debió de olvidarse! —exclamó, casi gritó, Montalbano.

—Yo no —dijo la señorita, con los ojos derivando hacia un peligroso violeta—. Ayer por la mañana lo llamé para asegurarme. «¿Qué haces?», le pregunté. «Estoy quemando tus cartas», me contestó. Entonces fui a leer de nuevo el pacto.

Montalbano sintió como si un aro de hierro le empezara a apretar la frente. Estaba sudando.

—¿Ha tirado el arma?

—No.

Abrió el bolso y sacó un Smith & Wesson centenario, enorme. Se lo dio a Montalbano.

—Me ha resultado difícil matarlo, ¿sabe? Nunca había disparado. ¡Pobre Corrado, se ha asustado tanto!

¿Qué debía hacer ahora? ¿Levantarse y arrestarla?

Se quedó contemplando el revólver, indeciso.

—¿Le gusta? —preguntó sonriente la señorita Angela Clemenza—. Se lo regalo. A mí ya no me sirve.

Lo que contó Aulo Gelio

La calefacción del coche de Montalbano decidió una huelga sin previo aviso, aprovechando pérfidamente que soplaba una tramontana escandinava. El viento helado se colaba por todas partes y el comisario, a pesar del calor del motor y del odioso chaquetón de piel que se había puesto, se estaba congelando. Había tenido una conversación no demasiado cordial con el nuevo jefe de policía de Monte-lusa, y con un ataque de nervios, dado el tiempo que hacía, el comisario pensó que su humor mejoraría si iba a probar una fonda en la carretera de Fiacca que un amigo le había recomendado hacía unos días. Ese amigo también le dijo que había una indicación hacia el kilómetro quince. Superó el diecisiete sin haber visto nada de nada y se le pasaron las ganas de ir a experimentar a la aventura. ¿Y si a la charla con el jefe de la policía, y a la nochecita que estaba haciendo, se añadía una cena infecta? ¡Menuda velada, dando vueltas en la cama sin poder dormir, hecho un manojo de nervios! Iba a iniciar la curva en U cuando, a la débil luz de los faroles («¡si funcionara alguna mierda de cosa en este coche!»), vio la indicación. Consistía en un trozo de tabla torcida clavada en un palo, en el que habían escrito de cualquier manera a mano: «en Filippo se come bien». Se metió en el camino sin asfaltar que terminaba un centenar de metros más allá, en una placita en la que había una casucha solitaria de una planta. No se veía luz en las ventanas con rejas ni en la puerta. Quizá era el día de cierre y el viaje había sido en balde. Abrió la portezuela y el viento lo sorprendió, junto con el rumor de la tempestad en el mar que se encontraba a unos treinta metros por debajo de la placita. Bajó, echó a correr, giró el pomo de la puerta y ésta se abrió. Montalbano entró inmediatamente y la cerró a sus espaldas. Una habitación con cinco mesitas. Ningún cliente. El que debía de ser Filippo estaba sentado ante una mesa y miraba una película en la televisión.

—¿Se puede comer? —preguntó en tono de duda el comisario.

Filippo no se movió, no apartó los ojos del televisor, tan sólo murmuró:

—Siéntese donde quiera.

Montalbano se quitó el chaquetón y eligió la mesa que estaba más cerca de la estufa de leña. Pasados cinco minutos, en vista de que el hombre seguía encandilado con la película, el comisario se levantó, fue al aparador, cogió una cestita con pan y una botella de vino y volvió a su sitio. Pasaron diez minutos más y, finalmente, apareció en la pantalla «Fin de la primera parte». Filippo se transformó de estatua en ser vivo. Se acercó a la mesa y preguntó:

—¿Qué quiere comer?

—Me han dicho que hace muy bien el pulpo a la napolitana.

—Le dijeron bien.

—Desearía probarlo.

—¿Quiere probarlo o comerlo?

—Comerlo. ¿Lo hace con aceitunas de Gaeta?

Las aceitunas negras de Gaeta son fundamentales en el pulpo a la napolitana.

Filippo lo miró indignado por la pregunta.

—Claro. Y también con alcaparras.

¡Ay! Ésa era una novedad que podía ser peligrosa: nunca había oído hablar de alcaparras en los pulpos a la napolitana.

—Alcaparritas de Pantelleria —precisó Filippo.

Las dudas de Montalbano se desvanecieron a medias: las alcaparras de Pantelleria, agrias y extraordinariamente sabrosas, quizá iban bien o, en el peor de los casos, no estropearían el guiso.

Antes de dirigirse hacia la cocina, Filippo miró al comisario a los ojos y éste recogió el guante del desafío. Estaba claro que entre los dos se había establecido un duelo. A quien no entienda de cocina, el hecho le puede sorprender: ¿qué se necesita para hacer un par de pulpos a la napolitana? Ajo, aceite, tomate, sal, pimienta, piñones, aceitunas negras de Gaeta, sultanitas, perejil y rodajitas de pan tostado: ésta es la combinación. Sí. ¿Y las proporciones? ¿Te ha de guiar el instinto para que a una cierta cantidad de sal le corresponda una dosis precisa de ajo?

La polémica imaginaria del comisario sufrió una violenta interrupción cuando se abrió la puerta de golpe y chocó contra la pared.

«El viento», pensó Montalbano, pero no tuvo tiempo de levantarse para cerrarla.

Entraron dos hombres con el rostro cubierto con pasamontañas y pistolas en la mano.

—¿Qué ha sido? —preguntó Filippo saliendo de la cocina con un martillo en la mano.

—Quietos todos —ordenó uno de los intrusos, de estatura diminuta.

En cambio su compañero era una especie de gigante.

«Dos desesperados en busca de unos cuantos miles de liras», se dijo Montalbano.

Pero quizá las cosas no eran tan sencillas porque el hombre diminuto miró al comisario y dijo:

—A ti te buscaba y al fin te encuentro.

Evidentemente lo habían seguido, y comprendieron que el lugar era ideal para lo que querían hacer. Y lo que pensaban hacer iba a significar el fin de Montalbano. Se dice que cuando un hombre está al borde de la muerte ve discurrir velozmente su vida pasada y tiene algún pensamiento más allá de lo terrenal. Todo lo que pensó Montalbano en ese momento fue:

«Ahora me matan y adiós pulpos.»

Mientras el pequeño se acercaba lentamente, pues tenía todo el tiempo que quería, su compañero el gigante no apartaba los ojos del comisario: a Montalbano le ponía más nervioso esa mirada que la boca de la pistola que le apuntaba. El pequeño llegó a la altura de la mesa de Montalbano.

—Si quieres rezar, reza —le dijo.

Y entonces sucedió lo increíble. Moviéndose con silenciosa rapidez, el gigante se pasó la pistola de la mano derecha a la izquierda, cogió el martillo que sostenía Filippo, petrificado, se puso detrás de su compañero y le golpeó con fuerza en la cabeza. El hombre se desplomó, sin sentido, dejando caer el arma.

Luego el gigante se dirigió a Montalbano:

—Quédese quieto que no quiero fallar.

Apuntó atentamente y disparó. La bala se clavó en la pared a pocos centímetros de la cabeza del comisario. Filippo gritó. El gigante no pareció oírlo, se dio la vuelta y disparó otro tiro hacia la pared que estaba a sus espaldas.

Filippo cayó de rodillas y se puso a rezar en voz alta presa de una especie de convulsión.

—¿Nos hemos entendido? —preguntó el gigante a Montalbano.

Había escenificado un tiroteo.

—Perfectamente.

Entonces el gigante cogió la pistola que estaba en el suelo, se la guardó, cogió a su compañero desmayado por el cuello de la camisa, lo arrastró, abrió la puerta y salió.

Montalbano se levantó inmediatamente, corrió hacia Filippo, cuyos ojos giraban como los de un loco, y lo abofeteó.

—¡Vamos, que los pulpitos se queman!

A pesar del susto, Filippo supo cocinar como Dios manda y Montalbano se chupó los dedos. Pagó una miseria (y tuvo que insistir porque Filippo no quería nada, para que el cliente se fuera lo antes posible), subió al coche y se dirigió a su casa de Marinella. Durante el viaje repasó los hechos. Estaba claro que el gigante había querido salvarle la vida: dejó a su compañero fuera de combate y se cubrió las espaldas organizando la escena. Diría que Filippo le dio un martillazo a su compañero, que él reaccionó disparando contra Montalbano, que éste a su vez abrió fuego y que él consiguió escapar llevándose valerosamente a su compañero exánime. Sin embargo, la pregunta principal seguía siendo la misma: ¿por qué se había arriesgado a salvar al comisario poniendo en peligro su vida, si los que lo habían enviado, sus jefes, no creían su versión de los hechos?

Cada domingo el comisario solía comprar un periódico de economía que tiraba inmediatamente a la basura porque de esas cosas no entendía nada. En cambio, se quedaba con el suplemento cultural, que estaba bien hecho, y tenía por costumbre leerlo por la noche en la cama antes de dormir.

Aquella noche se le caían los ojos de sueño y pensaba apagar la luz y echar un buen sueñecito, pero le llamó la atención un artículo largo dedicado a Aulo Gelio, con ocasión de la publicación de una selección de fragmentos de sus *Noches áticas*. El autor, después de haber dicho que Aulo Gelio, que vivió en el s. II después de Cristo, compuso su dilatada obra para entretenerse durante las largas noches invernales en su propiedad del Ática, concluía dando su opinión: Aulo Gelio era un escritor elegante de cosas absolutamente fútiles. Sólo cabría recordarlo por una historieta que contó, la de Androcles y el león.

Entonces el comisario en lugar de cerrar los ojos, los abrió o, mejor dicho, los puso como platos. ¡Androcles y el león! ¿No podía ser que la explicación de lo sucedido hacía cuatro días antes en la fonda de Filippo fuera una versión modernizada de la leyenda que escribió Aulo Gelio? Narraba el escritor latino que un esclavo romano de África, Androcles, al escapar de su amo, que lo tiranizaba, fue a esconderse en una gruta en la que había un león enfermo. En lugar de salir de allí y buscarse otra gruta más habitable, Androcles se quedó y curó al león, que sufría una infección provocada por una espina clavada en una pata. El león, una vez curado, desapareció y Androcles, tras muchas vicisitudes, se convirtió al cristianismo y llegó a Roma. Cuando lo arrestaron y lo condenaron a ser devorado por los leones, Androcles hizo la señal de la cruz y salió a la pista. Un león, más grande que los demás, saltó hacia él con la boca abierta, pero después, y ante los maravillados espectadores, se acurrucó y lamió las manos del cristiano. Era el león al que curó en África. El ex esclavo obtuvo la gracia. Del mismo modo había sido agraciado el comisario. Pero ¿quién era el león?

Ya no tenía sueño en absoluto. Se levantó de la cama, fue a la cocina, se preparó un café, lo bebió, pasó al cuarto de baño, se lavó la cara, se vistió de arriba abajo, se puso el chaquetón que le era tan antipático y se fue a pasear a orillas del mar. La tramontana se había calmado un poco, pero el mar había invadido gran parte de la playa.

Caminó durante dos horas, fumando y recordando.

Los recuerdos, ya se sabe, son como un ovillo: se va devanando el hilo, pero de vez en cuando se introducen algunos recuerdos que no has llamado, que no son agradables, que te desvían del camino principal y te introducen en callejuelas oscuras y sucias donde, como mínimo, los zapatos se llenan de barro.

Hacia las cuatro de la mañana tuvo la certeza de tener bien encuadrado al león en el punto de mira.

Hacia las cuatro de la tarde, el comisario Montalbano, que entonces ya había cumplido los treinta, está llegando en coche, por cuestiones de trabajo, a un pueblecito de Madonia. La carretera bordea un barranco de unos veinte metros. Pasan muy pocos automóviles. Montalbano está pensando en adelantar al coche que lo precede y que avanza con demasiada lentitud, cuando observa que da un bandazo hacia la derecha, se monta encima del borde del barranco sin intentar siquiera frenar y se precipita abajo. Detiene el coche, sale corriendo y todavía está a tiempo de ver que el coche choca contra un pedrusco y se incrusta en una quebrada. Sin pensarlo dos veces, inicia un descenso horrible, agarrándose ora a una piedra ora a unas ramas de retama, se desgarra los pantalones y pierde hasta un zapato. No sabe cómo ha podido llegar junto al coche volcado. Se da cuenta inmediatamente de que el conductor está muerto, con la cabeza rota. Junto a él hay un muchacho de unos quince años, con los ojos cerrados, la frente ensangrentada, que se queja débilmente. Montalbano consigue sacarlo con un esfuerzo que lo quebranta porque el joven es una especie de gigante. Cuando lo tiende en la hierba, de repente el herido abre los ojos, mira a Montalbano y dice:

—Ayúdame, no me dejes.

—No te dejo —dice el comisario Montalbano y se quita el cinturón de los pantalones para hacer un torniquete en el muslo izquierdo del joven, que está perdiendo gran cantidad de sangre por un corte profundo en la pantorrilla.

—No me dejes.

Repite con esos ojos sorprendidos y de expresión dolorosa clavados en él.

Luego, al levantar la mirada, el comisario observa que detrás de su coche, en el borde del barranco, se ha detenido otro, ha bajado un hombre y mira hacia abajo.

Entonces Montalbano se levanta, agita los brazos, grita desesperadamente para obtener ayuda y señala al muchacho herido. El hombre en el borde del barranco desaparece, vuelve a subir al coche y se marcha.

—Por favor, no me dejes...

—Tranquilo, no te dejo.

Luego el muchacho perdió el sentido. Un cuarto de hora después llegó la ayuda.

Seis meses después, el comisario Montalbano fue trasladado y perdió de vista al muchacho que ya estaba completamente curado.

Salvatore Niscemi era el nombre del león agradecido.

¿Qué hacer? ¿Solicitar una orden de búsqueda y captura? ¿Basada en qué? ¿En una historia que en el siglo II después de Cristo contó un escritor que se llamaba Aulo Gelio? Vamos, hombre.

El viejo ladrón

Orazio Genco tenía sesenta y cinco años cumplidos y era ladrón de casas. Romildo Bufardeci tenía sesenta y cinco años cumplidos y era ex guarda jurado. Orazio era una semana más joven que Romildo. A Orazio Genco lo conocían en todo Vigàta y alrededores por dos motivos: el primero, ya se ha dicho, como desvalijador de pisos vacíos, y el segundo porque era un hombre amable y bueno que no le hubiera hecho daño a una hormiga. A Romildo Bufardeci, cuando todavía estaba de servicio, lo llamaban «el sargento de hierro» por la dureza y la intransigencia que manifestaba contra quienes, a su juicio, violaban la ley. La actividad de Orazio Genco comenzaba a principios de octubre y acababa a finales de abril del año siguiente: era el período en el que los veraneantes y los propietarios de las casas del litoral cerraban sus residencias de verano. Más o menos correspondía al período en el cual se requerían los servicios de vigilancia de Romildo Bufardeci. La zona de trabajo de Orazio Genco iba desde Marinella a Scala dei Turchi: la misma que Romildo Bufardeci. La primera vez que Orazio Genco fue arrestado por robo con escalo tenía diecinueve años (pero la carrera la había empezado a los quince). Romildo Bufardeci fue quien lo entregó a los carabineros: su primer arresto en calidad de guardián de la ley. Estaban ambos tan impresionados, que el sargento, para animarlos, los invitó a agua y anís.

Romildo arrestó a Orazio en tres ocasiones más. Después, cuando Bufardeci se jubiló porque un ladrón de automóviles, un grandísimo cabrón, le disparó un tiro de revólver alcanzándolo en la cadera (Orazio fue a verlo al hospital), a Genco le fue mejor porque el guardia que sustituyó a Romildo no tenía el mismo sagrado respeto por la ley, era distraído y le fallaba el olfato de mastín. Los largos años que pasó en actitud vigilante cuando los demás dormían a pierna suelta, dejaron en Romildo Bufardeci una especie de deformación profesional, que sólo le permitía conciliar el sueño cuando despuntaba la primera luz de la mañana. Las noches las pasaba haciendo solitarios, que no le salían nunca a pesar de hacerse trampas, o bien mirando los programas de la televisión.

Pero algunas noches, cuando hacía buen tiempo, montaba en la bicicleta y paseaba en lo que una vez fue el territorio confiado a su vigilancia: de Marinella a Scala dei Turchi.

Estaban a mediados del mes de octubre y aquella noche se presentaba tan calurosa y estrellada que parecía verano. A Romildo le resultó inaguantable quedarse ante el televisor viendo una película americana que le helaba la sangre, porque la policía, la ley, se equivocaba, y los delincuentes tenían razón. Apagó el televisor, se aseguró de que su mujer dormía, salió de casa, montó en la bicicleta y se dirigió hacia Marinella.

El paseo marítimo que llegaba hasta Scala dei Turchi parecía muerto, no sólo porque ya se había acabado la estación y no transitaban los coches de los veraneantes, sino porque las barcas y las lanchas varadas, cubiertas con telas impermeables, recordaban las tumbas de un cementerio.

210

Después de tres horas de ir de un lado para otro, el cielo empezó a clarear, al este apareció una herida clara que se fue ensanchando, y media hora después comenzó a teñirlo todo de violeta.

Bajo aquella luz particular, Romildo Bufardeci vio a un hombre que, abriendo la verja, salía del jardincito de una villa edificada tres años antes. La sombra se movía con calma; hasta volvió a cerrar la verja, no con la llave, pero como lo hubiera hecho cualquiera al salir de casa para ir a trabajar. Pareció no darse cuenta de la presencia de Romildo Bufardeci el cual, con un pie en el suelo para mantener el equilibrio, lo estaba observando atentamente. O si se había dado cuenta de la presencia del ex guarda jurado, no pasaba cuidado.

La sombra tomó el camino de Vigàta, un pie delante y otro detrás, como si tuviese a su disposición todo el tiempo del mundo. A Bufardeci le sobraba experiencia para dejarse engañar por la aparente tranquilidad del individuo y volvió a pedalear.

Reconoció aquella sombra sin ninguna clase de dudas.

—¡Orazio Genco! —llamó.

El interpelado se detuvo un instante, no se volvió, luego dio un salto y echó a correr. Era evidente que escapaba. Bufardeci se sorprendió, porque la fuga no entraba en el *modus operandi* de Orazio, demasiado inteligente para no darse cuenta de cuándo había perdido la partida. ¿Y si no era Orazio y sí el dueño de la villa, que se había sobresaltado al oír aquella voz imperiosa e inesperada? No, era Orazio, seguro. Romildo reanudó la persecución con mayor ímpetu si cabe.

Genco, a pesar de sus sesenta y cinco años, tenía la agilidad de un muchacho, saltaba obstáculos y zanjas que Romildo, a causa de la bicicleta, se veía obligado a rodear.

Manteniendo el paso rápido, Orazio pasó el puente de hierro y llegó a Cannelle, donde empezaban las primeras casas de Vigàta. Allí ya no pudo más y cayó en el arrimadero de una fuente seca. Estaba sofocado y tuvo que ponerse una mano en el corazón para invitarlo a calmarse.

—¿Quién te ha obligado a correr de esta manera? —preguntó Romildo en cuanto lo hubo alcanzado.

Orazio Genco no respondió.

—Descansa un poco —dijo Bufardeci— y luego nos vamos.

—¿Adónde? —preguntó Orazio.

—¿Cómo adónde? A comisaría, ¿no?

—¿A hacer qué?

—Te entrego, estás arrestado.

—¿Y quién me ha arrestado?

—Yo.

—Ya no puedes, estás jubilado.

—¿Qué tiene que ver la jubilación? Cualquier ciudadano, ante un flagrante delito, está obligado.

—Pero ¿qué cojones estás diciendo, Romì? ¿Qué delito?

—Robo con escalo. ¿Vas a negar que has salido de una villa deshabitada pasando por la cancela?

—¿Quién lo niega?

—Mira...

—Romì, no me has visto salir por la puerta de la villa, sino por la verja del jardín.

—¿Hay alguna diferencia?

—La hay, y tan grande como una casa.

—Explícate.

—No he entrado en la villa. He entrado sólo en el jardín porque se me escapaba una necesidad y la verja estaba medio abierta.

—Iremos igualmente a comisaría. Ellos ya sabrán sacarte la verdad.

—Lo cierto es, Romì, que si yo creo que no debo ir, no me vas a llevar ni encadenado. Te lo repito otra vez: vámonos o harás el ridículo delante de la policía.

En comisaría estaba de servicio el agente Catarella al que el comisario Montalbano, para evitar complicaciones, confiaba tareas de vigilancia o de telefonista. Catarella redactó escrupulosamente el atestado.

Hacia las cinco de esta madrugada, el señor Buffoardeci Romilto, ex guarda jurado, pasaba por casualidad por delante de una villa deshabitada, muy cerca de Scala dei Turchi, cuando vio que de ella salía furtivamente un ladrón que se dio a la fuga en cuanto vio al guarda jurado, señal inequívoca de que no tenía la conciencia limpia...

—Comisario, tenemos un buen lío —dijo Fazio hacia las ocho de la mañana, cuando Salvo Montalbano apareció en el despacho. Y le contó lo que había sucedido entre Orazio Genco y Romildo Bufardeci.

—Catarella lo ha registrado. No llevaba nada. En el bolsillo sólo guardaba el documento de identidad, diez mil liras, las llaves de su casa y esta llave, nueva, que me parece un duplicado bien hecho.

Se la entregó a su superior. Era una de esas llaves de las que se hacía publicidad diciendo que eran imposibles de reproducir. Pero para Orazio Genco, con toda su experiencia, la cosa habría sido solamente un poco más difícil de lo habitual. Habría tenido todo el tiempo del mundo para sacar una y otra vez el molde de la cerradura.

—¿Orazio ha protestado por el registro?

—¿Quién? ¿Genco? Comisario, adopta una actitud curiosa. No me lo explico. Me parece que se está divirtiendo, cachondeándose.

—¿Qué hace?

—De vez en cuando mira a Bufardeci y lanza una risita.

—¿Bufardeci todavía está aquí?

—Sí. Pegado a Orazio como una sanguijuela. No hay quien lo mueva. Dice que quiere ver con sus propios ojos cómo lo esposamos y lo enviamos a la cárcel.

—¿Sabes quién es el propietario de la villa?

—Sí. El abogado Francesco Caruana de San Biagio Platani. Tengo el número de teléfono.

—Llámalo. Dile que tenemos motivos para creer que en su villa de la playa se ha cometido un robo. Dile también que lo esperamos allí a mediodía. Nosotros iremos a echar una ojeada media hora antes.

Mientras se dirigían en coche hacia Scala dei Turchi, una colina de marga blanca que se desploma en el mar, Fazio le dijo al comisario que la señora Caruana había contestado al teléfono. Iba a ir ella a la cita, puesto que el marido estaba en Milán por negocios.

—¿Quiere saber una cosa, comisario? Debe de ser una mujer de carácter frío.

—¿Cómo lo sabes?

—Porque cuando le conté lo del robo, no dijo ni mu.

Tal como Montalbano y Fazio habían previsto, la llave encontrada en el bolsillo de Orazio Genco abría perfectamente la puerta de la villa. Ambos habían visto apartamentos revueltos por los ladrones, pero allí todo estaba en orden, sin cajones abiertos ni cosas tiradas por el suelo apresuradamente. En el piso superior había dos dormitorios y dos cuartos de baño. El armario de la habitación principal estaba repleto de ropa de verano de hombre y de mujer. Montalbano aspiró profundamente.

—Yo también lo huelo.

—¿Qué hueles?

—Lo mismo que usted, humo de cigarro.

En el dormitorio había tanto humo de cigarro que no podía ser aún del verano anterior. Sin embargo, en los dos ceniceros de las mesillas de noche no había rastro de colillas ni de ceniza de cigarro o de cigarrillo. Los habían limpiado con sumo cuidado. En uno de los dos cuartos de baño, el comisario observó una gran toalla de rizo suave que colgaba, desdoblada, de un brazo metálico junto a la bañera. La cogió, la apoyó en su mejilla, advirtió en la piel un resto de humedad y volvió a dejarla en su sitio.

El día anterior alguien había estado en la villa.

—Esperemos fuera a la señora y vuelve a cerrar la puerta con llave. Por favor, Fazio, no digas que ya hemos entrado.

Fazio se ofendió.

—¿Cree que soy un niñato?

Esperaron delante de la verja. El coche con la señora Caruana dentro llegó con pocos minutos de retraso. Al volante iba un hombre atractivo, cuarentón, alto, delgado, elegante, ojos azules; parecía un actor americano. Se apresuró a abrir la portezuela del otro lado, como un perfecto caballero. Del coche bajó Betty Boop, una mujer idéntica al famoso personaje de las antiguas historietas. Hasta llevaba el cabello cortado y peinado de la misma manera.

—Soy el ingeniero Alberto Caruana. Mi cuñada ha insistido para que la acompañara.

—¡Me he impresionado tanto! —dijo Betty Boop, coquetuela, agitando las pestañas.

—¿Cuánto tiempo hace que no viene a la villa? —preguntó Montalbano.

—La cerramos el 30 de agosto.

—¿Desde entonces no ha vuelto?

—¿Para qué?

Se pusieron en movimiento, cruzaron la verja, atravesaron el jardín y se detuvieron delante de la puerta.

—Hazlo tú, Alberto —dijo la señora Caruana a su cuñado—. No me atrevo.

Le entregó una llave.

El ingeniero, con una sonrisa a lo Indiana Jones, abrió la puerta y se volvió hacia el comisario.

—¡No la han forzado!

—Al parecer, no —dijo lacónico Montalbano.

Entraron. La señora encendió las luces y miró a su alrededor.

—¡Pero si no han tocado nada!

—Mire bien.

La señora, nerviosa, abrió vitrinitas, mueblecitos, cajoncitos, cajitas.

—Nada.

—Subamos —dijo Montalbano.

Cuando acabaron de comprobar los cuartos de arriba, Betty Boop volvió a abrir la boquita en forma de corazón.

—¿Están seguros de que aquí ha entrado un ladrón?

—Eso nos han dicho por teléfono. Al parecer se han equivocado. Mejor así, ¿no?

Fue cosa de un segundo, pero Betty Boop y el falso actor americano intercambiaron una rápida mirada de alivio.

Montalbano prodigó excusas por haberles hecho perder el tiempo y la señora Caruana y su cuñado el ingeniero Alberto las aceptaron con complacencia.

Para borrar todo rastro de duda en el comisario y en Fazio, en cuanto estuvo en el coche y antes de poner la marcha, el ingeniero encendió un gran cigarro.

—Despide a Bufardeci. Hazlo con brusquedad, dile que me ha hecho perder la mañana y que no me toque más los cojones.

—¿A Orazio Genco también lo dejo en libertad?

—No. Envíamelo al despacho. Quiero hablar con él.

Orazio entró en el despacho del comisario con los ojos brillantes de satisfacción por haber puesto en ridículo a Bufardeci.

—¿Qué quiere decirme, comisario?

—Que eres un grandísimo hijo de puta.

Sacó la llave duplicada y se la enseñó al ladrón.

—Abre perfectamente la puerta de la villa. Bufardeci tenía razón. Has entrado en esa casa, sólo que no estaba deshabitada, como creías. Voy a decirte algo y quiero que prestes atención: me siento tentado de encontrar cualquier excusa para meterte ahora mismo en la cárcel.

Orazio Genco no pareció impresionado.

—¿Qué puedo hacer para que se le pase la tentación?

—Cuéntame cómo fue la cosa.

Se sonrieron; siempre se habían caído bien.

—¿Me acompaña a la villa, comisario?

• • •

217

—Estaba seguro, completamente seguro, de que dentro de la villa no había nadie. Cuando llegué, ni delante de la verja ni en las inmediaciones había ningún coche estacionado. Me escondí y esperé al menos una hora antes de asomarme. Todo estaba en silencio, no se movían ni las hojas. La puerta se abrió enseguida. Con la linterna vi que en la vitrinita había unas estatuillas de cierto valor, pero difíciles de colocar. Luego fui a la cocina, cogí un mantel grande para meter dentro las cosas. En cuanto abrí la vitrinita, oí una voz femenina que gritaba: «¡No! ¡No! ¡Dios mío! ¡Me muero!» Durante un instante me quedé petrificado. Luego, sin pensarlo, corrí al piso de arriba a ayudar a aquella pobrecilla. ¡Ah, comisario, lo que apareció ante mí en el dormitorio! ¡Un hombre y una mujer, desnudos, follando! Me quedé inmóvil, pero el hombre se dio cuenta de mi presencia.

—¿Cómo? ¿No estaba...?

—Mire, comisario —dijo Orazio Genco ruborizándose porque era un hombre púdico—, él estaba debajo y ella encima, a caballo. En cuanto me vio, el hombre descabalgó a la mujer en un periquete, se levantó y me cogió por el cuello: «¡Te mato! ¡Te mato!» Quizá se enfadó porque lo interrumpí en el mejor momento. La mujer se recuperó enseguida de la sorpresa y ordenó a su amante que me soltara. Que era el amante y no el marido lo comprendí cuando dijo: «¡Alberto, por favor, piensa en el escándalo!» Y entonces me soltó.

—Y os pusisteis de acuerdo.

—Se vistieron, el hombre encendió un cigarro y hablamos. Cuando acabamos, le advertí que mientras estaba apostado, había visto pasar al ex guarda Bufardeci: como es un metomentodo y un tiquismiquis, al verlos salir de la villa los habría parado y habría estallado el escándalo.

—Un segundo, Orazio, a ver si lo entiendo. ¿Viste a Bufardeci e intentaste robar como si nada?

—¡Comisario, yo no sabía que estaba Bufardeci! ¡Me lo inventé para aumentar el precio! Añadieron un poco más y yo me comprometí a atraerlo para que ellos pudieran llegar hasta el coche que habían aparcado a cierta distancia. Luego tuve que echar a correr de verdad porque era cierto que allí estaba Bufardeci.

Llegaron a la villa. Montalbano se detuvo y Orazio bajó.

—¿Me espera un momento?

Cruzó la verja y volvió a aparecer casi enseguida llevando en la mano un montón de billetes de banco.

—Los escondí entre la hiedra. Pensé dejarlos escondidos. Me han dado dos millones.

—¿Te acerco a Vigàta? —preguntó Montalbano.

—Si no es molestia —contestó Orazio Genco apoyándose en el respaldo, en paz consigo mismo y con el mundo.

La vidente

Cuando era joven, Salvo Montalbano había pasado uno de los inviernos más amargos de su vida en Carlòsimo. Tenía treinta y dos años entonces, y lo utilizaban como una especie de viajante de comercio: cada estación lo enviaban de un pueblo a otro, ora para hacer una sustitución, ora para tapar un agujero, ora para echar una mano en una situación de emergencia. Pero los cuatro meses de Carlòsimo fueron los peores de todos. Era un pueblucho en un cerro en el que no existía razón alguna para que hiciera el frío que hacía, pero un misterioso cruce y combinación de eventos meteorológicos provocaba que en Carlòsimo uno no se quitase nunca el abrigo y la bufanda, ni siquiera cuando iba a acostarse. Los habitantes, más o menos unos siete mil, no eran gente hosca, sólo que no daban confianzas, saludaban a duras penas, eran callados. En el pueblo el único que no se parecía a los demás era Rizzitano, el farmacéutico, siempre con la sonrisa a punto, la respuesta rápida, la palmada en el hombro. Montalbano lo bautizó *Jena ridens* en homenaje a un viejo chiste, ése de los dos amigos que van al zoo y uno de ellos lee en el cartel que hay delante de la jaula del animal: «*Jena ridens*. Habita en el desierto, sale sólo de noche, se alimenta de carroña, se aparea una vez al año.» Sorprendido, se vuelve hacia el amigo y pregunta:

—Pero ¿de qué se ríe?

A las ocho de la tarde todos se retiraban a sus casas y las calles quedaban desiertas, con un viento que hacía rodar latas vacías y levantaba en el aire fantasmas de papel. No había ningún cine y en la papelería sólo vendían cuadernos. Y además, por esa misma coyuntura (o conjura) meteorológica, los dos canales de televisión que entonces había sólo enviaban imágenes de ectoplasmas.

Para el subcomisario Montalbano, responsable del orden público, un paraíso; para el hombre Montalbano, una calma chicha de limbo, una instigación continua al suicidio o a la partida de naipes. En el círculo, las «personas acomodadas» del pueblo no sólo se jugaban hasta la camisa sino que a veces también el culo, y por ello el comisario, al que no le gustaban los naipes, permanecía a distancia. Lo único que podía hacer era darse a la lectura: aquel invierno leyó a Proust, a Musil y a Melville. Al menos eso salió ganando.

La mañana del 3 de febrero, cuando Montalbano se dirigía a su despacho, vio que un cartelero intentaba pegar en la pared helada, al lado de la puerta del Gran Caffè Italia, un cartel de colores que decía que aquella misma noche, en la plaza de la Libertà, debutaría el «Circo Familiar Passerini.»

Por la tarde, cuando se dirigía al único hotel del pueblo, Montalbano pasó por la plaza de la Libertà. El circo ya estaba montado: pequeño y de una desolación que rayaba en la indigencia. La taquilla, poco iluminada, estaba abierta y dos o tres paisanos compraban la entrada.

Una oleada de melancolía, tan alta como las olas del Pacífico, se abatió sobre el subcomisario. Hasta le desapareció el apetito, que siempre tenía despierto; se encerró en su cuarto, donde evitaba la congelación con una estufita eléctrica encendida toda la noche con riesgo de su vida, y leyó por sexta vez *Benito Cereno* de Melville, que le fascinaba y del que no conseguía despegarse.

Cuando por la mañana entraba en el despacho, oyó unas voces furiosas procedentes del que estaba junto al suyo. Fue a ver: Palmisano e Ingarrìga, dos de sus agentes, con el rostro encarnado, alterados, se peleaban a golpes. Con una rabia incontenible, dislocada, más que por la escena que estaba viendo por la tristeza que había acumulado la noche anterior, se plantó delante de los dos y los avergonzó.

Luego entró en su despacho y cerró la puerta con un portazo que hizo desprenderse un trozo de yeso.

Apenas cinco minutos después, Palmisano e Ingarrìga se presentaron a pedir excusas y explicaron, sin que se lo hubiera pedido, la razón de la pelea.

Fue por culpa del circo.

Contaron al comisario que el payaso no hacía reír, que la mujer que caminaba en la cuerda se había caído y se había hecho daño en un tobillo y que al prestidigitador no le salió un juego de naipes. En resumidas cuentas, una pena. Palmisano e Ingarrìga estaban a punto de irse, el espectáculo ya había acabado, cuando apareció ella.

—¿Quién? —preguntó el comisario con expresión poco cortés.

—¡La vidente! —dijo respetuosamente Ingarrìga que tenía ciertas dificultades con el idioma.

Palmisano adoptó aires de superioridad.

—¿Y qué hace esa vidente?

—¡Ah, comisario! ¡Algo que hay que ver para creer! ¡De todo!

—Engañando —dijo muy tranquilo Palmisano.

—¡Pero qué engaño ni qué narices! ¡Es una vidente de verdad! —estalló Ingarrìga, dispuesto a volver a emprender la riña.

Por el pueblo corrió el rumor de que en el circo se presentaba aquella vidente extraordinaria que no se equivocaba nunca y, el sábado siguiente, había cola delante de la taquilla. Impulsado por la curiosidad y aún más por el aburrimiento, Montalbano se decidió a abandonar a *Benito Cereno* en la habitación del hotel.

Aquella noche, quizá porque los bancos del circo estaban completamente llenos, quizá porque el público la electrizó, a la *troupe* todo le salió bien: el payaso despertó algunas risas, la equilibrista consiguió no caerse aunque estuvo a punto de hacerlo varias veces, y el prestidigitador hizo un juego con el sombrero de copa que sorprendió hasta a Montalbano. La amazona estuvo inspirada. De pronto, las luces de la pista se apagaron. Redoblaron los tambores en la oscuridad. Cuando se encendió un foco, iluminó a una mujer sola en medio de la pista, sentada en una silla de paja.

Podía tener unos setenta años, aparentaba su edad y no hacía nada para ocultarla. Pequeña, vestida modestamente, los cabellos grises recogidos en un moño. Permanecía inmóvil, miraba el suelo. En el circo se hizo un silencio denso que se podía cortar con un cuchillo. En el círculo del foco avanzó un hombre de unos cincuenta años, vestido con frac. Alzó el sombrero de copa, hizo una profunda reverencia y dijo:

—Señoras y señores, Eva Richter.

Sin ningún énfasis, en voz baja, casi con respeto. La mujer permaneció inmóvil en la silla. Montalbano tuvo la sensación de que algo había cambiado de repente en aquel circo miserable, como si en el centro de la pista ya no fuera a desarrollarse un juego o una representación, sino un terrible momento de la verdad.

El hombre del frac se dirigió a los presentes.

—La señora Eva Richter no contesta ninguna pregunta, ni mía ni del público. Si uno de los presentes desea entregarme un objeto personal, la señora lo tendrá un momento entre las manos y luego lo devolverá. Entonces dirá al propietario del objeto algo que hace referencia a él. Les advierto que la respuesta se dará en voz alta y por lo tanto quien no desee que sus asuntos personales sean aireados delante de todos, será mejor que no participe. —Hizo una pausa y miró al público sumido en la oscuridad—. Un objeto, por favor.

Hubo risas de turbación, incitaciones, comentarios en voz baja. Luego, de uno de los bancos más altos y pasando de mano en mano, llegó una corbata hasta el hombre del frac. Estallaron risas que el hombre truncó con un gesto imperioso.

Eva Richter, sin levantar la cabeza, cogió la corbata que el otro le llevó, hizo una bola con ella, la tuvo entre las manos huecas y la devolvió. La corbata hizo el recorrido inverso.

El hombre del frac preguntó:

—¿La corbata ha sido devuelta a su propietario?

—Sí —contestó una voz anónima.

Entonces el hombre del frac se volvió a mirar a la mujer que estaba sentada en medio de la pista.

Eva Richter habló en voz baja, murmurando casi las palabras. Tenía acento extranjero.

—El señor que me ha dado la corbata es muy joven. Ésta es su primera corbata, se la ha regalado su hermana.

De los bancos más elevados estalló un aplauso que acompañó todo el público. El hombre del frac alzó una mano y pidió silencio.

—El año pasado el señor de la corbata se cayó de la moto y se rompió el tobillo izquierdo.

Los ocupantes de los bancos más elevados se levantaron para aplaudir y el muchacho propietario de la corbata se puso a dar voces de asombro:

—¡Es verdad! ¡Lo juro! ¡Todo es verdad!

Cuando los aplausos se acallaron, el hombre del frac volvió a hablar:

—Esta noche la señora está cansada. Sólo realizará dos ejercicios más de videncia. Otro, por favor. —Hizo un gesto y se encendieron las medias luces bajo el telón. Ahora el público también era espectáculo—. ¿Quién desea participar?

—Yo.

Todo el mundo se volvió a mirar a la señora Elvira Testa. Montalbano también, porque no lo pudo evitar. Elvira Testa, joven y bellísima, casada con el hombre más rico del pueblo, Filippo Mancuso, comerciante y, sobre todo, usurero, un hombre tosco y calvo que ya había cumplido los cincuenta.

Igual que antes la corbata, el collar de oro acabó en las manos de Eva Richter, que luego lo devolvió a su propietaria.

—Quien me ha dado este objeto acaba de regresar de Nueva York. Vivía en casa de una amiga.

Al aplauso de Elvira Testa se unió el ardiente aplauso de todos los espectadores.

Eva Richter siguió:

—Quien me ha dado el objeto ha sufrido hace poco una pérdida. Ha quedado profundamente dolorido.

226

No hubo comentarios ni aplausos. Se hizo un silencio mortal. El hombre del frac parecía sorprendido y preocupado. Hasta Eva Richter alzó un instante la cabeza.

—¡Se ha equivocado! ¡Se ha equivocado! —gritaba de pie, lívido, Filippo Mancuso.

A su lado, la bellísima Elvira Testa parecía una llama de fuego. Todos en el pueblo, incluido Montalbano, sabían que el queridísimo amante de Elvira Testa había perdido la vida dos meses antes en un accidente de coche.

El hombre del frac se dio cuenta inmediatamente de que había algo que no cuadraba y animó a los espectadores:

—¡Otro, pronto, otro!

—¡Yo! ¡Yo! ¡Yo!

En la primera fila, Rizzitano, el farmacéutico, sentado entre el doctor Spalic, un triestino que desde hacía cuarenta años era el médico de Calòsimo, y el alcalde Di Rosa, agitó un pañuelo. Quizá para romper la atmósfera que se había creado poco antes, el hombre reía, hacía guiños, rebullía.

El hombre del frac cogió el pañuelo y se lo dio a la vidente que en vez de devolvérselo lo retuvo. El hombre del frac se quedó con la mano alargada y con una expresión de curiosidad en la cara. Ocurrió entonces lo que nadie esperaba: Eva Richter tiró el pañuelo al suelo dando un grito, como si aquel trozo de tela la hubiera quemado. Se levantó pálida como una muerta, dio unos pasos hacia atrás, hacia el telón a sus espaldas, la mano izquierda apretada en la boca abierta para impedir que le saliera otro grito. Cuando notó el telón a sus espaldas, levantó el brazo derecho y señaló con el dedo índice al farmacéutico:

—¡Asesino! ¡Tú eres el asesino!

Murmuró la frase con una voz más baja de lo habitual, pero todos la oyeron porque se había hecho un silencio que parecía que en el interior del circo nadie respirara. De repente se desencadenó un alboroto. Algunas mujeres empezaron a gritar como si el farmacéutico estuviera matando a alguien ante sus ojos; la señora Elvira Testa, que aquella noche había pasado las de Caín, tuvo un desmayo oportuno y el marido comerciante, usurero, y ahora cornudo público, se la llevó fuera amorosamente. El farmacéutico, a pesar del asombro, no conseguía que le desapareciera la sonrisa de los labios:

—¿Se ha vuelto loca? —preguntaba a todo el mundo.

El alcalde llamó a Montalbano mientras el público desalojaba.

—¡Comisario, hay que hacer algo!

—¿Qué? —preguntó el comisario con expresión plácida.

—Pues no lo sé... Esa mujer ha prendido la mecha... No debería permitirse...

—Ya veré lo que puedo hacer —dijo Montalbano.

A la mañana siguiente el circo ya no estaba en la plaza de la Libertà. El doctor Spalic tampoco estaba ya en Carlòsimo, ni sobre la faz de la Tierra. Hacia las tres, después de una noche insomne paseando por la casa, tal como declaró el señor Lauricella, que vivía en el piso de abajo, cogió una cuerda y se colgó de una viga del techo.

Montalbano encontró en la mesa escritorio una nota escrita a lápiz: «Era demasiado joven, no comprendía el daño que hacía. Perdonadme.»

—Pero si la vidente ha dicho que el asesino era Rizzitano, el farmacéutico, ¿por qué se ha matado el doctor Spalic? —se preguntaban en el pueblo, extrañados.

• • •

Los domingos, la farmacia de Rizzitano permanecía abierta sólo por la mañana. Montalbano entró hacia las once, cuando había pocos clientes, que pedían remedios sobre todo contra el resfriado y la gripe. Rizzitano aprovechó un momento en que no había nadie y cerró con llave el cancel de la puerta.

—Vi lo que hizo ayer noche —dijo Montalbano.

El farmacéutico no sonreía, una arruga le cruzaba la frente.

—¿Y qué vio?

—Vi que metía la mano en el bolsillo izquierdo del abrigo del doctor Spalic y cogía el pañuelo que normalmente llevaba allí. Ese pañuelo no era suyo sino del doctor Spalic y usted quiso gastarle una broma.

—Ya —admitió Rizzitano con amargura.

—Eva Richter no le señalaba a usted sino al doctor. Pero al margen de la historia del pañuelo, todos quedaron convencidos de que se estaba dirigiendo a usted.

—Ya —repitió Rizzitano.

—Y observé algo más —siguió diciendo el subcomisario.

—¿Qué?

—Que Eva Richter dijo: «Tú eres el asesino.» ¿Me explico? No un asesino cualquiera.

—Es cierto.

—He venido a hacerle una pregunta: ¿qué sabe del médico?

El farmacéutico se ajustó las gafas a la nariz y se quedó mirando una receta que había en el mostrador. Desde fuera llamaron al cancel, pero ni Rizzitano ni el comisario contestaron.

—Mire —se decidió finalmente el farmacéutico—, si el pobre médico todavía estuviera vivo, no le diría nada de lo que voy a contarle; no conseguiría sacármelo ni con unas tenazas. El doctor Spalic, Vinko era su nombre de pila, llegó a Carlòsimo el año 52 o un año más tarde, no lo recuerdo bien. Se había licenciado en Nápoles. Pero nació en Trieste y allí pasó su juventud. Nunca hablaba de sí mismo, nunca recibía correo, parecía como si no hubiera dejado ni amigos ni parientes. Al principio despertó curiosidad entre los paisanos, luego se convirtió en uno de nosotros. Era bueno y la gente iba a visitarse. —Hizo una pausa, fue a la rebotica, se sirvió un vaso de agua y volvió—. Vinko —continuó el farmacéutico— era abstemio. Una noche en que me pareció particularmente melancólico, lo invité a cenar conmigo y lo convencí para que bebiera medio vaso de vino. Fue suficiente para emborracharlo, de tal manera que tuve que acompañarlo a casa. Durante el camino no hacía más que llorar, pero comprendí que aquel llanto no se debía sólo al vino. Entré con él en su apartamento para acostarlo; no quise dejarlo solo. Lo convencí para que fuera al cuarto de baño a lavarse la cara. Y entonces me dijo una frase clarísima: «Hoy es un aniversario.» Le pregunté de qué, y me contestó: «De un homicidio. Hace cuarenta y un años maté a un joven, en Trieste. Yo pertenecía a las SS.» Cuando acabó, volvió a llorar. ¿Recuerda que en el 44 Trieste era una especie de protectorado alemán?

—Sí. ¿Y le dijo algo más?

—Nunca volvimos a hablar de ello.

Montalbano se levantó, dio las gracias al farmacéutico, éste abrió el cancel y dos clientes se precipitaron en el interior. Rizzitano preguntó en voz baja a Montalbano, un segundo antes de que saliese:

—¿Quién es de verdad Eva Richter?

· · ·

A Arturo Passerini, propietario y director del circo, lo encontraron cuando se dirigía con sus tres carromatos a un pueblo cercano. Dijo que Eva Richter se presentó en el circo dos meses antes, cuando estaban en un pueblo de los alrededores de Messina. Dio una portentosa prueba de sus habilidades y pidió que la contrataran con una paga mínima. Tenía una obsesión: llegar cuanto antes a Carlòsimo. Aquella mañana, con las primeras luces del día, cuando se esparció la noticia de que el espectador de la noche anterior se había ahorcado, prefirió desmontar el toldo y marcharse. En el momento de subir a los carromatos se dieron cuenta de que la Richter había desaparecido, abandonando la maleta.

Montalbano la abrió. Dentro había un vestido, ropa interior y un periódico amarillento de noviembre del 45. En un breve artículo se decía que el criminal nazi Vinko Spalic, culpable entre otros del asesinato a sangre fría del joven Giani Richter, había conseguido huir una vez más. Envuelto en un trapo había también un gran revólver cargado.

Eva Richter, que tardó más de cuarenta años en encontrar al asesino de su hermano, no tuvo necesidad de utilizarlo.

Policías y ladrones

Taninè, la esposa del periodista de televisión Nicolò Zito, uno de los pocos amigos del comisario Montalbano, era una mujer que cocinaba por instinto, es decir, que los platos que preparaba delante de los fogones no respondían a unas determinadas reglas culinarias, sino que eran el resultado improvisado de su mudable carácter.

—Hoy con mucho gusto te invitaría a casa a comer con nosotros —le decía a veces Nicolò a Montalbano—, pero creo que no sería oportuno.

Eso significaba que a Taninè algo se le había torcido y la pasta había salido recocida (o cruda), la carne insípida (o salada hasta el amargor), la salsa de tal guisa que eran preferibles tres años de condena, uno de ellos en la celda de aislamiento. Pero cuando acertaba, cuando todo iba por el camino correcto, ¡qué gozada!

Era una hermosa mujer entrada en la treintena, de carnes prietas y llenas que inspiraban a los hombres pensamientos vulgarmente terrenales. Cierto día que Taninè lo invitó a hacerle compañía en la cocina, donde nunca admitía a extraños, Montalbano observó atónito que la mujer que preparaba el condimento para la pasta comenzaba a perder peso, a transformarse en una especie de bailarina que, absorta, oscilaba con gestos ligeros de un fogón a otro. Por primera y última vez, al mirarla, había pensado en los ángeles.

«Esperemos que Taninè no me estropee el día», se dijo el comisario mientras conducía hacia Cannatello. Porque referente a los cambios de humor no estaba para bromas. Lo primero que hacía por la mañana en cuanto se levantaba era asomarse a la ventana a mirar el cielo y el mar que tenía a dos pasos de su casa: si los colores eran vivos y claros, así era su comportamiento durante el día; en caso contrario, las cosas iban mal para él y para todo aquel que se le ponía a tiro.

Cada segundo domingo del mes de abril, Niccolò, Taninè y su hijo Francesco, que tenía siete años, abrían oficialmente su casa de campo en Cannatello, heredada del padre de Niccolò. Era ya una tradición que el primer invitado fuera Salvo Montalbano.

Para llegar hasta allí, el comisario desafiaba cañadas, senderos de mulas, polvorientos caminos rurales que le blanqueaban el coche, en lugar de coger el camino más cómodo y rápido que lo hubiera dejado a dos kilómetros de Cannatello. Aprovechaba esos momentos para crearse una Sicilia ya desaparecida, dura y agreste, una llanura quemada, amarillo paja, interrumpida de vez en cuando por los dados blancos de las casuchas de los campesinos. Cannatello era una tierra maldita: nada que se sembrase o se plantase llegaba a enraizar; sólo las manchas de la retama, de los cohombros silvestres y las alcaparras daban un breve alivio de verdor. Era terreno de caza, eso sí, y de vez en cuando de detrás de un matorral de retama saltaba veloz una liebre. Llegó cuando era casi la hora de comer. El perfume del postre, doce cañas gigantes que había comprado, inundaba el interior del coche y le abrió el apetito.

En la puerta le esperaban todos: Nicolò sonriente, Francesco impaciente y Taninè con los ojos brillantes de alegría. Montalbano se tranquilizó; quizá el día valdría la pena porque empezaba bien.

Francesco apenas le dio tiempo de salir del coche y se puso a saltar a su alrededor:

—¿Jugamos a policías y ladrones?

Su padre lo amonestó:

—¡No lo agobies! ¡Ya jugarás después de comer!

Aquel día Taninè había decidido exhibirse con un plato clamoroso que, quién sabe por qué, se llamaba «mal de amores». Quién sabe: quizá aquella sopa de cerdo (pulmón, hígado, bazo y carne magra) que se comía con rodajitas de pan tostado, tuviera relación con el mal de amores y no con el dolor de vientre.

La disfrutaron en absoluto silencio; hasta Francesco, de naturaleza un poco inquieta, esta vez no se movió, inmerso en el paraíso de los sabores que su madre había orquestado.

—¿Jugamos a policías y ladrones?

La pregunta llegó, inevitable y urgente, en cuanto los mayores hubieron acabado de tomar el café.

Montalbano miró a su amigo Nicolò y pidió socorro con los ojos. En ese instante no habría podido correr detrás del pequeño.

—Tío Salvo se va a echar un sueñecito. Jugaréis después.

—Mira —dijo Montalbano al ver que el pequeño se había enfadado—, hagamos una cosa: dentro de una hora en punto me vienes a despertar y jugaremos todo el tiempo que quede.

Nicolò Zito recibió una llamada telefónica que lo obligó a volver a Montelusa para un asunto urgente en la televisión, y Montalbano, antes de retirarse al cuarto de los huéspedes, le dijo a su amigo que llevaría de regreso al pueblo a Taninè y a su hijo.

Apenas se desnudó, los ojos le pesaban, se echó y cayó en un sueño profundo.

235

Le pareció que acababa de cerrar los ojos cuando Francesco fue a despertarlo, zarandeándole un brazo mientras le decía:

—Tío Salvo, ha pasado una hora. Te traigo café.

Nicolò ya se había marchado, Taninè había ordenado la casa y ahora estaba leyendo una revista sentada en una mecedora. Francesco había desaparecido, había salido a esconderse en el campo.

Montalbano abrió el coche, sacó un viejo impermeable que guardaba para cualquier emergencia en la parte posterior, se lo puso, anudó el cinturón, levantó el cuello para parecerse mejor a un investigador de las películas americanas y se dispuso a buscar al niño. Francesco, muy hábil en el arte de esconderse, disfrutaba fingiendo ser un ladrón perseguido por un comisario «de verdad».

La casa de Nicolò se levantaba en medio de dos hectáreas de terreno sin cultivar que a Montalbano le producía melancolía, porque en los límites de la propiedad había una casucha derrumbada, con medio tejado hundido, que subrayaba el estado de abandono de la tierra. Al parecer, el antiguo origen campesino del comisario se rebelaba contra aquella dejadez.

Montalbano buscó a Francesco durante media hora, y luego empezó a sentirse cansado, pues la sopa de cerdo y las dos cañas gigantes todavía no habían desaparecido del todo. Seguro que el pequeño estaba echado boca abajo, detrás de un matorral de retama, y lo observaba emocionado y atento. La diabólica capacidad del muchacho para esconderse lo obligaría a buscarlo hasta la noche.

Decidió darse por vencido y lo gritó en voz alta. Francesco saldría de cualquier parte y pretendería el pago inmediato de la prenda, que consistía en la narración, debidamente adornada, de una de sus investigaciones. El comisario había observado que las que trataban de muertos, heridos y disparos eran las que más agradaban al pequeño.

Cuando iba a darse por vencido, le vino a la cabeza un pensamiento: ¿y si el pequeño se había escondido dentro de la casucha derrumbada a pesar de las severas órdenes de Taninè y Nicolò de que nunca entrara solo?

Echó a correr y llegó jadeando delante de la casucha, cuya puertecita descoyuntada estaba entornada. El comisario la abrió de un puntapié, dio un salto hacia atrás y con la mano derecha en el bolsillo y apuntando amenazador con el índice, dijo con una voz baja y ronca, terriblemente disuasoria (la voz que hacía relinchar de gozo a Francesco):

—Soy el comisario Montalbano. Voy a contar hasta tres. Si no sales, disparo. Uno...

Una sombra se movió en el interior de la casucha y, ante los ojos abiertos como platos del comisario, apareció un hombre con las manos en alto:

—No dispares, poli.

—¿Vas armado? —preguntó Montalbano dominando la sorpresa.

—Sí —repuso el hombre haciendo el ademán de bajar la mano para coger el arma que tenía en el bolsillo derecho de la chaqueta.

El comisario observó que estaba peligrosamente deformado.

—No te muevas o te dejo tieso —le intimidó Montalbano estirando el dedo índice.

El hombre volvió a levantar el brazo. Tenía unos ojos de perro rabioso, un aire desesperado dispuesto a todo, la barba larga y el traje sucio y ajado. Un hombre peligroso, seguro, pero ¿quién demonios era?

—Camina, hacia aquella casa.

El hombre empezó a caminar con Montalbano detrás de él. Cuando llegó al descampado donde había aparcado el coche, el comisario vio aparecer por la parte trasera del automóvil a Francesco, que contempló la escena muy excitado.

—¡Mamá! ¡Mamá! —llamó.

Taninè, que se asomó a la puerta asustada al oír la voz sobreexcitada del hijo, con una sola mirada entendió al comisario. Entró en la casa y salió enseguida apuntando al desconocido con una escopeta de caza. Era una de dos cañones que había pertenecido al padre de Nicolò y que el periodista tenía colgada, y descargada, junto a la entrada. Nicolò nunca había matado conscientemente a un ser vivo; su mujer decía que no se cuidaba la gripe por no matar a los microbios.

El comisario, sudando, abrió el coche y sacó de la guantera la pistola y las esposas. Respiró profundamente y contempló la escena. El hombre permanecía inmóvil bajo la firme puntería de Taninè que, morena, hermosa, los cabellos al viento, parecía la heroína de una película del Oeste.

Mano de artista

El sonido del teléfono no era el del teléfono, sino el ruido de la fresa de un dentista enloquecido que había decidido hacerle un agujero en el cerebro. Abrió los ojos con esfuerzo y miró el despertador de la mesilla de noche: eran las cinco y media de la mañana. Seguramente alguno de sus hombres de la comisaría lo llamaba para comunicarle un asunto grave; no podía ser otra cosa a aquellas horas. Se levantó de la cama, entró en el comedor y descolgó el teléfono.

—Salvo, ¿conoces a Potocki?

Reconoció la voz de su amigo Nicolò Zito, el periodista de Retelibera, una de las dos televisiones privadas de Montelusa que se captaban en Vigàta. Nicolò no era un tipo que se dedicara a gastar bromas pesadas, y no se enfadó.

—¿A quién?

—A Potocki, Jan Potocki.

—¿Es polaco?

—Por el nombre parece que sí. Creo que es el autor de un libro, pero no he conseguido que nadie me lo confirme. Si lo conoces, podré localizarlo.

Fiat lux. Quizá estuviera en condiciones de dar respuesta a la petición poco habitual de su amigo.

—¿Sabes si el título del libro es *El manuscrito encontrado en Zaragoza*?

—¡Ése! ¡Coño, Salvo, eres una maravilla! ¿Has leído el libro?

—Sí, hace muchos años.

—¿Puedes decirme de qué trata?

—¿Por qué te interesa tanto?

—Alberto Larussa, tú lo conocías, se ha suicidado. Han descubierto el cuerpo hacia las cuatro de la mañana y me han sacado de la cama.

El comisario Montalbano se llevó un disgusto. Nunca fue muy amigo de Alberto Larussa, pero de vez en cuando iba a verlo, tras la debida invitación, a su casa de Ragòna y no dejaba pasar la ocasión de tomar prestado algún libro de su amplísima biblioteca.

—¿Se ha pegado un tiro?

—¿Quién? ¿Alberto Larussa? ¡Cómo se iba a matar de una forma tan vulgar!

—¿Cómo lo ha hecho?

—Ha transformado la silla de ruedas en una silla eléctrica. En cierto sentido se ha ajusticiado.

—Y el libro, ¿qué tiene que ver?

—Estaba al lado de la silla eléctrica, en un escabel. Puede que sea lo último que leyó.

—Sí, habíamos hablado del libro. Le gustaba mucho.

—¿Quién era el tal Potocki?

—Nació en la segunda mitad del siglo XIX en el seno de una familia de militares. Era un estudioso, un viajero, fue de Marruecos a Mongolia. El zar lo nombró consejero suyo. Publicó libros de etnografía. Hay un grupo de islas, no recuerdo dónde, que llevan su nombre. La novela a la que te refieres la escribió en francés. Eso es todo.

—¿Por qué le gustaba el libro?

—Mira, Nicolò, ya te lo he dicho: le gustaba, lo leía y lo releía. Consideraba a Potocki como su alma gemela.

—¡Pero si nunca salió de su casa!

—Alma gemela en cuanto a rareza, originalidad. Además Potocki también se suicidó.

—¿Cómo?

—Se disparó un tiro.

—No me parece nada original. Larussa ha sabido hacerlo mejor.

Dada la notoriedad de Alberto Larussa, el noticiario de las ocho de la mañana lo presentó Nicolò Zito, que habitualmente se reservaba los de la tarde, más seguidos. Nicolò dedicó la primera parte de la noticia a las circunstancias del hallazgo del cadáver y a la modalidad del suicidio. Un cazador llamado Martino Zìcari, al pasar hacia las tres y media de la madrugada cerca de la villa de Larussa, vio salir humo de una ventana del sótano. Como todo el mundo sabía que el sótano era el laboratorio de Alberto Larussa, Zìcari al principio no se alarmó. Sin embargo, cuando un soplo de viento le llevó el olor de ese humo, entonces sí que se asustó. Llamó a los carabineros quienes, después de haber llamado varias veces sin obtener respuesta, derribaron la puerta. En el sótano encontraron el cuerpo semicarbonizado de Alberto Larussa, que había transformado la silla de ruedas en una perfecta silla eléctrica artesana. Después se produjo un cortocircuito y las llamas destrozaron parcialmente el local. Junto al muerto había un escabel sobre el que estaba la novela de Jan Potocki. Al llegar aquí Nicolò Zito utilizó lo que le había contado Montalbano. Luego pidió disculpas a los espectadores por haber dado tan sólo imágenes del exterior de la casa de Larussa: el sargento de carabineros prohibió grabar en el interior. La segunda parte la dedicó a informar sobre la personalidad del suicida. Cincuentón, muy rico, paralítico desde hacía treinta años por culpa de una caída de caballo, Larussa nunca salió de su ciudad natal, Ragòna. Nunca se casó y tenía un hermano menor que vivía en Palermo. Apasionado lector, poseía una biblioteca de más de diez mil volúmenes. Tras la caída del caballo, descubrió por casualidad su verdadera vocación: la orfebrería. Pero era un orfebre muy particular. Sólo utilizaba materiales pobres: alambre, cobre, cuentas de vidrio de escaso valor. Sin embargo, el diseño de estas joyas pobres era siempre de una extraordinaria elegancia e imaginación, de tal manera que hacía verdaderas obras de arte. Larussa no era consciente de ello y las regalaba a los amigos y a las personas que despertaban su simpatía. Para trabajar mejor, transformó el sótano en un taller muy bien provisto. Allí se había suicidado sin dejar ninguna explicación.

Montalbano apagó el televisor y telefoneó a Livia, esperando encontrarla todavía en casa, en Boccadasse, Génova. Estaba. Le dio la noticia. Livia conocía a Larussa y se habían hecho muy amigos. Cada Navidad él le enviaba una de sus creaciones como regalo. Livia no era una mujer de lágrima fácil, pero el comisario notó que se le quebraba la voz.

—¿Por qué lo ha hecho? Nunca me dio la impresión de ser una persona capaz de un acto semejante.

Hacia las tres de la tarde el comisario telefoneó a Nicolò.

—¿Hay alguna novedad?

—Bastantes. Larussa tenía en el taller una parte de la instalación eléctrica trifásica a 380. Se desnudó, se aplicó en las muñecas y en los tobillos unos brazaletes, una ancha banda metálica alrededor del pecho y una especie de capuchones en las sienes. Para que la corriente fuera más eficaz, metió los pies en una palangana llena de agua. Quiso asegurarse bien. Esos artilugios los fabricó él, con toda la paciencia del mundo.

—¿Sabes cómo accionó el interruptor de corriente? Creo haber entendido que estaba atado.

—El jefe de los bomberos me ha dicho que había un temporizador. Genial, ¿no? Ah, se había bebido una botella de whisky.

—¿Sabías que era abstemio?

—No.

—Cuando me hablabas de los artilugios que había fabricado para que pasara la corriente se me ha ocurrido una cosa. El que pusiera a su lado la novela de Potocki tiene una explicación.

—¿Me dices de una vez lo que hay en este bendito libro?

—No, porque no nos interesa la novela, sino su autor.

—¿Y?

—He recordado cómo se mató Potocki.

—¡Pero si ya me lo has dicho! ¡Se disparó un tiro!

—Sí, pero entonces había pistolas de avancarga, con una sola bala.

—¿Y qué?

—Tres años antes de quitarse de en medio, Potocki desatornilló la bolita que había encima de la tapadera de una tetera de plata. Todos los días pasaba unas horas limándola. Empleó tres años para darle la redondez adecuada. Luego hizo que la bendijeran, la metió en el cañón de su pistola y se mató.

—¡Cristo! ¡Esta mañana le di a Larussa sobresaliente en originalidad, pero ahora me parece que está empatado con Potocki! Entonces el libro podría ser una especie de mensaje: me he suicidado de una manera extravagante, como hizo mi maestro Potocki.

—Digamos que éste podría ser el sentido.

—¿Por qué dices «podría» en lugar de «es»?

—Bueno, lo cierto es que no lo sé.

Al día siguiente fue a buscarlo Nicolò. Tenía que enseñarle algo sobre el suicidio de Larussa, que seguía despertando curiosidad por la fantasía de la ejecución. Montalbano se presentó en los despachos de Retelibera. Nicolò había entrevistado a Giuseppe Zaccaria, que se ocupaba de los intereses de Larussa y a Olcese, el teniente de carabineros que había dirigido las investigaciones. Zaccaria era un hombre de negocios palermitano, desgarbado y ceñudo.

—No estoy obligado a responder a sus preguntas.

—Claro que no está obligado, sólo le estaba preguntando si tenía la amabilidad de...

—¡Váyanse a la mierda usted y la televisión!

Zaccaria le dio la espalda e hizo ademán de alejarse.

—¿Es cierto que Larussa tenía un patrimonio estimado en cincuenta mil millones...?

Fue un farol de Zito, pero Zaccaria se dejó atrapar.

Giró en redondo, rabioso.

—¿Quién le ha contado semejante estupidez?

—Según mis informaciones...

—Mire, el pobre Larussa era rico, pero no hasta ese punto. Tenía acciones, títulos, pero, repito, no alcanzaba la cifra que ha dicho.

—¿Adónde irá a parar la herencia?

—¿No sabe que tenía un hermano menor?

244

El teniente Olcese era una columna de un metro noventa y nueve. Cortés, pero un pedazo de hielo.

—Todas las novedades, digo todas, apuntan en la dirección del suicidio. Muy extravagante, cierto, pero suicidio. El hermano también... —El teniente Olcese se interrumpió de golpe—. Eso es todo, buenos días.

—Decía que el hermano...

—Buenos días.

Montalbano miró a su amigo Nicolò.

—¿Por qué me has hecho venir? No me parecen dos entrevistas reveladoras.

—He decidido mantenerte siempre al corriente. No me engañes, Salvo. Este suicidio no te convence, ¿verdad?

—No es que no me convenza, más bien me molesta.

—¿Me lo cuentas?

—Hablemos de ello. Como no me ocupo del caso... Pero júrame que no te servirás de nuestras conversaciones para tus noticiarios.

—Prometido.

—Livia me ha dicho por teléfono que según su opinión Larussa no era un tipo de los que se suicidan. Y yo creo en la intuición de Livia.

—¡Por Dios, Salvo! ¡Todo el tinglado de la silla eléctrica lleva la firma de un hombre original como Larussa! ¡Tiene su marca!

—Esto es lo que me molesta. ¿No sabes que cuando corrió la voz de los objetos artísticos que hacía nunca quiso conceder una entrevista a las revistas de moda que lo asediaban?

—No quiso concedérmela ni a mí, que se la pedí una vez. Era un hurón.

—Era un hurón, de acuerdo. Y cuando el alcalde de Ragòna quiso hacer una exposición de sus trabajos para beneficencia, ¿qué hizo? Rechazó la propuesta, pero envió al alcalde un talón de veinte millones.

—Es cierto.

—Y luego está la novela de Potocki bien a la vista. Otro toque de exhibicionismo. No, son cosas que nada tienen que ver con su manera habitual de comportarse.

Permanecieron en silencio.

—Tendrías que hacerle una entrevista a ese hermano menor —dijo el comisario.

En el noticiario de las ocho, Nicolò Zito transmitió las dos entrevistas que antes había enseñado a Montalbano. Cuando acabó el noticiario de Retelibera, el comisario pasó al de Televigàta, la otra televisión privada, que empezaba a las ocho y media. Se abrió con el suicidio de Larussa. El periodista Simone Prestìa, cuñado del agente Galluzzo, entrevistó al teniente Olcese.

Éste utilizó exactamente las mismas palabras que en sus declaraciones a Nicolò Zito:

—Todas las novedades, digo todas, apuntan en la dirección del suicidio. Muy extravagante, cierto, pero suicidio.

«¡Menuda imaginación tiene el teniente!», pensó el comisario, pero el otro continuó:

—El hermano también...

El teniente se interrumpió de golpe.

—Eso es todo, buenos días.

—Decía que también el hermano...

—Buenos días —repitió el teniente Olcese y se alejó rígido.

Montalbano se quedó con la boca abierta. Además, como la imagen sólo se había centrado en el teniente y sólo se había oído la voz de Prestìa fuera de pantalla, pensó que quizá Zito había pasado el servicio a Prestìa, a veces entre periodistas se hacían estos favores.

—¿Has dado la entrevista de Olcese a Prestìa?

—¡En absoluto!

Colgó el auricular, pensativo. ¿Qué significaba esa comedia? A lo mejor el teniente Olcese, con sus dos metros de estatura, era menos estúpido de lo que parecía.

¿Y cuál podía ser la finalidad de la puesta en escena?

Sólo había una: incitar y azuzar a los periodistas contra el hermano del suicida. ¿Qué deseaba obtener? De todas formas una cosa era evidente: que al teniente el suicidio le olía a chamusquina.

Durante tres días, Nicolò, Prestìa y otros periodistas asediaron en Palermo a Giacomo, el hermano de Larussa, sin conseguir dar con él. Se apostaron delante de su casa, delante del instituto donde daba clases de latín: nada, parecía invisible. El director del centro, ante el asedio, se decidió a comunicarles que el profesor Larussa se había tomado diez días de vacaciones. No se le vio ni en el funeral del suicida (tuvo lugar en la iglesia; a los ricos que se matan se les considera locos y, por lo tanto, quedan absueltos de la mala acción). Fue un funeral como tantos otros y esto provocó un recuerdo confuso en la memoria del comisario. Llamó por teléfono a Livia.

—Creo recordar que un día que fuimos a visitar a Alberto Larussa te habló del funeral que le gustaría tener.

—¡Sí! Hasta cierto punto bromeaba. Me llevó al estudio y me enseñó los dibujos.

—¿Qué dibujos?

—Los de su funeral. No tienes ni idea de cómo era el coche fúnebre, con ángeles plañideros de dos metros de altura, amorcillos y cosas así. Todo en caoba y oro. Dijo que cuando llegara el momento oportuno encargaría que se lo fabricaran. Hasta había dibujado el lema de los portadores de coronas. Y de la caja no te cuento; es posible que los faraones la tuvieran igual.

—Qué extraño.

—¿Qué?

—Que un hombre como él, tan retraído, casi un hurón, soñase con un funeral faraónico, como has dicho, típico de un exhibicionista.

—Sí, yo también me sorprendí. Pero dijo que al ser la muerte un cambio tan grande, daba igual que, después de muertos, nos mostráramos completamente distintos de como fuimos en vida.

Una semana después Nicolò Zito lanzó una verdadera primicia. Había filmado con videocámara los objetos que Alberto Larussa había fabricado en su taller para el suicidio: cuatro brazaletes, dos para las muñecas y dos para los tobillos; una banda de cobre de unos cinco dedos de anchura con la que se había sujetado el pecho; una especie de capuchón con unos platillos metálicos para apoyarlos en las sienes. Montalbano vio todo aquello en el noticiario de la medianoche. Enseguida llamó por teléfono a Nicolò; quería tener con él un cambio de impresiones. Zito se lo prometió para el día siguiente por la mañana.

—¿Por qué te interesan estos objetos?

—Nicolò, ¿los has mirado bien? Los podríamos haber hecho tú y yo y no tenemos idea de cómo se hacen. Son tan toscos que ni los vendedores ambulantes se atreverían a ofrecerlos en la playa. Un artista como Alberto Larussa jamás los habría empleado, le habría dado vergüenza que lo encontraran con algo tan mal hecho encima.

—Y esto, según tu opinión, ¿qué significa?

—Significa, según mi opinión, que Alberto Larussa no se suicidó. Fue asesinado, y el que lo mató ideó un suicidio a tono con la extravagancia y originalidad de Larussa.

—Habría que advertir al teniente Olcese.

—¿Sabes una cosa?

—Dime.

—El teniente Olcese sabe mucho más que nosotros dos juntos.

Tanto sabía el teniente Olcese, que a los veinte días de la muerte de Alberto Larussa arrestó a su hermano Giacomo. Aquella misma tarde, apareció en Retelibera el fiscal ayudante Giampaolo Boscarino, un individuo al que le gustaba aparecer muy compuesto cuando se asomaba a la pantalla.

—Señor Boscarino, ¿de qué se acusa al profesor Larussa? —preguntó Nicolò Zito, que se había trasladado a Palermo.

Boscarino, antes de contestar, se atusó el bigotito rubio, se arregló el nudo de la corbata y se pasó una mano por el cuello de la americana.

—Del inhumano asesinato de su hermano Alberto, que ha querido presentar como suicidio con una macabra puesta en escena.

—¿Cómo han llegado a esta conclusión?

—Lo siento, pero es secreto del sumario.

—¿No puede decirnos nada?

Se pasó una mano por el cuello de la americana, se arregló el nudo de la corbata, se atusó el bigotito rubio.

—Giacomo Larussa ha caído en manifiestas contradicciones. Las investigaciones, que tan brillantemente ha dirigido el teniente Olcese, han sacado a la luz elementos que agravan la situación del profesor.

Se atusó el bigotito rubio, se arregló el nudo de la corbata y la imagen cambió: apareció el rostro de Nicolò Zito.

—Hemos podido entrevistar al señor Filippo Alaimo, de Ragòna, jubilado, de setenta y cinco años. La acusación ha considerado fundamental su testimonio.

Apareció de cuerpo entero: un campesino enjuto, con un gran perro acurrucado a los pies.

—Me llamo Filippo Alaimo. Debe usted saber, señor periodista, que padezco de insomnio, no puedo dormir. Me llamo Filippo Alaimo...

—Eso ya lo ha dicho —se escuchó la voz de Zito fuera de pantalla.

—¿Qué cojones decía? Ah, sí. Cuando ya no aguanto estar dentro de casa, despierto al perro a cualquier hora de la noche y me lo llevo de paseo. Entonces el perro, que se llama *Pirì*, como lo despierto en medio del sueño, sale de casa un poco cabreado.

—¿Qué hace el perro? —preguntó Nicolò, siempre fuera de pantalla.

—¡Me gustaría verle a usted, señor periodista, si lo despiertan en medio de la noche y lo obligan a dar un paseo de dos horas! ¿No se cabrearía? Pues el perro también. Pirì se lanza sobre cualquier cosa que asome, hombre, animal o automóvil.

—Y así sucedió la noche del 13 al 14, ¿verdad? —Nicolò decidió intervenir, se temía que los espectadores no comprendieran nada—. Usted se encontraba en las cercanías de la casa del señor Larussa cuando vio que un automóvil salía por la cancela a toda velocidad...

—Sí señor. Fue como usted dice. Salió el coche, *Pirì* se abalanzó y el cabrón que conducía me embistió al perro. ¡Si lo hubiera visto, señor periodista!

Filippo Alaimo se agachó, cogió al perro por el collar y lo levantó: el animal tenía las patas posteriores vendadas.

—¿Qué hora era, señor Alaimo?

—Sobre las dos y media o tres de la mañana.

—Y usted ¿qué hizo?

—Yo empecé a gritar al del coche que era un grandísimo cabrón y tomé la matrícula.

Volvió a aparecer el rostro de Nicolò Zito.

—Según personas bastante autorizadas, la matrícula que anotó el señor Alaimo correspondía a la del profesor Giacomo Larussa. Y ahora la pregunta es la siguiente: ¿qué hacía a esas horas de la noche Giacomo Larussa en casa de su hermano, cuando es sabido que estaban enemistados? Hagamos la pregunta al letrado Gaspare Palillo, que lleva la defensa del sospechoso.

Gordo y sonrosado, el letrado Palillo era idéntico a uno de los tres cerditos.

—Antes de responder a su pregunta, desearía a mi vez hacer una. ¿Puedo?

—Por favor.

—¿Quién le ha aconsejado al llamado Filippo Alaimo que no se pusiera las gafas que lleva habitualmente? Este jubilado de setenta y cinco años tiene una miopía de ocho dioptrías en cada ojo y una visión muy reducida. A las dos, en medio de la noche, a la débil luz de un farol, ¿pudo leer la matrícula de un coche en movimiento? ¡Vamos! Y ahora respondo a su pregunta. Hay que precisar que el mes pasado las relaciones entre los dos hermanos habían mejorado, hasta el punto que durante aquel mes, mi defendido fue tres veces a Ragòna a casa de su hermano. Debo precisar que la iniciativa de este acercamiento la tomó el suicida, que declaró en varias ocasiones a mi defendido que ya no podía soportar más la soledad, que se sentía muy deprimido y que necesitaba el consuelo de su hermano. Es cierto que el día 13 mi defendido fue a Ragòna, estuvo varias horas con su hermano, que le pareció más deprimido que otras veces, y salió hacia Palermo antes de cenar, hacia las veinte horas. Se enteró de la noticia del suicidio por la radio local a la mañana siguiente.

Durante los días posteriores sucedieron las cosas que habitualmente suceden en estos casos.

Michele Ruoppolo, de Palermo, que volvía a casa a las cuatro de la mañana del día 14, declaró haber visto llegar a esa hora el coche del profesor Giacomo Larussa. De Ragòna a Palermo se emplean como máximo dos horas. Si el profesor había salido de la casa de su hermano a las veinte horas, ¿cómo es que había empleado ocho horas en hacer el recorrido?

El abogado Palillo lo rebatió diciendo que el profesor volvió a su casa a las veintidós, pero no consiguió conciliar el sueño, preocupado por el estado de su hermano. Hacia las tres de la mañana bajó, subió al coche y dio una vuelta a orillas del mar.

Arcangelo Bonocore juró y perjuró que el día 13, hacia las seis de la tarde, al pasar junto a la casa de Alberto Larussa, había oído en el interior voces y ruidos de un violento altercado.

El letrado Palillo dijo que su defendido recordaba muy bien el episodio. No hubo ningún altercado. En un determinado momento, Alberto Larussa encendió el televisor para ver un programa que le interesaba, titulado «Marshall». El episodio incluía una violenta riña entre dos personajes. El letrado Palillo podía mostrar un videocasete con el episodio grabado. El señor Bonocore se había confundido.

Las cosas siguieron así durante una semana, hasta que el teniente Olcese sacó el as de la manga, como había previsto el juez Boscarino. Inmediatamente después del descubrimiento del cadáver, contó el teniente, dio la orden de buscar un papel, cualquier nota que sirviera para explicar los motivos de un acto tan atroz. No lo hallaron porque Alberto Larussa no tenía nada que explicar, puesto que ni siquiera se le había ocurrido la idea del suicidio. En cambio, en el primer cajón de la izquierda del escritorio —que no estaba cerrado con llave, señaló Olcese— encontraron un sobre bien a la vista, en el que estaba escrito «para abrirse después de mi muerte». Puesto que el señor Larussa estaba muerto, especificó el teniente con una lógica aplastante, lo abrieron. Tan sólo unas pocas líneas: «Dejo todo lo que poseo, títulos, acciones, terrenos, casas y otras propiedades a mi hermano menor Giacomo.» Seguía la firma. No había fecha. Precisamente la falta de fecha fue lo que despertó sospechas en el teniente, el cual hizo someter el testamento a un doble examen químico y grafológico. El examen químico reveló que la nota había sido escrita como máximo hacía un mes, dado el tipo particular de tinta utilizado y que era el mismo que empleaba habitualmente Alberto Larussa. El examen grafológico, confiado al perito del Tribunal de Palermo, condujo a un resultado inequívoco: se había imitado con habilidad la escritura de Alberto Larussa.

El letrado Palillo no digirió el asunto del testamento falso.

—Imagino la escena que se han montado los que dirigen la investigación. Mi defendido se presenta en casa de su hermano, de algún modo le hace perder el sentido, escribe el testamento, saca del coche los objetos necesarios para la ejecución, que ha mandado fabricar en Palermo, traslada al hermano sin sentido al taller (que conoce muy bien, lo ha admitido, porque Alberto a menudo lo ha recibido allí) y organiza la macabra escenificación. Pero yo me pregunto: ¿qué necesidad tenía de escribir el testamento falso cuando ya existe uno, y registrado ante notario, que dice lo mismo? Me explico: en el testamento de Angelo Larussa, el padre de Alberto y de Giacomo, se lee: «Lego mis bienes, muebles e inmuebles, a mi primogénito Alberto. A su muerte, pasarán a mi hijo menor Giacomo.» Y yo me pregunto: *cui prodest*? ¿A quién puede favorecer el segundo testamento?

Montalbano escuchó las palabras de Olcese y del abogado Palillo en el noticiario de medianoche, cuando ya estaba en calzoncillos e iba a acostarse. Le intranquilizaron y se le pasaron las ganas de irse a la cama. La noche era extraordinariamente tranquila y, tal como estaba, en calzoncillos, se fue a pasear a orillas del mar. El segundo testamento no cuadraba. Aun siendo incriminatorio, el comisario advertía un punto de exceso en la confección del escrito. Por otro lado, todo había sido excesivo en el asunto. El falso testamento era como una pincelada de más en un cuadro, una sobrecarga de color. *Cui prodest*?, había preguntado el letrado Palillo.

La respuesta le vino a los labios de una forma natural e irreprimible, le pareció ver un rayo cegador, como si un fotógrafo hubiera disparado un *flash*. De pronto sintió que se le doblaban las piernas y tuvo que sentarse en la arena mojada.

—¿Nicolò? Soy Montalbano. ¿Qué estás haciendo?

—Con tu permiso, y dada la hora que es, me iba a acostar. ¿Has oído a Olcese? Tenías razón: Giacomo Larussa no sólo es un asesino por interés, sino también un monstruo.

—Oye, ¿puedes tomar nota?

—Espera que coja papel y lápiz. Aquí están. Dime.

—Te advierto que se trata de asuntos delicados que no puedo encargar a mis hombres, porque si se enteran los carabineros acabamos a bofetadas. En consecuencia, a mí ni nombrarme. ¿Está claro?

—Claro. Se trata de iniciativas mías.

—Bien. Lo primero que quiero saber es el motivo por el que Alberto Larussa no quiso ver a su hermano durante años.

—Intentaré averiguarlo.

—Segundo. Mañana mismo tienes que ir a Palermo a ver al perito grafólogo de Olcese. Sólo debes hacerle una pregunta, apúntala bien: ¿es posible que alguien escriba una nota y consiga que parezca falsa? Y basta por hoy.

Nicolò Zito era una persona muy inteligente, tardó diez segundos en entender el sentido de la pregunta que tenía que hacerle al perito.

—¡Cojones! —exclamó.

El monstruo fue abatido en primera página. La mayor parte de los diarios, dado que el caso había adquirido resonancia nacional, se detenían en la personalidad del profesor Giacomo Larussa, un docente impecable según el director, sus colegas y sus alumnos, y despiadado asesino que se había introducido como una serpiente en la momentánea debilidad del hermano para captar su confianza y luego matarlo, movido por los más turbios intereses y de una manera atroz. Los medios de comunicación ya habían pronunciado la sentencia y el proceso sería un rito inútil.

Al leer aquellos artículos de condena sin apelación, el comisario sintió como si le royeran el hígado, pero aún no tenía nada concreto en que apoyar la increíble verdad que había intuido la noche anterior.

A última hora de la tarde, lo llamó por teléfono Nicolò Zito.

—He vuelto ahora mismo. Traigo información.

—Dime.

—Voy por orden. El letrado Palillo conoce la razón del odio, porque se trata de eso, entre los dos hermanos. Se lo ha contado su defendido, como le gusta llamarlo. Bien: Alberto Larussa nunca se cayó del caballo hace treinta y un años, como entonces se dijo en el pueblo. El rumor lo hizo correr el padre, Angelo, para ocultar la verdad. Durante una violenta discusión, los dos hermanos llegaron a las manos y Alberto se cayó por las escaleras y se lesionó la espina dorsal. Dijo que Giacomo lo había empujado. En cambio, éste aseguró que Alberto dio un paso en falso. Angelo, el padre, intentó ocultarlo con la caída del caballo, pero castigó a Giacomo en el testamento, sometiéndolo en cierto modo a Alberto. La cosa apesta.

—Estoy de acuerdo. ¿Y el perito?

—Me ha costado acceder al perito y cuando se lo he preguntado se ha quedado atónito, confuso, sorprendido. Ha empezado a balbucear. En resumen, ha dicho que la pregunta puede tener una respuesta positiva. Ha añadido una cosa muy interesante: que por mucho que uno se esfuerce por falsificar su propia grafía, un atento examen acabaría revelando el engaño. Entonces le he preguntado si él había realizado un examen muy atento. El muy cándido me ha contestado que no. ¿Sabes por qué? Porque el fiscal ayudante le preguntó si se había falsificado la letra de Alberto Larussa y no si Alberto Larussa había falsificado su propia escritura. ¿Observas la sutil diferencia?

Montalbano no contestó; estaba pensando en darle otro encargo al amigo.

—Oye, deberías enterarte de qué día se cayó Alberto por las escaleras.

—¿Por qué? ¿Es importante?

—Sí, creo que sí.

—Bueno, pues ya lo sé. Fue el 13 de abril...

Se interrumpió de golpe. Montalbano notó que Nicolò se había quedado sin aliento.

—¡Cristo! —le oyó murmurar.

—¿Has hecho las cuentas? —preguntó Montalbano—. El suceso tuvo lugar el 13 de abril de hace treinta y un años. Alberto Larussa muere, se suicida o lo matan el 13 de abril de treinta y un años después. Y el número 31 no es más que el 13 invertido.

—Larussa dejó el libro de Potocki junto a la silla eléctrica como desafío, un desafío para entender —dijo Montalbano.

El comisario estaba con Nicolò en la *trattoria* San Calogero atracándose de salmonetes fresquísimos con salsa.

—¿Entender qué? —preguntó Nicolò.

—Mira, cuando Potocki empezó a limar la bola de la tetera, hizo un cálculo temporal: viviré hasta que la bala pueda entrar en el cañón de la pistola. Alberto Larussa tenía que organizar su venganza exactamente treinta y un años después y en el día exacto, el 13 de abril. Un cálculo temporal, como el de Potocki, un tiempo asignado. Te has quedado perplejo. ¿Qué pasa?

—Pasa que se me ocurre una observación: ¿por qué Alberto Larussa no tomó su venganza trece años después de la caída?

—También me lo he preguntado yo. Quizá había algo que lo hacía imposible, quizá el padre todavía estaba vivo y se habría dado cuenta, si quieres podemos investigar. Pero el hecho es que ha tenido que esperar todos estos años.

—Y ahora, ¿qué hacemos?

—¿En qué sentido?

—¿Cómo en qué sentido? ¿Todas estas historias quedan entre nosotros dos y dejamos a Giacomo Larussa en la cárcel?

—¿Qué piensas hacer?

—Bueno, no lo sé... Contárselo todo al teniente Olcese. Parece un hombre competente.

—Se reiría en tu cara.

—¿Por qué?

—Porque sólo tenemos palabras, y las palabras se las lleva el viento. Necesitamos pruebas para presentar ante el tribunal y no las tenemos.

—¿Entonces?

—Deja que piense esta noche.

Con su atuendo habitual de espectador de televisión, es decir, camiseta, calzoncillos y pies descalzos, metió en el video la grabación que le había dado días atrás Nicolò, encendió un cigarrillo, se sentó cómodamente en el sillón y puso en marcha la cinta. Cuando llegó al final, la rebobinó y volvió a pasarla. Repitió la operación tres veces más para observar con minucia los objetos que habían servido para transformar la silla de ruedas en silla eléctrica. Los ojos empezaron a picarle de cansancio. Apagó el aparato, se levantó, fue al dormitorio, abrió el cajón superior de la cómoda, sacó una caja y volvió a sentarse en el sillón. En el interior de la cajita había un espléndido alfiler de corbata que le había regalado el pobre Alberto Larussa. Lo estuvo mirando durante un buen rato y luego, con la aguja en la mano, volvió a poner en marcha la cinta. De pronto apagó el vídeo, guardó la cajita en la cómoda y miró el reloj. Eran las tres de la mañana. Le bastaron veinte segundos para superar los escrúpulos. Levantó el auricular del teléfono y marcó un número.

—¿Amor? Soy Salvo.

—Dios mío, Salvo, ¿qué ha pasado? —preguntó Livia preocupada y con voz adormecida.

—Tienes que hacerme un favor. Perdona, pero es muy importante para mí. ¿Qué tienes de Alberto Larussa?

—Un anillo, dos alfileres, un brazalete, dos pares de pendientes. Son magníficos. El otro día los saqué, cuando me enteré de que había muerto. ¡Dios mío, qué horror! ¡Que tu propio hermano te mate de ese modo tan atroz!

—Quizá las cosas no son como las cuentan, Livia.

—¿Qué dices?

—Luego te lo explicaré. Mira, me interesa que me describas los objetos que tienes, no tanto la forma como el material utilizado. ¿Has comprendido?

—No.

—¡Por Dios, Livia, está muy claro! Por ejemplo, de qué grosor son los alambres o los hilos de cobre o de qué están hechos.

· · ·

El teléfono de Montalbano sonó cuando no eran todavía las siete de la mañana.

—Salvo, ¿qué piensas hacer?

—Mira, Nicolò, sólo podemos movernos en una sola dirección; es como caminar por un alambre.

—Estamos cubiertos de mierda.

—Sí, y la mierda nos llega hasta el pecho. Antes de que nos cubra por completo, al menos podemos hacer un movimiento. El único capaz de contarnos algo nuevo, algo que sirva a nuestras sospechas, es Giacomo Larussa. Llama por teléfono a su abogado, y que le explique minuciosamente qué sucedió durante las tres visitas que le hizo a Alberto. Pero que lo cuente todo. Hasta si una mosca echó a volar. En qué habitaciones entraron, qué comieron y de qué hablaron. Hasta las minucias, aunque le parezcan inútiles. Y por favor, que el esfuerzo le deje herniado el cerebro.

Apreciado señor Zito —comenzaba la carta que el abogado Palillo le envió a Nicolò—: Le remito la transcripción fiel del relato de las tres visitas de mi defendido a su hermano los días 2, 8 y 13 de abril de este año.

El abogado era un hombre meticuloso y ordenado, a pesar de su aspecto de cerdito de Disney.

Durante la primera visita, la del día 2, Alberto no hizo más que pedir perdón y lamentarse por haberse obstinado en mantener apartado a su hermano. Ya no tenía importancia ahondar en la desgracia, no tenía sentido averiguar si había sido él quien dio un paso en falso o si Giacomo lo empujó. Corramos el telón, dijo. Dijo también que estaba solo como un perro y que la situación empezaba a cansarle. Además, tenía días depresivos, cosa que antes no le sucedía, y se quedaba sentado en la silla de ruedas sin hacer nada. Otras veces se quedaba meditando a oscuras. ¿En qué?, le preguntó Giacomo. Y Alberto contestó que en el fracaso de su existencia. Le enseñó el taller, los objetos que elaboraba y le regaló una magnífica cadena de reloj. La visita duró tres horas, de las quince a las dieciocho.

Durante el segundo encuentro, el del día 8, todo se desarrolló casi exactamente como en la visita anterior. Esta vez el regalo fue un alfiler de corbata. La depresión de Alberto se había agravado y en un determinado momento Giacomo tuvo la impresión de que reprimía las lágrimas. Duración de la visita: dos horas y media, de las dieciséis a las dieciocho treinta. Se despidieron acordando que Giacomo volvería el día 13 a la hora de comer y se quedaría allí por lo menos hasta las ocho de la tarde.

El relato de la última visita, la del día 13, presentaba ciertas diferencias. Giacomo llegó un poco antes de la hora acordada y se encontró a su hermano de un humor pésimo, muy nervioso. La había tomado con la camarera en la cocina y para desahogarse tiró al suelo una sartén. Murmuraba y casi no dirigió la palabra a Giacomo. Poco antes del mediodía, llamaron a la puerta de la casa. Alberto insultó a la camarera porque no iba a abrir. Fue Giacomo: era el empleado de una mensajería con un paquete de grandes dimensiones. Giacomo firmó por su hermano y tuvo la oportunidad de leer la dirección impresa del remitente en una etiqueta pegada. Alberto casi le arrancó el paquete de las manos y lo apretó contra su pecho como si fuera un niño. Giacomo le preguntó qué era aquello tan importante, pero Alberto no contestó; sólo dijo que pensaba que no llegaría a tiempo. ¿A tiempo de qué? De una cosa que tengo que hacer hoy, fue la respuesta. Luego bajó al taller a dejar el paquete, pero no invitó a su hermano a que lo acompañara. Giacomo aseguraba que en esta ocasión no entró en el taller. Desde la llegada del paquete, el comportamiento de Alberto cambió por completo. Volvió a su humor normal, se excusó con su hermano y con la camarera, la cual, después de haber servido la comida en la mesa, desapareció para arreglar la cocina y se marchó hacia las quince horas. Durante la comida no bebieron ni una gota de vino, Giacomo también señalaba esta circunstancia; ambos eran abstemios. Alberto invitó a su hermano a descansar una hora, y le hizo preparar la cama en el cuarto de invitados. Al parecer él hizo lo mismo. Giacomo se levantó hacia las cuatro y media, fue a la cocina y allí encontró a Alberto, que le había preparado café. Giacomo lo encontró muy afectuoso, pero lejano, casi melancólico. No aludió en absoluto a la desgracia de hacía treinta y un años, como se temía Giacomo. Pasaron juntos una tarde agradable, hablaron del pasado, de los padres, de los parientes. Mientras Alberto se había alejado de todo el mundo, Giacomo se relacionaba sobre todo con la anciana hermana de la madre, la tía Ernestina. Alberto demostró mucho interés por esta tía a la que literalmente había olvidado, preguntó cómo estaba de salud, qué hacía, y hasta propuso ayudarla económicamente a través de Giacomo. Todo siguió así hasta las ocho, cuando Giacomo subió al coche para volver a Palermo. Al despedirse quedaron en verse de nuevo el día 25 del mismo mes. En cuanto a la dirección del remite del paquete, Giacomo se había esforzado por recordarla, pero no lo había conseguido. Podía ser Roberti (o quizá Goberti, Foberti, Romerti o Roserti) SpA – Seveso. Giacomo estaba bien seguro de que el paquete procedía de Seveso: en sus primeros años de enseñanza mantuvo una breve relación con una profesora que era de Seveso.

Temía que la noticia de su investigación paralela pudiera trascender y se dirigió personalmente a la oficina de correos que, como también era la central telefónica pública, tenía todos los listines. Roberti Fausto era dentista, Roberti Giovanni dermatólogo; en cambio, Ruberti era una SpA. Probó. Contestó una voz cantarina de mujer.

—Ruberti. Diga.

—Llamo desde Vigàta, soy el comisario Montalbano. Necesito una información. ¿Qué es Ruberti SpA?

Al otro lado hubo un momento de titubeo.

—¿Quiere decir qué fabrica?

—Sí, por favor.

—Conductores eléctricos.

Montalbano aguzó el oído, quizá había acertado.

—¿Quiere ponerme con el director de ventas?

—Verá, señor comisario, es que Ruberti es una empresa pequeña. Le paso al ingeniero Tani que también se ocupa de las ventas.

—¿Hola?, comisario, soy Tani. Dígame.

—Quisiera saber si encargó algún material el señor...

—Un momento —lo interrumpió el ingeniero—, ¿se refiere a un particular?

—Sí.

—Comisario, no vendemos a particulares. Nuestra producción no se vende en tiendas de electricidad porque no está destinada a uso doméstico. ¿Cómo ha dicho que se llama el señor?

—Larussa. Alberto Larussa, de Ragòna.

—¡Oh! —exclamó el ingeniero Tani. Montalbano no hizo preguntas; esperó a que el otro se recuperara de la sorpresa—. Me he enterado por los periódicos y la televisión —dijo el ingeniero—. ¡Qué final más terrible! Sí, el señor Larussa nos telefoneó para comprar Xeron 50, del que había leído en una revista.

—Perdone, pero no entiendo. ¿Qué es el Xeron 50?

—Es un superconductor, una patente nuestra. Con palabras sencillas, es una especie de multiplicador de energía. Es muy caro. Insistió mucho. Era un artista. Le envié los cincuenta metros que había pedido, comprenda, una cantidad irrisoria. Pero no llegó a su destino.

Montalbano se sobresaltó.

—¿No llegó a su destino?

—La primera vez, no. Nos telefoneó varias veces reclamándolo. Mire, llegó a enviarme un maravilloso par de pendientes para mi mujer. Le envié cincuenta metros más con un mensajero. Éstos sí que llegaron a su destino.

—¿Cómo puede estar tan seguro?

—Porque he visto en la televisión las macabras imágenes de todo lo que se manipuló para la fabricación de la silla eléctrica. Me refiero a las tobilleras, los brazaletes, el pectoral. Me ha bastado una ojeada. Los hizo con nuestro Xeron 50.

Fue al despacho, ordenó que lo sustituyera su segundo Mimì Augello, volvió a su casa de Marinella, se desnudó, se puso el uniforme de telespectador, metió la cinta que había visto una y otra vez, tomó asiento en el sillón, con un bolígrafo y unas cuantas hojas de papel cuadriculado, y puso en marcha el aparato de vídeo. Tardó dos horas en acabar la labor, tanto por la dificultad objetiva del cálculo como porque a él los números nunca se le habían dado bien. Consiguió establecer la cantidad de anillas de Xeron que necesitó Larussa para confeccionar las tobilleras, los brazaletes, el pectoral y los capuchones. Tras varios sobresaltos, sudores, borrones, nuevos cálculos y correcciones, observó que Alberto Larussa necesitó treinta metros de Xeron 50. Entonces se levantó del sillón y llamó a Nicolò Zito.

—Mira, Nicolò, ese hilo especial le servía sobre todo para dos cosas. Se trataba de un material con una circunferencia demasiado gruesa; para las obras de arte empleaba hilos que parecían telarañas, y por lo tanto todo aquel que lo conociera diría que la silla eléctrica no la había fabricado Alberto: demasiado tosco el diseño y demasiado grueso el material. Yo también me equivoqué. La segunda razón es que Alberto no quería chamuscarse en la silla eléctrica, sino matarse, matarse de verdad. Entonces tenía que asegurarse: y lo que necesitaba era el Xeron 50. Por esta razón su hermano Giacomo lo encontró tan nervioso cuando fue a su casa la mañana del 13: el paquete todavía no había llegado. Sin el Xeron no se atrevía a sentarse en la silla eléctrica. Cuando Giacomo se marchó, hacia las ocho de la tarde, se puso a trabajar como un loco para preparar la puesta en escena. Estoy seguro de que consiguió matarse antes de que pasase la medianoche.

—¿Qué hago comisario? ¿Voy a ver a Olcese y se lo cuento todo?

—Ahora sí. Cuéntaselo todo. Y dile también que según tus cálculos, escucha bien, tus cálculos, Alberto Larussa debió de utilizar unos treinta metros de Xeron 50.

En el taller, chamuscados quizá por el conato de incendio, todavía debe de haber una veintena de metros de ese hilo. Y por favor: no me nombres, no tengo nada que ver, no existo.

—¿Salvo? Soy Nicolò. Lo hemos conseguido. En cuanto te he dejado, he llamado a Ragòna. Olcese me ha dicho que no tenía que hacer ninguna declaración a los periodistas. Le he contestado que deseaba verlo en calidad de ciudadano particular. Ha aceptado. Una hora después estaba en Ragòna. Hablar con un iceberg es mucho más agradable. Se lo he contado todo, le he propuesto ir al taller para ver si estaban los veinte metros de Xeron. Me ha dicho que lo comprobaría. No te cuento la conversación para que no te cabrees.

—¿Has dicho mi nombre?

—¿Bromeas? No nací ayer. Bien, por la tarde, hacia las cuatro, me reúno con él en Ragòna. Lo primero que me dice, sin demostrar la más mínima turbación dado que lo que me estaba comunicando significaba que había errado completamente la investigación, pues lo primero que me dice es que en el taller de Alberto Larussa estaban los veinte metros de Xeron. Ni una palabra más ni una menos. Me lo agradece con el mismo calor que si le hubiese dicho la hora y me alarga la mano. Y mientras nos estamos despidiendo, me dice: «¿Nunca ha querido entrar en la policía?» Yo me quedo un poco sorprendido y le pregunto: «No, ¿por qué?» ¿Y sabes qué me ha contestado? «Porque creo que su amigo, el comisario Montalbano, estaría contentísimo.» ¡Qué gran hijo de puta!

· · ·

Giacomo Larussa fue puesto en libertad, el teniente Olcese se ganó unos elogios, Nicolò Zito lanzó una primicia memorable y Salvo Montalbano lo celebró con una comilona tal que durante dos días se encontró indispuesto.

El hombre que iba a los entierros

Una amarra que se rompió de repente durante un temporal cortó limpiamente la pierna izquierda de Cocò Alletto, que ya no pudo seguir de capataz de estibadores. La pierna artificial no le permitía trajinar por las pasarelas.

Hombre solitario, que en nuestra tierra significa tener el cuerpo enjuto y ninguna preocupación de mujer e hijos, la pensión que le pasaba el gobierno le permitía una pobreza digna, y su hermano Jacopo, que se buscaba la vida algo mejor que él, le regalaba un par de zapatos o un traje nuevo cuando se presentaba la necesidad. Cocò sufrió el accidente cuando había cumplido los cuarenta. En cuanto consiguió mantenerse de pie, adquirió el hábito de quedarse todo el santo día sentado en una bita contemplando el tráfico del puerto. Fue testigo, año tras año, de la cada vez más reducida entrada y amarre de barcos para cargar o descargar, hasta que sólo quedó el correo de Lampedusa para abrigar esperanzas de que el estado de coma del puerto no era irreversible. Los grandes cargueros, los gigantescos petroleros que pasaban por alta mar, desfilaban por la línea del horizonte.

Entonces Cocò se despidió para siempre del puerto y se trasladó a un guardarruedas próximo al ayuntamiento, en la calle principal de Vigàta. Un día pasó delante de él un entierro muy solemne, con la banda a la cabeza y cincuenta coronas; no supo nunca la razón que de pronto le impulsó de manera irresistible a ponerse a la zaga con su paso danzarín: siguió el cortejo fúnebre hasta la colina donde estaba el cementerio.

Desde entonces se convirtió en una costumbre: no fallaba a ningún entierro, cayese lluvia o soplara viento. Varones o hembras, viejos o pequeñines, no hacía diferencias.

Sucedió que cuando el Señor llamó a Totuccio Sferra («parece que el Señor tiene ganas de jugar al tute o a la brisca» fue el comentario unánime, dado que Totuccio no había hecho otra cosa en su vida que jugar al tute y a la brisca), se dieron cuenta de que Cocò no se había incorporado a la comitiva y se preguntaron los unos a los otros en busca de una explicación. Simone Sferra, hermano del muerto, que era un hombre respetable, se tomó la cosa como una ofensa, un desaire a su persona. Abandonó el funeral y fue a llamar a casa de Cocò para pedirle cuentas, pero nadie respondió. Iba a marcharse, cuando le pareció oír que alguien se quejaba: como era un hombre de decisiones rápidas, derribó la puerta y encontró a Cocò en medio de un charco de sangre; se había caído y se había hecho un corte en la cabeza. Entonces corrió la voz que Cocò se había salvado por obra y gracia de todos los muertos a los que había acompañado.

Cuando escaseaban los funerales y Cocò empezaba a ponerse nervioso en el guardarruedas, alguna alma piadosa se acercaba y le llevaba noticias reconfortantes:

—Parece que a Ciccio Butera el párroco le dio la extremaunción. Es cuestión de horas.

—Al parecer el hijo de don Cosimo Laurentano, ese que se dio un golpe yendo en el Ferrari, no saldrá adelante.

Por la mañana Cocò se levantaba pronto, cuando todavía estaba oscuro, y en cuanto abría el café Castiglione entraba e iba a sentarse ante una mesita, esperando que llegaran los *brioches* recién salidos del horno. Se comía dos, remojándolos en un gran vaso de granizado de limón, y luego salía de nuevo para observar el trabajo de los hombres que pegaban carteles. Entre los bandos del ayuntamiento y los carteles publicitarios, no pasaba día que no apareciera una esquela fileteada de negro. Ciertos días venturosos las esquelas eran dos o tres y Cocò anotaba los horarios y, sobre todo, las iglesias, que en Vigàta eran muchas, en las que iban a tener lugar los funerales. Cuando la epidemia de gripe maligna se llevó a ancianos y niños, Cocò casi enfermó de agotamiento por el esfuerzo de correr de un extremo a otro del pueblo de la mañana a la noche, pero consiguió no perderse ningún entierro.

Al comisario Montalbano, que lo conocía desde que entró de servicio en Vigàta, le pareció no entender bien.

—¿Qué?

—Han disparado a Cocò Alletto —repitió Mimì Augello, su segundo.

—¿Lo han matado?

—Sí, de un solo tiro, le han dado en la cara. Estaba sentado en el guardarruedas, a primera hora de la mañana, esperando que abrieran el café.

—¿Hay testigos?

—¡Qué cojones! —contestó de forma lapidaria Mimì Augello.

—Cuéntame —dijo el comisario.

Y esto significaba que cargaba la investigación, con suma delicadeza, en los hombros de Augello.

• • •

Cuatro días después, todo el pueblo fue al funeral de Cocò Alletto; no hubo un alma que no quisiera asistir: mujeres preñadas en peligro de parto en medio del cortejo, ancianos que apenas se sostenían, ayudados por los hijos y los nietos, y el ayuntamiento en pleno. Hasta fue un moribundo detrás del ataúd: Gegè Nicotra, enfermo de un mal incurable y que todavía no había superado la cincuentena. Su presencia en el funeral impresionó; la gente no sabía si sentir más pena por el muerto o por el que estaba todavía vivo aunque ya irremediablemente condenado.

El comisario comprendió enseguida que la investigación no iba a llevar a nada. Lo único cierto era que a Cocò le habían disparado en la cara (como si quisieran borrarle los rasgos): el asesino se había situado delante de él a uno o dos metros de distancia, de pie o sentado dentro de un coche. Pero ¿por qué? Cocò nunca había hecho daño a nadie, no tenía enemigos. ¿Entonces? ¿Vio algo en algún funeral que no debió haber visto? Pero Cocò, con su caminar dislocado, mantenía siempre la cabeza inclinada, como si temiera dar un paso en falso. Y si hubiera visto algo, ¿a quién se lo habría dicho? Ya era mucho si en el transcurso de una jornada decía tres palabras. Más que callado, era una tumba.

«Y nunca una palabra fue tan apropiada», pensó Montalbano.

El primer funeral al que Cocò no pudo asistir, porque hacía tres días que estaba muerto, fue el del pobre Gegè Nicotra quien, después de volver a casa tras acompañar a

Cocò al cementerio, aprovechando que su mujer había ido a la compra, escribió dos líneas y se disparó en el corazón.

«Pido perdón, estoy desesperado, ya no soporto la enfermedad», decía la nota.

Cuando Montalbano quería meditar sobre algún problema o, simplemente, tomar un poco el aire, solía comprar un cucurucho de frutos secos, es decir, garbanzos tostados y pipas de calabaza y se iba a dar un largo paseo hasta el faro situado encima del muelle de levante. Un paseo rumiante, tanto de boca como de cerebro.

Durante uno de estos paseos tuvo que intervenir y separar a dos pescadores que se estaban peleando. Al parecer, tenían serias intenciones de pasar de los insultos, gestos y palabrotas a los hechos. El comisario, aunque a desgana, cumplió con su obligación: se dio a conocer, se interpuso, agarró a uno por el brazo y ordenó al otro que se alejara. Cuando este último hubo dado unos pasos se detuvo, se volvió y gritó a su adversario:

—¡Tú al mío no vas!

Al hombre que Montalbano agarraba por el brazo pareció que lo sacudía una corriente eléctrica, se mordió los labios y no abrió la boca. Cuando el otro se hubo alejado lo suficiente, el comisario liberó el brazo de su prisionero y lo amonestó diciéndole que no intentara hacerse el ingenioso porque la pelea acababa allí.

Cuando llegó debajo del faro, se sentó en una roca y empezó a comer los frutos secos.

«¡Tú al mío no vas!»

La frase que acababa de oír le retumbó en la cabeza.

—¡Tú al mío no vas!

Para alguien que no fuera siciliano, aquellas palabras habrían sido poco comprensibles, pero para Montalbano estaban tan claras como el agua. Significaban «tú no irás a mi funeral, yo iré al tuyo porque te mataré antes».

El comisario permaneció inmóvil; luego, de pronto, se levantó y echó a correr hacia el pueblo, mientras en su cabeza se dibujaba una escena tan clara y precisa que le parecía estar viéndola en el cine.

Un hombre que se sabe condenado a muerte por la enfermedad y que le quedan, exagerando, algunas semanas de vida, se revuelve en la cama sin conseguir conciliar el sueño. A su lado duerme la esposa, atiborrada de somníferos y tranquilizantes, para conseguir un pequeño oasis de olvido en el cotidiano desierto de angustia que está obligada a atravesar. El hombre enciende la luz y mira fijamente el despertador en la mesilla de noche: cada segundo que pasa siente aproximarse el paso de la muerte. Las primeras luces del amanecer siempre son un momento crítico para quien tiene malas intenciones; el hombre comprende que se le ha acabado la capacidad de coger por los cuernos los pocos días que le quedan. No sólo es la muerte, sino saber que se va a morir y que el reloj ya tiene muy poca arena en la ampolleta superior. Se levanta de la cama en silencio, para no turbar el sueño de la mujer, se viste, se guarda el revólver en el bolsillo, sale decidido a matarse lejos de casa para evitar que el ruido del tiro despierte a la mujer y lo descubra agonizante entre las sábanas empapadas de sangre.

Cuando llega a la calle, ve a Cocò Alletto en el guardarruedas, como un búho. Permanece allí, inmóvil. Espera.

«Espera mi funeral», piensa el hombre.

Entonces se pone frente a Cocò, que lo mira con expresión interrogante, saca el revólver y, sin pensarlo dos veces, dispara. En la cara, para borrar la mirada de la muerte que ha clavado los ojos en los suyos. Y enseguida comprende que la muerte no puede morir por un disparo de revólver. Se da cuenta de la inutilidad, de lo absurdo de su acción: el homicidio gratuito lo ha dejado vacío; ahora apenas tiene fuerzas para volver a casa, junto a la mujer ignorante.

En cuanto llegó al despacho, telefoneó a Jacomuzzi, el jefe de la policía científica de la comisaría de Montelusa. Le contestaron que estaba reunido, que le transmitirían el mensaje y que él lo llamaría en cuanto acabara.

Los de la científica tenían el proyectil que había matado a Cocò Alletto y el que había entrado en el corazón de Gegè Nicotra. Y su revólver. Si los dos proyectiles resultaran proceder de la misma arma, su hipótesis se confirmaría de manera irrevocable, como si Gegè hubiera confesado el delito.

Sonrió, satisfecho.

¿Y luego?

La repentina pregunta le atravesó el cerebro. La satisfacción que sentía comenzó a evaporarse. ¿Y luego?

¿Declarar culpable de homicidio a un muerto que yacía a pocos pasos de la tumba de su víctima tenía sentido?

¿Sumergir a la viuda en un mar de dolor nuevo y distinto sólo para su satisfacción personal?

Sonó el teléfono.

—¿Qué querías? —preguntó Jacomuzzi.

—Nada —contestó el comisario Montalbano.

Un asunto delicado

El profesor Pasquale Loreto, director de la escuela elemental Luigi Pirandello (en Montelusa y sus alrededores, todo hacía referencia al ilustre ciudadano, desde los hoteles y los baños hasta las pastelerías), era un hombre de unos cincuenta años, calvo, de aspecto cuidado y palabra breve. Dotes, estas últimas, que Montalbano apreciaba siempre, a no ser que la evidente turbación que afligía al director transformara, de vez en cuando, la natural brevedad del discurso en un balbuceo inconexo que agotaba la paciencia del comisario. Llegó un momento en que decidió que si no intervenía se haría de noche. Y eran las diez de la mañana.

—Si he comprendido bien, señor director, sospecha que uno de sus maestros presta una atención particular, llamémoslo así, a una niña de cinco años que asiste a la clase de párvulos. ¿No es cierto?

—Sí y no —dijo Pasquale Loreto sudando y retorciéndose los dedos.

—Entonces explíquese mejor.

—Bien, puntualizando: la sospecha no la he tenido yo, sino la madre de la niña, que ha ido a hablar conmigo.

—Bien, la madre de la niña ha querido denunciar ante usted el asunto, en su calidad de director de la escuela.

—Sí y no —repuso el director retorciéndose de tal manera los dedos que durante un momento no consiguió desenredarlos.

—Entonces, explíquese mejor —dijo Montalbano repitiendo el mismo chiste.

Le parecía estar ensayando una comedia. Sólo que aquella historia no era una comedia.

—Bueno, la madre de la niña no se proponía hacer una denuncia formal; de otro modo me hubiera comportado de otra manera, ¿no cree?

—Sí y no —dijo Montalbano con mala intención, robándole el chiste al otro.

Pasquale Loreto se quedó sorprendido; luego lanzó una improvisación sobre el texto.

—Perdone, ¿en qué sentido?

—En el sentido de que usted, antes de denunciar a su vez al maestro, debería haber recogido alguna prueba más en su contra. Debería haber llevado a cabo, como diría yo, una investigación personal en el ámbito del Instituto.

—Jamás hubiera hecho eso.

—¿Por qué no?

—¡Imagínese! ¡Al cabo de una hora en el Instituto todo el mundo sabría que estaba haciendo preguntas sobre el maestro Nicotra! Ya hay murmuraciones; imagínese si les doy el más mínimo pretexto. No puedo dar palos de ciego.

—¡Y yo no puedo dar un palo sin una denuncia!

—Mire co...comisario, la ma...madre tiene escrú... escrúpulos...

—Hagámoslo de este modo —propuso Montalbano al oír que el otro volvía a tartamudear—. ¿Conoce a la señora Clementina Vasile Cozzo?

—Claro que sí —dijo el director Loreto con el semblante iluminado—. ¡Fue profesora mía! ¿Qué tiene que ver?

—Puede ser una solución. Si me reúno con la madre de la niña en casa de la señora Vasile Cozzo para una charla informal, la cosa no despertará curiosidad ni murmuraciones. Sería distinto si yo fuera a la escuela o si la señora viniera aquí.

—Perfecto. ¿Ha de llevar a la niña?

—Por ahora no creo que sea necesario.

—Se llama Laura Tripòdi.

—¿La madre o la hija?

—La madre. La niña, Anna.

—Dentro de una hora lo llamaré al Instituto. Antes debo llamar a la señora Clementina y saber cuándo le viene bien.

—¡Comisario, qué preguntas! Puede venir a mi casa con quien quiera y cuando quiera.

—¿Le iría bien mañana por la mañana, a las diez? Así la señora Tripòdi lleva a la niña a la escuela y luego pasa por su casa. Espero no molestarla mucho rato.

—Molésteme hasta la hora de comer. Haré que le preparen algo que le gustará.

—Es usted un ángel, señora.

Colgó y llamó a Fazio.

—¿Conoces a alguien del parvulario Pirandello?

—No, comisario. Pero puedo informarme, mi sobrina Zina lleva allí a su hijo Tanino. ¿Qué quiere saber?

La señora Clementina sirvió el café con desenvoltura, moviéndose con la silla de ruedas, y luego desapareció con discreción del salón. Hasta cerró la puerta. Laura Tripòdi no era en absoluto como el comisario la había imaginado.

Debía de haber cumplido hacía poco los treinta y, físicamente, era una mujer muy respetable. Nada vistosa; antes bien, el traje de chaqueta que llevaba ocultaba las formas; la controlada sensualidad de la mujer, sin embargo, era tan palpable que afloraba de la mirada, del movimiento de las manos, del modo de cruzar las piernas.

—El asunto del que me ha hablado el director Loreto es muy delicado —empezó Montalbano—, y para poder moverme necesito tener una clara visión de la situación.

—Estoy aquí para eso —dijo Laura Tripòdi.

—¿Ha sido Anna, me parece que así se llama, quien le ha hablado de las atenciones del maestro?

—Sí.

—¿Qué le ha dicho exactamente?

—Que el maestro la quería más que a las otras, que siempre estaba dispuesto a ponerle y a quitarle el abriguito, que le regalaba caramelos a escondidas.

—No me parece que...

—Al principio a mí tampoco. Claro que me molestaba que la niña se sintiera una privilegiada, hasta me dije a mí misma que un día u otro tenía que hablar con el maestro Nicotra. Luego sucedió algo...

Se detuvo, ruborizada.

—Señora, comprendo que le cueste detenerse en un tema tan desagradable, pero anímese.

—Había ido a buscarla, como hago siempre, si no puedo lo hace mi suegra, y la vi salir, cómo diría, acalorada. Le pregunté si había corrido. Me contestó que no, me dijo que estaba contenta porque el maestro le había dado un beso.

—¿Dónde?

—En la boca.

Montalbano tuvo la certeza de que si hubiera acercado una cerilla a la piel de la cara de la mujer se habría encendido.

—¿Dónde estaba cuando el maestro la besó?

—En el pasillo. Le estaba ayudando a ponerse el impermeable porque llovía.

—¿Estaban solos?

—No creo, era la hora en que todos salen de clase.

El comisario se preguntó cuántas veces habría besado a niños sin que las madres hubieran pensado mal. Luego apareció el asunto, nacional e internacional, de la pedofilia.

—¿Ha pasado algo más?

—Sí. La ha acariciado.

—¿Cómo la ha acariciado?

—No me he atrevido a preguntárselo a Anna.

—¿Dónde fue?

—En el cuarto de baño.

Ay. El cuarto de baño no es el pasillo.

—¿Y qué le dijo el maestro para convencerla de que lo acompañara al cuarto de baño?

—No, comisario, no fue así. Anna se cortó un dedo, se echó a llorar y entonces el maestro...

—Comprendo —dijo Montalbano.

En realidad había comprendido poco.

—Señora, si las atenciones del maestro se han limitado a...

—Ya lo sé, comisario. Pueden ser tan sólo gestos de afecto sin segundas intenciones. Pero ¿y si no lo fueran? ¿Y si un día hiciera algo irreparable? Mi corazón de madre... —Iba a caer en lo melodramático. Se llevó una mano al corazón, respiraba con ansiedad. Siguiendo el gesto de la mano, el comisario no pensó en el corazón de Laura Tripòdi, sino en la suave carne que lo cubría—. Mi corazón de madre me dice que las intenciones de ese hombre no son buenas. ¿Qué debo hacer? No quiero denunciarlo, podría arruinarlo por culpa de un equívoco. Por esta razón se lo he contado al director: podrían alejarlo, con discreción, de la escuela.

¿Con discreción? Peor que una condena: en un tribunal podía defenderse, pero así, alejándolo a la chita callando lo dejaban en manos de las habladurías y no le quedaría más remedio que dispararse un tiro. Quizá la niña corría algún peligro, pero quien en ese momento se encontraba en una mala situación era el maestro Nicotra.

—¿Ha hablado con su marido?

Laura Tripòdi emitió una risita gutural, como el arrullo de una paloma. Cuando aquella mujer hacía cualquier cosa, hasta la más simple, en la mente de Montalbano aparecían imágenes de camas deshechas y cuerpos desnudos.

—¿Mi marido? ¡Pero si soy casi viuda, comisario!

—¿Qué significa casi?

—Mi marido es técnico del ENI. Trabaja en Arabia Saudí. Antes vivíamos en Fela, luego nos trasladamos a Vigàta porque aquí vive su madre y me puede echar una mano con la niña. Mi marido viene a Vigàta dos veces al año y se queda quince días. Pero se gana bien la vida y yo tengo que contentarme.

Ese «contentarme» abrió al instante un abismo de sobreentendidos, en cuyo borde el pensamiento del comisario se detuvo asustado.

—Entonces vive sola con la niña.

—No exactamente. Tengo pocas amistades, pero dos o tres veces a la semana la niña y yo vamos a dormir a casa de mi suegra, que es mayor y viuda. Nos hacemos compañía. Mi suegra querría que nos trasladáramos definitivamente a vivir con ella. Quizá acabe haciéndolo.

—Leonardo Nicotra, nacido en Minichillo, provincia de Ragusa, el 7 del 5 del 65, hijo de Giacomo y de Anita Colangelo, exento del servicio militar.

¡Esto era nuevo, nuevo! ¡Exento del servicio militar! A Montalbano le irritaba la minuciosidad de Fazio, no comprendía por qué siempre se empeñaba en darle detalles inútiles. Alzó los ojos de los papeles y miró fijamente a Fazio. Sus miradas se cruzaron y el comisario se dio cuenta de que Fazio lo había hecho a propósito, para provocarlo. Decidió no darle pie.

—Sigue.

Algo desilusionado, Fazio continuó:

—Desde hace dos años vive en Vigàta, en la calle Edison número 25. Es maestro suplente del parvulario Pirandello. No se le conocen vicios ni mujeres. No le interesa la política.

Dobló la hoja con las anotaciones, la guardó en el bolsillo y se quedó mirando a su superior.

—¿Bien? ¿Has acabado? ¿Qué quieres?

—Debería habérmelo dicho... —replicó Fazio, ofendido.

—¿Qué debería haberte dicho?

—Que se murmura del maestro Nicotra.

El comisario se quedó helado. ¿Es que había otros casos? ¿No se trataba de la fantasía de una mujer cuyo marido estaba ausente demasiado tiempo?

—¿De qué te has enterado?

—Mi sobrina Zina me ha contado que desde hace una semana ha empezado a correr la voz de que al maestro Nicotra le gustan demasiado las niñas pequeñas. Antes todo el mundo llevaba en bandeja al maestro, todos comentaban lo bueno que era. Y ahora hay madres que piensan llevarse a las hijas del colegio.

—¿Hay algo concreto?

—Concreto, nada. Sólo murmuraciones. Ah, me olvidaba: mi sobrina dice que la novia le ha traído mala suerte.

—No entiendo nada.

—El maestro se ha echado novia aquí, en Vigàta, y pocos días después han empezado las murmuraciones.

—¿El director Loreto? Soy el comisario Montalbano. Al parecer la situación se está precipitando.

—Y... y... ya... mememe... he... enterado.

—Oiga, mañana, a las diez y media, iré a verlo al Instituto. Consiga que pueda ver a la niña, a Anna. ¿Hay una entrada trasera? No quisiera que me viesen. No diga nada a la madre, no quiero verla; su presencia podría condicionar a la pequeña.

Siguió trabajando en el despacho, pero de vez en cuando un pensamiento molesto le cruzaba la cabeza: sin la denuncia de una madre o del propio director, no estaba autorizado a dar ningún paso. Su carácter le inclinaba a tomarse a chacota las autorizaciones, pero ahora estaba de por medio una niña, y ante la idea de tener que hablar con delicadeza, con cautela, para no perturbar su inocencia, le entraban sudores fríos. No, tenía que obtener la denuncia de la señora Tripòdi. El número se lo había dado ella misma por la mañana. Respondió el contestador automático.

—Estoy ausente. Dejad el mensaje o llamad al número 535267.

Debía de ser el número de la suegra. Iba a marcarlo, pero se detuvo. Quizá sería mejor pillar por sorpresa a Laura Tripòdi. Iría a verla, sin previo aviso.

—¡Fazio!

—Mande.

—Dime la dirección del 535267.

Volvió al cabo de un minuto.

—Corresponde a Teresa Barbagallo, calle Edison 25.

—Mira, nos veremos mañana por la mañana. Ahora voy a ver a esa señora y luego me iré a mi casa de Marinella. Buenas noches.

Salió de comisaría, dio unos pasos, se detuvo de golpe y se apoyó en la pared: el rayo que le acababa de explotar en la cabeza lo había cegado.

—¿Se encuentra mal, comisario? —preguntó alguien que pasaba y que lo conocía.

No contestó, y volvió corriendo a comisaría.

—¡Fazio!

—¿Qué sucede, comisario?

—¿Dónde tienes el papel?

—¿Qué papel?

—Ese que me has leído con los datos del maestro.

Fazio se metió una mano en el bolsillo, sacó el papel y se lo dio al comisario.

—Léelo tú. ¿Dónde vive el maestro?

—En la calle Edison 25. ¡Qué curioso! ¡Precisamente adonde iba usted ahora!

—Ya no voy, he cambiado de idea. Vuelvo directamente a casa. Ve tú a la calle Edison.

—¿Y qué hago?

—Observa cómo es la casa, en qué pisos viven la señora Barbagallo y el maestro Nicotra. Luego me llamas por teléfono. Ah, oye: infórmate también de si la señora Barbagallo es la suegra de una joven que se llama Tripòdi y que tiene una niña. No hagas ruido, trata de ser discreto.

—Esté tranquilo, no llevo conmigo la banda municipal —dijo Fazio, que aquel día tenía la respuesta fácil.

La llamada de Fazio llegó oportuna, precisamente al final de la película policíaca que a Montalbano le entusiasmaba a pesar de haberla visto ya cinco veces: *Crimen perfecto*, de Hitchcock. Sí, Teresa Barbagallo era la suegra de Laura Tripòdi, tenía un apartamento en el segundo piso del edificio, y en el tercero y último vivía el maestro Nicotra. En el inmueble sólo había un apartamento por rellano. La señora Tripòdi y su hija iban a dormir a menudo a casa de la suegra. En el primer piso vive un fulano que se llama... ¿No le interesa el primer piso? Bien, buenas noches.

Para el comisario no fue una buena noche, sino excelente: durmió seis horas de sueño profundo. Ahora que sabía lo que debía hacer, ya no experimentaba tanta angustia por tener que interrogar a la pequeña.

Las manchitas de tinta en los dedos certificaban que era de verdad; de otro modo el vestidito vaporoso de color de rosa, el lacito en los rubios bucles, los grandes ojos azules, la boquita perfecta, la naricita ligeramente respingona, la habrían hecho parecer falsa, una muñeca de tamaño natural.

Mientras el comisario se devanaba el cerebro pensando en cómo iba a empezar, Anna se adelantó:

—¿Quién eres?

Montalbano se asustó, le dio miedo sufrir un ataque de dismorfofobia que, como le había explicado un amigo psicólogo, venía a ser el temor a no reconocerse en el espejo.

La niña no era un espejo, claro, pero lo ponía ante una definición de identidad sobre la que alimentaba serias dudas.

—Soy un amigo de papá —se oyó decir: algo, en su interior, lo había cortado.

—Papá vuelve dentro de un mes —explicó la pequeña—. Siempre me trae muchos regalos.

—Y yo te traigo esto de su parte.

Le dio un paquete que Anna desenvolvió enseguida. Era una caja de plástico de vivos colores, en forma de corazón, que, al abrirse, mostraba en su interior un minúsculo apartamento completamente amueblado.

—Gracias.

—¿Quieres una chocolatina? —preguntó el comisario abriendo la bolsita que había comprado.

—Sí, pero no se lo digas a mamá. No quiere, dice que luego me duele la barriguita.

—¿Tu maestro te da chocolatinas cuando eres buena con él?

He aquí el gusano Montalbano empezando a socavar a la manzana inocente del Edén.

—No, él me daba caramelos.

—¿Te daba? ¿Es que ahora ya no te los da?

—No, yo ya no los quiero. Ahora es malo.

—¿Qué dices? Tu madre me ha contado que te quiere mucho, que te mima, te besa...

He aquí el gusano dentro de la manzana, que empieza a pudrirse.

—Sí, pero ya no lo quiero.

—¿Por qué?

—Porque ahora es malo.

En la habitación sonó el timbre del teléfono y pareció como una ráfaga de metralla. Sin decir nada Montalbano se levantó de un salto, alzó el auricular y refunfuñó:

287

—Estamos todos muertos.

Colgó, levantó de nuevo el auricular y lo dejó descolgado. La niña se echó a reír.

—Eres un payaso.

—¿Quieres otra chocolatina?

—Sí.

Empáchate, y paciencia si luego te duele la barriguita.

—Oye, ¿te has peleado con el maestro?

—¿Yo? No.

—¿Te ha gritado?

—No.

—¿Te ha obligado a hacer cosas que no querías?

—Sí.

Montalbano sintió una gran desilusión. Se había equivocado en todo; las cosas eran tal y como las había contado la madre de la niña.

—¿Qué cosas?

—Quería ayudarme con el abriguito pero yo le he dado una patada en las piernas.

—Bien, me parece que tú eres la mala.

—No. Él.

El comisario tomó aire, como si sufriera de apnea, y espiró.

—¿Te apuestas algo a que yo sé por qué dices que ahora el maestro es malo?

—No, no lo sabes; es un secreto que sólo conozco yo.

—Y yo soy un mago. El maestro es malo porque ha hecho enfadar a mamá.

La niña abrió desmesuradamente ojazos y boquita al mismo tiempo.

—¡Eres un mago de verdad! Sí, ha hecho llorar a mamá. Ya no la quiere. Le ha dicho a mamá que no quiere que vaya a verlo cuando todos están durmiendo. Mamá lloraba. Yo estaba despierta y lo he oído todo. La abuela no se ha enterado de nada, no oye nada, se toma una pastilla para dormir y también es un poco sorda.

—¿Le has dicho a mamá que lo habías oído?

—No. Era un secreto mío. Pero cuando vuelva papá le diré que el maestro ha hecho llorar a mamá para que le dé una paliza. ¿Me das otra chocolatina?

—Claro. Oye, Anna, eres una niña estupenda. Cuando vuelva papá, no le digas nada. Mamá ya se está ocupando de hacer llorar al maestro Nicotra.

El yac

En el primer curso de bachillerato, la profesora Ersilia Castagnola hechizaba literalmente a sus alumnos cuando se ponía a hablar de animales, sobre todo si se refería a animales salvajes de alta montaña, porque la clase estaba formada en su gran mayoría por hijos de personas que, de un modo u otro, sólo estaban relacionadas con el mar. La profesora Castagnola era, como hoy se diría, una narradora extraordinaria. Con sus relatos despertaba la fantasía de los pequeños. Salvo Montalbano, o Montalbano Salvo, según la lista, y sus compañeros organizaban en el patio de la escuela arriesgadas cacerías de markor, que es una especie de gran cabra salvaje del Beluchistán, o de argalí, del que habló por primera vez nada menos que Marco Polo.

El animal que más les atrajo fue el yac, que sólo por el nombre les despertó simpatía.

—El yac —explicó aquel día la profesora Ersilia Castagnola— también se denomina buey gruñidor. Habita en las zonas más gélidas del Tíbet y no puede alejársele de su territorio. Es imposible mantenerlo en cautividad, y en las regiones templadas enferma gravemente, pierde todo su vigor y muere.

Las palabras de la profesora Castagnola provocaron que veinticuatro cabezas, con el mismo pensamiento, giraran al unísono hacia el último banco donde dormitaba Totò Aguglia, el compañero número veinticinco. Tosco, peludo, los brazos demasiado largos, con los cabellos rizados cubriéndole los ojos, Totò o refunfuñaba o gruñía; era raro que emitiera un monosílabo que se pudiera calificar como tal. La mitad de la clase no tuvo ninguna duda: Totò era un yac. Pero durante el recreo, la otra mitad de la clase se adhirió a la escuela de pensamiento de Tano Cumella.

—Hay que tener cuidado y no caer en un peligroso error de clasificación —advirtió Tano—. Totò Aguglia es el único ejemplo en el mundo de *Homo Sapiens* (por llamarlo de alguna manera) viviente. Además le gustan los climas cálidos; ¿no veis que siempre es el primero en organizar una pelea, el primero en dar bofetadas, patadas y puñetazos?

—¡No! —intervino Nenè Locicero, que era poeta—. No lo visteis cuando la profesora dijo «yac». Durante un segundo, sus ojos, siempre negros como el carbón, se volvieron de un azul tan claro que parecían blancos.

—Y eso ¿qué significa? —preguntó, polémico, Tano Cumella.

—Significa que en aquel momento estaba contemplando las inmensas extensiones de hielo del Tíbet, su país de origen.

—¿Y cómo se explica que le gusten los climas cálidos?

—Se explica porque utilizas mal la metáfora, confundes clima con agresividad. Los osos polares, según tú, en cuanto ven a un hombre ¿lo abrazan y lo besan?

El último argumento resultó el más convincente de todos. Desde ese momento Totò Aguglia recibió el sobrenombre de Yac. Cuando se enteró gruñó de satisfacción.

292

• • •

En segundo de bachillerato, Yac no asistió a las clases. Al parecer su padre, sargento de la Comandancia del puerto, fue trasladado a Augusta. Salvo Montalbano ya no volvió a oír hablar del buey gruñidor.

En el 68 el futuro comisario, que tenía dieciocho años, hizo todo lo que se esperaba que hiciera un joven de su edad: se manifestó, ocupó, proclamó, arrasó, protestó, peleó. Contra la policía, naturalmente. Durante un enfrentamiento muy duro se encontró al lado de un compañero con la cara oculta, que reía a carcajadas y gruñía mientras encendía un cóctel molotov. Le pareció percibir algo familiar en él.

—Yac —aventuró.

El compañero se detuvo un momento, la botella en la mano izquierda y el encendedor en la derecha, luego encendió la mecha, lanzó la botella, abrazó a Salvo, gruñó algo así como «feliz» y desapareció.

¿Qué quiso decir? ¿Que era feliz porque se encontraba en medio de aquel follón o porque volvía a ver a un antiguo compañero de escuela? Quizá ambas cosas a la vez.

Veinte años después, como en las novelas de Dumas, Montalbano se encontró por casualidad a Nenè Locicero en Palermo. Ya no hacía poesía; ahora era un importante constructor y se encontraba, por el momento, «reducido» en la cárcel de Ucciardone, acusado de corrupción, encubrimiento y colusión con la mafia.

Se abrazaron con fraternal afecto.

—¡Salvù!

—¡Nenè!

Con señorío, el comisario hizo como que no le sorprendía encontrar a Nenè en Ucciardone. Y, con el mismo señorío, Nenè no le habló de sus recientes desgracias.

—¿Cómo estás?

—No me puedo quejar, Salvù.

—¿Sigues escribiendo?

Un velo de melancolía cruzó las pupilas del ex poeta.

—No, ya no puedo hacerlo. Pero leo, ¿sabes? He vuelto a descubrir a dos poetas olvidados, Gatto y Sinisgalli. ¡Coño! ¡Comparados con ellos, los de hoy dan risa!

Luego hablaron de los antiguos compañeros de escuela, de Alongi, que se había hecho cura; de Alaimo, que era subsecretario...

—¿Y qué ha sido de Totò Aguglia? —preguntó el comisario.

El otro lo miró sorprendido.

—¿No sabes nada?

—Sinceramente, no.

—¡Pero si salió en los periódicos! ¡Hasta las revistas le dedicaron artículos!

El atónito Montalbano se enteró entonces de que en África, en cuanto se organizaba una guerrilla de cualquier signo político, aparecía un legendario mercenario, conocido en todas partes con el sobrenombre de Yac, que dirigía una banda de hombres feroces y sin escrúpulos. Un periodista más atrevido que los demás consiguió aproximarse a él en una espesa selva ecuatorial y entrevistarlo. Yac, tras especificar que se llamaba Salvatore Aguglia y que era siciliano, dijo una frase inexplicable que el periodista reprodujo al pie de la letra:

—Y muchos saludos a la profesora Ersilia Castagnola, si todavía está viva.

El periodista añadía con total honestidad que la frase podía ser ésta u otra; la interpretación no estaba clara, pues los largos años pasados en África habían contagiado el habla de Salvatore Aguglia. Eso era lo que suponía el periodista, interpretando ciertos sonidos guturales típicos de los dialectos de algunas tribus de Burundi o de Burkina Faso.

Hacía un mes que Montalbano había tomado posesión de su despacho en la comisaría de Vigàta, cuando recibió la invitación de su amigo, el subjefe Valente, para pasar un día en Mazàra del Vallo. Montalbano enseguida se puso a la defensiva; dudaba que consiguiera encontrar un día libre: la comida que preparaba la mujer de Valente era exactamente igual a un homicidio premeditado.

—Estoy solo —añadió Valente—. Mi mujer ha ido a pasar unos días con su familia. Podríamos ir a aquella *trattoria* que conoces...

—Mañana por la mañana, al mediodía a lo más tardar, estoy contigo —repuso inmediatamente el comisario.

Cuando el comisario llegó al despacho de su amigo, se dio cuenta de que algo iba mal. Voces excitadas, agentes que corrían, un coche de servicio con cuatro hombres que salió haciendo sonar la sirena.

—¿Qué pasa?

—Amigo, has llegado en mal momento. Me tengo que ir. Espérame aquí.

—Ni lo sueñes —repuso Montalbano—, voy con vosotros.

En el coche, Valente le explicó lo poco que sabía de lo que estaba sucediendo. Un individuo del que todavía no conocía el nombre, se había hecho fuerte en una casita de la periferia, casi en el campo y, sin un motivo aparente, había empezado a disparar contra todo aquel que se le ponía a tiro. Valente había enviado un coche con cuatro hombres, pero éstos pidieron refuerzos: aquel loco tenía bombas de mano y un fusil ametrallador.

—¿Ha matado a alguien? —preguntó Montalbano.

—No. Le ha alcanzado en una pierna al cartero que pasaba en bicicleta.

Cuando llegaron a las proximidades de la casita de una planta, al comisario le pareció que se estaba rodando una película: además de los dos coches de Valente había otros dos automóviles de los carabineros. Los policías estaban a cubierto, con las armas en la mano. La llegada de Valente y de Montalbano fue saludada con una interminable descarga de ametralladora que los obligó a tirarse al suelo. Al cabo de un instante, avanzando a saltos como un canguro, Valente alcanzó a los suyos y se puso a cuchichear. Montalbano, arrastrándose, se acercó al sargento de carabineros.

—Soy el comisario Montalbano.

—Mucho gusto, soy Tòdaro.

—Sargento, ¿conoce al tirador?

—¡Claro! Es un forastero que vive aquí desde hace dos años. Se encontraba en Mazàra de paso, conoció a una muchacha, se enamoró y se casó con ella. Al cabo de quince días empezó a apalearla.

—¿Lo traicionaba?

—¡Qué dice! ¡Es una santa! ¿Recuerda aquella película de Fellini donde se ve a una joven muy inocente que sonríe a orillas del mar?

—¿Valeria Ciangottini?

—Ésa. La mujer de este desgraciado es la viva estampa de la actriz.

—Pero ¿por qué le pegaba?

—Me lo dijeron los vecinos. Una vez tuvieron que acompañarla al hospital y ella dijo que se había caído. Entonces mandé llamar al marido, le di un solemne rapapolvo y luego le pregunté por qué razón trataba mal a aquella pobre mujer.

Tuvieron que interrumpir la conversación porque el loco volvía a disparar y los sitiadores respondieron al fuego. El sargento disparó a disgusto dos tiros con su revólver.

—¿Sabe qué me contestó? —siguió diciendo el sargento Tòdaro—. Que era un yac. No entendí bien. «¿Yac?», le pregunté. Su respuesta no la comprendí en absoluto.

En cambio el comisario había entendido muy bien.

—¿Por casualidad se llama Salvatore Aguglia?

—Sí —contestó el sargento, sorprendido—. ¿Lo conoce?

El comisario no contestó. Volvieron a su memoria las palabras de la profesora Ersilia Castagnola: «...no se le puede alejar de su territorio, es imposible mantenerlo en cautividad...». Totò Aguglia se había hecho prisionero de sí mismo por amor y luego, cuando comprendió la equivocación, intentó, con desespero animal, liberarse de la red que él mismo se había echado encima. Es cierto que una noche hubiera podido no volver a casa, desaparecer, volver a su ambiente natural, una guerra perdida en un país perdido. Pero el pobre Yac no podía permanecer alejado de aquella mujer, de aquella red.

—¿Su mujer está dentro con él? —preguntó al sargento.

—No, comisario. Eso explica todo este follón. Ya no lo podía soportar y ayer por la noche lo abandonó después de una espantosa pelea, según dicen los vecinos.

Entonces Montalbano se puso de pie.

—¡Agáchese, por Dios! —gritó el sargento Tòdaro cogiéndolo por la americana.

El comisario se liberó con un estirón y avanzó un paso completamente al descubierto.

—¡Salvo! ¿Te has vuelto loco? ¡Agáchate! —oyó que gritaba Valente.

Montalbano levantó los brazos y los agitó para que lo viera bien.

—¡Yac! ¡Totò! ¡Soy Montalbano! ¿Te acuerdas de mí?

El tiempo se detuvo. Hasta los hombres armados se convirtieron en estatuas. Luego, desde el interior, se oyó una voz gutural:

—Salvuzzo, ¿eres tú?

—Sí, soy yo. ¡Sal, Yac!

La puerta de la casa se abrió lentamente y Yac salió. Era como Montalbano lo recordaba de los bancos de la escuela, sólo que tenía los cabellos completamente blancos. En la mano sostenía una pistola.

—¡Tírala, Yac! —dijo Montalbano avanzando.

Entonces vio que los ojos de Totò cambiaban de color, se transformaban en un azul claro, muy claro, casi blanco. ¿Contemplaba las inmensas extensiones de hielo del Tíbet, como dijo Nenè Lociero cuando todavía era poeta?

En ese preciso momento un imbécil le disparó.

Los dos filósofos y el tiempo

A las primeras luces del alba, el petrolero *Nostradamus*, que apenas tenía dos años de mar y era considerado un milagro de la informática, echó anclas en alta mar, frente a Vigàta. No se podía ni pensar que entrase en el puerto: un cuarto del barco habría quedado dentro y los tres cuartos restantes fuera. Durante la noche el capitán informó por radio a la Comandancia que, a causa de una avería, tendrían que permanecer fondeados al menos cuatro días.

Hacia las cinco de la tarde, una gran lancha zódiac llevó a tierra a seis marineros muy bien trajeados; hasta llevaban corbata. No tenían nada que ver con los hombres de mar a los que los vigateses estaban habituados; parecían empleados de banca que hubiesen concluido su jornada laboral. Educados, corteses, discretos. Eran poco menos de la mitad de la tripulación: un animal de aquel tamaño lo gobernaba la electrónica, no personal de carne y hueso.

No sólo aquellos seis hombres no vestían como marineros, sino que tampoco se comportaban como tales. Cuatro fueron al cine, y entre dos películas, *Bocas ardientes, culos mojados*, y *Las afinidades electivas*, eligieron esta última. El quinto acudió a la papelería, compró una docena de novelas policíacas y las empezó a leer inmediatamente, sentado ante una mesita del café Castiglione mientras se hacía servir un *cappuccino* hirviendo tras otro, dado que el día era muy frío. El sexto, tras comprar fichas por valor de cien mil liras, se encerró en una cabina telefónica y se las gastó todas.

A las siete y media se encontraron y fueron a comer y a beber (sobriamente) a la *trattoria* San Calogero. Una hora después volvían a embarcar en la lancha zódiac, de regreso al petrolero.

A las tres putas oficiales del pueblo, Mariella, Graziella y Lorella, que esperaban un sustancioso incremento en sus ganancias, les extrañó y desilusionó este comportamiento, y tras consultarse por teléfono llegaron a la conclusión de que aquellos no sólo no eran marineros, sino que tampoco eran hombres.

Quizá toda la culpa era del petróleo que llevaban a bordo; al parecer las exhalaciones atacaban esa parte por la que un hombre es un hombre. «¡Invertidos!», se compadecieron de ellos las caritativas mujeres.

A las nueve de la noche la lancha zódiac hizo el viaje en sentido contrario para llevar a tierra a dos miembros más de la tripulación. Parecían pertenecer a otro barco; eran marineros a la antigua. Y enseguida lo demostraron. Lo primero que hizo el que se llamaba Gino fue entrar en la taberna de Pipìa, meterse entre pecho y espalda dos litros y luego, tras informarse de la dirección, fue a ver a Lorella. Mientras tanto su compañero, que se llamaba Ilario, hacía el camino al revés: primero Mariella y Graziella de un solo tiro y después la taberna de Pipìa.

A las once menos cuarto Gino se reunió con él. Según los pocos parroquianos presentes, dado que en Vigàta ya era muy tarde, parecía agitado y nervioso. Rechazó la última copa que Ilario le ofrecía y salieron de la taberna discutiendo. No se entendía lo que decían. Los vieron dirigirse hacia el muelle donde estaba amarrada la lancha.

Antes de medianoche, Lorella oyó llamar a la puerta y fue a abrir. Se encontró a un hombre con la cara cubierta que, sin decir una palabra, la empujó dentro y le dio un puñetazo que le provocó un desvanecimiento. Cuando Lorella se recuperó del desmayo, se dio cuenta de que el desconocido, además de haberle robado dos collares y una pulsera de oro, un reloj, cuatrocientas mil liras y una radio, la había violado.

Fue corriendo a presentar la denuncia en la comisaría y declaró que aunque el hombre que la había agredido llevaba la cara cubierta hasta la nariz con la vuelta del cuello del jersey y el gorro de marinero hundido hasta los ojos, creía que se parecía a su último cliente, aquel Gino del *Nostradamus*.

—Ahora cuéntame lo que pasó entre tú y ese marinero ayer tarde —le dijo Montalbano a Lorella a la mañana siguiente—, pero cuéntamelo conforme a la verdad, por tu propio interés.

—No sucedió nada, comisario.

—Cuidado, Lorè.

Lorella insinuó una sonrisa que interrumpió enseguida con una mueca de dolor. Tenía los labios cortados y la nariz hinchada y violácea.

—Ahora le explico por qué digo que no pasó nada. El marinero llegó hecho una furia, dijo que llevaba un mes con hambre atrasada de mujer. Nos desnudamos, nos metimos en la cama, pero no sucedió nada. No podía. Yo me esforcé, empleé todas mis artes. Nada, parecía muerto. Al final, en vista de que no se podía hacer nada, empezó a vestirse. Le dije que me pagase, pero él no quiso porque me echaba la culpa; decía que no había sido lo bastante buena. Al final me pagó, pero me amenazó.

—¿Qué te dijo?

—Que conmigo la polla se le iba a poner dura con otro sistema. Y el muy cabrón tenía razón.

—Explícate mejor.

—¿Qué tengo que explicar? ¡Hay tantos hombres como ése! Para hacer algo necesitan violencia, ver sangre. ¿Comprende?

—Perfectamente. ¿Estás segura de que ha sido él?

—No, comisario, segura no. Sólo lo he visto un segundo y tenía la cara oculta. Pero la estatura...

—Bien, puedes irte.

El comisario tuvo el convencimiento de que decía la verdad, porque Lorella no estaba segura de haber reconocido del todo a su agresor. Desconfiaba por instinto de quienes relataban lo que habían visto con absoluta seguridad, dispuestos a poner la mano en el fuego. A menudo acababan como Mucio Escévola, con la mano carbonizada. Según el comisario, el testimonio más veraz era el que estaba sembrado con la semilla de la duda y por esta razón era incierto si no contradictorio.

Con la ayuda de la Comandancia del puerto mandó arrestar a Gino Rocchi. Cuando regresó, Fazio le contó que el capitán del *Nostradamus* le había dado largas antes de entregar a su hombre y que el registro del camarote de Rocchi, que compartía con otros tres tripulantes, no había dado resultado. Tuvieron todo el tiempo que quisieron para ocultar el producto del robo. El marinero aseguraba ser inocente, que había embarcado en la lancha con su

302

compañero para volver al barco cuando todavía no eran las once y media. El marinero de guardia juraba que ambos habían subido a bordo entre las once y media y las doce menos cuarto, ni antes ni después. Aunque para echar una mano a sus dos amigotes hubiera asegurado cualquier cosa.

—¿Adónde quiere llegar?

—A la verdad —repuso Montalbano con brusquedad.

El hombre sentado al otro lado del escritorio exhibió una sonrisa de superioridad.

Era cincuentón, un verdadero estereotipo del marinero comparsa en una película de la serie B.O., mejor dicho, estaba entre Brutus y Popeye.

Más bien gordito, barbita recortada a lo Cavour, llevaba pantalones negros de pata de elefante, una camiseta a rayas horizontales rojas y blancas y zuecos de madera. El grueso aro de oro que le colgaba de la oreja izquierda hacía aún más carnavalesca su indumentaria.

El comisario hubiera querido preguntarle por qué en el *Nostradamus* una parte de la tripulación se vestía de contable y la otra de pirata; en cambio, le dijo:

—¿Por qué sonríe?

Aquel hombre le resultó antipático a primera vista y tuvo que hacer un esfuerzo para no tratarlo mal.

—¿A qué verdad se refiere, comisario? Espero que a la absoluta no, porque no existe. La verdad es como un prisma; debemos contentarnos con la cara que se nos permite ver.

Hacía filosofía barata. El comisario se puso tan nervioso que hizo un falso movimiento.

—¿Cómo ha dicho que se llama?

—Ilario Burlando.

—¿Y cree que se pueden tomar en serio sus declaraciones con un nombre y un apellido como los suyos?

Enseguida se arrepintió de haber permitido que se le escapara aquella maldad.

—Si me llamara, qué sé yo, Onorio Franco, ¿me habría creído inmediatamente? Comisario, me complace su banal conformismo.

No replicó; se lo había buscado.

—Bien, usted ha venido a declarar...

—Espontáneamente. Sus hombres no me han interrogado, señal de que tenían una idea preconcebida de la culpabilidad de Gino.

—... a declarar que usted y su compañero habían vuelto al barco a las doce menos cuarto.

—Exacto.

—Oiga, ¿qué le contó su amigo cuando se reunió con usted en la taberna de Pipìa? Me han dicho que parecía nervioso.

—Claro que sí, estaba hecho una furia; no había podido hacerlo con la puta. Decía que la culpa era de esa mujer que parecía un trozo de hielo.

Montalbano no esperaba que lo admitiera, y aguzó el oído.

—¿Y no manifestó el deseo de vengarse?

—Claro. Estaba completamente borracho. Pero logré disuadirlo y convencerlo para que embarcara en la zódiac.

—¿Y cómo se explica que haya ocurrido exactamente lo que Rocchi dijo que quería hacer?

Ilario Burlando puso cara de pensador.

—Tengo dos hipótesis.

—Dígalas.

—La primera, puede tratarse de un deseo que, a distancia, se concreta, de una voluntad tan fuerte que...

—Saque de aquí el culo inmediatamente —dijo Montalbano con expresión gélida.

—He venido a exculpar al marinero arrestado —declaró tranquilamente al comisario el profesor Guglielmo La Rosa, más que setentón, ex profesor de filosofía teorética en la universidad—. Pero antes —prosiguió—, necesito que me conteste a unas preguntas.

Buscó en el bolsillo, sacó una hojita que empezó a leer. Arrugó la frente, dobló la hoja, la volvió a guardar en el bolsillo; evidentemente no era la que buscaba.

Sacó otra y torció la boca; tampoco era ésa.

Montalbano lo contemplaba inmóvil. Delante de los profesores de filosofía sentía un complejo que lo paralizaba: el fenómeno se remontaba a la época del bachillerato, cuando el profesor Javarone, muy severo y temible, lo destripó con unas preguntas sobre Kant.

—No encuentro lo que me había apuntado —dijo La Rosa rindiéndose—. Entonces le haré sólo una pregunta.

El comisario sintió un sudor frío: «Ahora se me jode el aprobado», pensó. Porque había vuelto a los bancos de la escuela.

—¿A qué hora exacta sucedieron los hechos?

Montalbano lanzó un suspiro de alivio; estaba preparado, sabía la respuesta.

—Antes de medianoche. Así lo ha declarado la... la...

¿Cómo llamarla? ¿Puta? Era una falta de respeto hacia el profesor. ¿La muchacha? ¡Pero si tenía cuarenta años!

—La víctima —fue en su ayuda el profesor.

—Eso, sí —dijo el comisario todavía un poco aturdido.

—Entonces el marinero no es culpable —aseguró categórico el profesor.

Montalbano, que seguía en los bancos de la escuela, levantó dos dedos.

—Perdone, ¿cómo puede saberlo?

—Porque ayer noche, hacia las once y diez, minuto más, minuto menos, estaba en el muelle y vi a los dos marineros dirigirse hacia la lancha de goma.

—Perdone, profesor, ¿qué hacía a esas horas en el muelle?

—Pensar. ¿Sabe, querido comisario? El frío despeja las ideas. Además, poco después fui a la farmacia de guardia. Estuve charlando hasta la medianoche, minuto más, minuto menos. Lo sé con seguridad porque antes de entrar en la farmacia miré el reloj. Marcaba las veintitrés treinta. Para volver a casa pasé por el muelle y la lancha de goma ya no estaba allí. Por lo tanto.

No fue un por lo tanto con puntos suspensivos, sino un por lo tanto seco, con punto final.

Montalbano abrió los brazos desconsolado, resignado.

En cuanto el profesor se hubo marchado, llamó a Fazio y le dijo que pusiera en libertad al marinero Gino Rocchi.

La conclusión era que con su minuto más minuto menos el profesor Guglielmo La Rosa le había contado una historia que parecía muy sencilla.

Se sintió malhumorado y decidió que el único modo de hacerlo desaparecer sería dándose una buena comilona. Miró el reloj y se dio cuenta de que estaba parado; había olvidado darle cuerda. De pronto, un pensamiento le atravesó la mente: ¿y si el reloj del profesor iba mal?

Se levantó de la silla y se precipitó tras él. Lo alcanzó cuando todavía estaba a pocos pasos de la comisaría.

—Profesor, perdone, ¿me deja ver su reloj?

—¿Qué reloj?

—El suyo.

—Nunca llevo reloj. Detesto esos mecanismos que miden la hora de nuestra muerte.

Banal, muy banal. De repente, el comisario ya no temió a Guglielmo La Rosa.

—Entonces, ¿cómo sabía, tal como me ha dicho antes, que eran las once y media, minuto más, minuto menos, cuando entró en la farmacia?

—Acompáñeme. —Montalbano se puso a su lado. A pesar de su edad, el profesor caminaba con paso ligero—. Obsérvelo usted mismo —dijo Guglielmo La Rosa indicándole la tienda del relojero Scibetta, enfrente de la farmacia.

El rótulo de la tienda era un reloj enorme, con números romanos, que colgaba de una barra alta junto a la entrada. En cierto sentido era el orgullo del pueblo por su precisión. Montalbano se persuadió que su intento de invalidar el testimonio del profesor no había dado resultado porque el reloj, iluminado desde el interior, era visible noche y día.

—Bien, perdone —empezó, pero se detuvo al ver la expresión atónita de Guglielmo La Rosa—. ¿Qué sucede, profesor?

—¿Cómo he podido cometer una equivocación semejante? —se preguntó el profesor, en voz baja.

Pero Montalbano lo oyó.

—Explíquese mejor, profesor. —Sin responder, La Rosa señaló el reloj, que marcaba las doce y media—. ¿Y bien? —preguntó el comisario, que estaba perdiendo la paciencia.

—Acabo de darme cuenta de que ayer noche yo...

—¡Siga, por Dios!

Los bancos de la escuela se perdieron en lejanas nieblas.

—Ayer noche no miré directamente el reloj, sino su imagen reflejada. Me engañó la posición de las manecillas.

Montalbano giró en redondo.

El reloj que se reflejaba en el escaparate de la farmacia marcaba las once y media. Todo lo que había contado el profesor había que desplazarlo una hora más, y de coartada cambiaba a testigo de cargo.

Dado que no podía meter en la cárcel por falso testimonio al profesor Guglielmo La Rosa, filósofo mayor, el comisario Montalbano mandó detener a Gino Rocchi y, por complicidad, a Ilario Burlando, filósofo menor.

Cincuenta pares
de zapatos claveteados

Cuando desembarcaron en Sicilia en 1943, los americanos introdujeron las botas con suela de goma con las que les dotaba su ejército, lo que comportó el fin de los duros zapatones claveteados que llevaban los soldados de la infantería italiana y los campesinos. Durante el desbarajuste del desembarco aliado, Michele Borruso, propietario de cabras en Castro, saqueó un almacén militar italiano precipitadamente abandonado y se llevó a casa, entre otras cosas, cincuenta pares de zapatones, tantos como para calzar a toda una dinastía. Cuando murió, su hijo Gaetano heredó las cabras, los pastos y cuarenta y ocho pares de zapatos claveteados. Años más tarde, a Gaetano le robaron treinta cabras, y aquella vez el ladrón de ganado salió bien librado, porque Borruso no sólo no denunció el robo, sino que en el pueblo tampoco expresó ningún propósito de venganza. Los ladrones, creyendo que un segundo robo iba a pasarse por alto como el primero, volvieron a intentarlo y esta vez se llevaron un centenar de animales, en vista de que los negocios de Borruso iban muy bien. Quince días después del segundo robo, Casio Alletto, hombre violento al que en el pueblo todos conocían por ser el jefe de una banda que robaba indiscriminadamente cualquier animal que se moviese sobre cuatro o dos patas, fue hallado a orillas del torrente Billotta molido a bastonazos, pedradas, puñetazos y patadas. Lo trasladaron al hospital de Villalta en estado agonizante y llegó muerto. Era indiscutible la firma de Gaetano Borruso: las marcas de los zapatos claveteados en la cara de Casio Alletto hablaban claro.

Dos días antes de los hechos, el jefe de policía de Villalta se enteró de que el comisario De Rosa, destacado en Castro, se había herido al caer del caballo durante una batida de caza. No iba a poder ocuparse del caso. Entonces envió a Salvo Montalbano, que en esa época tenía poco más de treinta años, a ayudar al sargento Billè, sobre cuyas espaldas había recaído el peso, muy ligero la verdad, de una investigación que parecía sencilla.

Si la investigación era fácil, no se podía decir lo mismo de la cuesta que aquella mañana Montalbano y Billè estaban subiendo para llegar al corral donde Borruso se había construido un habitáculo de piedras en seco y en el que vivía habitualmente. Con el dinero que tenía podía permitirse un lugar más confortable, pero no entraba en las tradiciones familiares de los Borruso, que no sólo eran cabreros, sino que estaban orgullosos de aparentarlo. Tras haber recorrido unos cuatro kilómetros desde Castro, Montalbano y Billè tuvieron que dejar el coche e iniciaron la fatigosa subida en fila india, Billè delante y Montalbano detrás, por un camino que hasta las cabras habrían considerado impracticable. El sargento Billè, que bajo el uniforme escondía la capacidad física de un fauno, saltaba con la agilidad de una cabra por el sendero, mientras que Montalbano renqueaba, resoplando. El primer cuarto de hora de subida (porque después le resultaba difícil pensar) le sirvió a Montalbano para trazar una breve línea de conducta muy sutil y táctica, para cuando interrogara a Borruso, aunque en el segundo cuarto de hora ya se había condensado en un propósito muy simple: «En cuanto ese imbécil se contradiga, lo detengo.» Ni se le ocurrió que podrían encontrar zapatones claveteados manchados de sangre en el habitáculo de Borruso: le quedaban cuarenta y siete pares para enredar más el caso.

La mañana era de una nitidez de cristal recién lavado. El azul del cielo parecía gritar al universo que era dos veces más azul, mientras que los árboles y las plantas oponían su verde más verde con toda la fuerza de que eran capaces. Había que mantener los párpados entrecerrados porque los colores herían con violencia, así como el aire sutil aguijoneaba las narices. Tras media hora de subida, Montalbano sintió la apremiante necesidad de hacer un descanso. Avergonzado, se lo dijo al sargento, quien le contestó que tuviera un poco de paciencia: dentro de poco podrían descansar, a mitad de camino, en la casa de un campesino a quien Billè conocía bien.

Cuando llegaron, dos hombres y una mujer estaban limpiando el trigo de impurezas, sentados alrededor de una vieja mesa de madera sobre la que había un gran montón de grano. Casi no se dieron cuenta de la llegada de dos extraños. En cambio, un pequeño que tendría unos dos años corrió balanceándose sobre las dos piernas, poco estables y deformes como un ternerillo recién nacido, y agarró con fuerza los pantalones de Montalbano con las manitas sucias de mermelada. La mujer, que evidentemente era la madre, se levantó y corrió a coger en brazos al pequeño.

—¡Este pequeño nos lleva a mal traer! ¡Es muy travieso!

—Buenos días, sargento —saludó uno de los hombres levantándose.

El otro siguió sentado y se llevó dos dedos a la visera de la gorra.

—Perdona las molestias, Peppi —se excusó el sargento—, estoy de paso con el señor Montalbano. ¿Nos das un vaso de agua?

—¿Agua? En el agua nos ahogamos. Siéntense, que les voy a traer un vino que les hará desaparecer el cansancio —dijo Peppi dirigiéndose a la casa.

La mujer, con el pequeño en brazos, fue tras él.

—No, perdone —intervino Montalbano, alzando la voz—, yo sólo quiero un poco de agua —y añadió, para justificarse—: Nunca bebo en ayunas.

—Si es por eso, se lo remedio.

—No, gracias. Sólo quiero un poco de agua.

Se sentaron ante la mesa. El hombre de la gorra siguió con su trabajo.

—¿Cómo estás, Totò? —preguntó el sargento.

—Mejor —contestó, seco, el hombre.

—¿Ha estado enfermo? —preguntó Montalbano amablemente, mientras observaba que el semblante de Bellè adquiría una expresión confundida.

—Sí, he estado enfermo —repuso Totò y, de golpe, miró a Montalbano a los ojos—. Según usted, que es todo un doctor, ¿cómo se siente uno después de estar seis meses en la cárcel sabiéndose inocente?

—Nuestro amigo aquí presente —intentó explicar Billè— fue encarcelado por los carabineros por equivocación. Lo confundieron con otro. Se trató...

—¡Aquí están el agua y el vino! —interrumpió Peppi saliendo por la puerta.

No llevaba un vaso con agua, sino un botijo. El recipiente de creta sudaba, señal de que lo habían horneado bien. Montalbano acercó los labios a la boca y dio un buen trago de agua fresca, en su punto. Cuando se levantaron para reanudar el camino, el hombre de la gorra se levantó, estrechó la mano a Montalbano, volvió a mirarlo fijamente y dijo:

—Procuren no hacer lo mismo con Tano Borruso.

—¿Qué ha querido decir? —preguntó Montalbano tras haber vuelto a la cuesta que llevaba al corral.

El sargento se detuvo y se volvió:

—Ha querido decir lo que ha entendido. No cree que Tano Borruso haya matado a Casio Alletto.

—¿Y cómo puede estar seguro?

—Igual que otros en el pueblo.

—¿Y usted, sargento?

—Quizá yo también —afirmó tranquilo Billè.

Montalbano permaneció cinco minutos en silencio y luego volvió a hablar:

—Me gustaría que me dijera lo que piensa.

De nuevo el sargento se detuvo y se volvió.

—¿Puedo preguntarle algo?

—Claro.

—Mire, el comisario De Rosa me habría ordenado que cogiera a Borruso y lo llevara a comisaría. Usted, en cambio, me ha dicho que prefería acompañarme aunque le resulte un esfuerzo. ¿Por qué lo ha hecho?

—Bueno, sargento, porque creo que es conveniente ver a las personas de las que debo ocuparme en su ambiente cotidiano. Creo, o quizá me hago la ilusión, que así las comprendo mejor.

—Eso es precisamente: en el pueblo todos sabemos cómo es Tano Borruso.

—¿Y cómo es?

—Si no cortaría una ortiga, ¡cómo va a matar a un hombre! —Sonrió, sin apartar los ojos de Montalbano—. ¿No se tomará a mal si alguien que lleva treinta años de servicio en la policía y está a punto de jubilarse le dice una cosa?

—No, adelante.

—Me habría gustado mucho, cuando era jovencito, trabajar a sus órdenes.

El habitáculo de Gaetano Borruso consistía en una sola estancia bastante grande. Detrás había un corral enorme, del que partía un ensordecedor coro de balidos. Delante de la casa se abría una explanada de tierra batida, en uno de cuyos lados se levantaba un amplio emparrado. A Montalbano le sorprendió que debajo del emparrado hubiera una veintena de escabeles rústicos, fabricados con ramas de árbol. Tres escabeles estaban ocupados por unos campesinos que discutían animadamente. Las voces se redujeron cuando vieron aparecer al sargento y a Montalbano. El más viejo de los tres campesinos, que estaba sentado de cara a los otros dos, alzó una mano e hizo un gesto de disculpa, como diciendo que en ese momento estaba ocupado. Billè asintió y fue a coger dos escabeles que llevó a la sombra, bastante alejados del emparrado.

Tomaron asiento. Montalbano sacó el paquete de cigarrillos y le ofreció uno a Billè, que lo aceptó.

Mientras fumaba, Montalbano no pudo evitar lanzar una mirada de vez en cuando hacia los tres que seguían discutiendo. El sargento interceptó las miradas.

—Está administrando —dijo al cabo de un rato.

—Los otros dos ¿trabajan para él? ¿Son empleados suyos?

—Borruso tiene ocho hombres que cuidan las cabras, fabrican el queso y se encargan de otras cosas. Hay muchas más cabras que estas que ve aquí. Pero esos hombres no trabajan a sus órdenes.

—¿Por qué ha dicho entonces que Borruso está administrando? ¿Qué administra?

—Justicia. —Montalbano lo miró sorprendido. Con la amabilidad que se utiliza con los niños y con los débiles mentales, el sargento explicó—: Aquí todos saben que Gaetano Borruso es un hombre sabio y de experiencia, siempre dispuesto a echar una mano, a dar un consejo. Así, cuando hay un enfrentamiento, un motivo de discusión, la gente ha ido adquiriendo poco a poco la costumbre de venir a hablar con él.

—¿Y luego hacen lo que él decide?

—Siempre.

—¿Y si optan por actuar de otro modo?

—Si encuentran una solución más justa, Borruso la acepta; siempre reconoce cuándo se ha equivocado. Pero si la discusión degenera y se pasa de las palabras a los hechos, Borruso no quiere volver a ver a los interesados. Y un hombre al que Borruso ya no quiere ver es un hombre con el que nadie desea tener relación. Será mejor que se vaya a otro pueblo. Y por pueblo no me refiero sólo a Castro.

—Un ejemplo espléndido de comportamiento mafioso —fue el comentario que Montalbano no pudo reprimir.

El semblante de fauno del sargento se endureció.

—Perdone, pero sus palabras demuestran que no tiene ni idea de lo que es la mafia. ¿Qué gana Borruso con lo que hace?

—Poder.

—Le hablo como policía —explicó el sargento tras una pausa—. Resulta que Borruso sólo ha utilizado su poder para una cosa: evitar delitos de sangre. ¿Conoció al comisario Mistretta, que murió en un enfrentamiento con armas de fuego hace seis años?

—No tuve el placer.

—Se le parecía. ¿Sabe qué me dijo después de haber hablado con Borruso, al que conoció por casualidad? Que Borruso era un rey pastor superviviente. Y me explicó quiénes eran los reyes pastores.

Montalbano volvió a mirar hacia el emparrado. Ahora los tres hombres estaban de pie y bebían por turno de una botella de vino que Borruso tenía en el suelo junto al escabel. Era una especie de rito; así lo sugerían los movimientos lentos, las miradas que intercambiaban después de cada pasada. Cada uno bebió tres veces; luego se estrecharon la mano. Los dos que habían ido a hablar con Borruso se alejaron después de haber saludado sin palabras, sólo con los ojos, a Billè y a Montalbano.

—Adelante, adelante —dijo Borruso, invitándolos con un gesto a acercarse al emparrado.

—El señor Montalbano y yo —dijo Billè— hemos venido por el asunto del asesinato de Casio Alletto.

—Me lo esperaba. ¿Queréis arrestarme?

—No —contestó Montalbano.

—¿Queréis interrogarme?

—No.

—Entonces, ¿qué queréis?

—Hablar con usted.

Montalbano advirtió un cambio de actitud en el hombre que tenía delante. Si antes había hecho las preguntas con una especie de indiferencia, ahora observó en los ojos que lo miraban una atención distinta que lo sorprendió.

Cuando subía la cuesta hacia el corral ¿no se prometió que arrestaría a Borruso a la primera contradicción? ¿Por qué ahora estaba dispuesto a darle tiempo?

Tomaron asiento. Montalbano observó, como con los ojos de otro, que ahora él y el sargento se encontraban en la misma posición, en los mismos escabeles que habían ocupado los dos campesinos que fueron a pedir justicia a Borruso. Sólo que la perspectiva debía invertirse: hasta que se probase lo contrario, él y el sargento eran los representantes de la justicia. Y Borruso, si no el imputado, al menos el sospechoso. Pero Gaetano Borruso permanecía sentado en su escabel con la sencillez y al mismo tiempo la autoridad de un juez natural.

—¿Queréis un poco de vino? —preguntó señalando la botella.

Billè aceptó y bebió un sorbo. Montalbano lo rechazó con un gesto cortés.

—No fui yo quien mató a Casio Alletto —dijo tranquilamente Borruso—; si lo hubiera hecho me habría entregado. —Las palabras que se dicen vibran de una manera particular, las palabras que dicen la verdad tienen una vibración distinta de las demás—. ¿Por qué creéis que fui yo?

—Porque se sabe que fue Alletto quien le robó las cabras —contestó Montalbano.

—Yo no mataría a nadie, aunque me robara todas las cabras.

—Y luego está el asunto de los zapatos claveteados. Como los que lleva puestos.

Gaetano Borruso los miró como si los viera por primera vez.

—Los llevo desde hace cinco años. Son unos zapatos fuertes, buenos. Dicen que los que les daban a nuestros soldados en Rusia, en la última guerra, tenían la suela de cartón. En cambio éstos la tienen de cuero, seguro. Después de haberlos cogido del almacén, mi padre sólo gastó un par. Los llevaba cuando murió en el campo, mientras trabajaba la tierra. Cuando lo amortajé, le puse un par nuevo. Quedaron cuarenta y ocho.

—Y ahora ¿cuántos hay?

Gaetano Borruso cerró los ojos claros.

—Éste es el segundo par que cojo desde hace un año. Quedarían cuarenta y seis, pero cinco pares los regalé a personas que los necesitaban, pobrecillas. —Captó algo en la expresión de Montalbano—. No se equivoque, señor. Las personas a las que se los regalé están fuertes y sanas y nada tienen que ver con el asesinato. Si quiere, puede comprobarlo. No estoy echando la culpa a nadie.

—Entonces quedan cuarenta y un pares.

—Sí, pero yo he contado cuarenta.

—¿Falta un par?

—Sí, señor. En cuanto me enteré de que el cuerpo tenía señales de los clavos, fui a comprobarlo porque se me ocurrió algo.

—¿Qué?

—Que me podían haber robado un par de zapatos para utilizarlos como lo han hecho, para hacer creer que fui yo. Venid conmigo.

Se levantaron y entraron en la única habitación. El catre con la mesilla de noche a la izquierda, una mesa con cuatro sillas en el centro, la cocina y una cómoda grande en la parte opuesta a la puerta principal. En la pared de la derecha se abrían dos puertas pequeñas. El retrete se veía al otro lado de una de ellas. Borruso abrió la otra girando el pomo y encendió la luz. Se encontraron en una habitación amplia convertida en despensa y alacena.

—Los zapatos están allí —dijo Borruso señalando una estantería rústica.

A Montalbano le costó reprimir las náuseas. En cuanto entró en aquella habitación, se le metió en el estómago un violento hedor a rancio.

Los zapatos estaban alineados en cuatro anaqueles de la estantería, cada par envuelto en papel de periódico. Borruso cogió un par, le quitó el papel y se lo enseñó a Montalbano, que entonces entendió de dónde procedía el mal olor que le producía náuseas: en cada zapato había un dedo de grasa.

—La puse hace quince días —explicó Borruso—; así se conservan como nuevos.

El sargento empezó a contar, y Montalbano aprovechó para mirar las fechas de las hojas de los periódicos. No eran recientes; una veintena de ellos estaban amontonados en un extremo vacío de uno de los estantes.

—Me los dio el estanquero de Castro —explicó Borruso, cuando comprendió lo que estaba pensando Montalbano.

—... y cuarenta —dijo el sargento—. Los he contado dos veces; no me puedo equivocar.

—Salgamos —decidió Montalbano.

El aire fresco hizo que enseguida le desaparecieran las náuseas. Inspiró profundamente y estornudó.

—Salud.

Volvieron a sentarse bajo el emparrado.

—Según su opinión, ¿cómo consiguió el ladrón entrar en la casa mientras usted no estaba?

—Por la puerta —contestó Borruso con ligera ironía. Y añadió—: Lo dejo todo abierto. Nunca cierro con llave.

• • •

319

Lo primero que hizo Montalbano cuando volvió a Villalta fue ir a ver al forense, un viejecito muy amable.

—Doctor, perdone, pero necesito una información sobre el cadáver de Casio Alletto.

—Todavía no he redactado el informe, pero dígame.

—En la cara, además de las señales de los clavos, ¿había rastro de grasa para zapatos?

—¿Rastro? —dijo el médico—. ¡Había media tonelada!

A la mañana siguiente, Montalbano llegó tarde a Castro, porque pinchó: era incapaz de cambiar una rueda y ni siquiera sabía dónde estaba el gato. Cuando entró en comisaría, el sargento Billè fue a su encuentro, sonriente.

—Borruso nada tiene que ver en este asunto. Las cosas fueron como nos dijo: le robaron los zapatos para dirigir las sospechas hacia él, porque tenía un motivo contra Casio Alletto. Hay que empezar de nuevo —Billè siguió sonriendo—. ¿Qué pasa?

—Apenas hace un cuarto de hora he detenido al asesino. Ha confesado. Quería avisarle. Llamé a jefatura y me dijeron que estaba usted de camino.

—¿Quién es?

—Cocò Sampietro, de la banda de Casio, un individuo medio idiota.

—¿Cómo ha sido?

—Esta mañana a las siete ha llegado al mercado uno de fuera a vender habas. Iba montado en una mula. Cuando le he visto los zapatos he tenido un sobresalto. Pero he sido discreto. Me lo he llevado aparte y le he preguntado dónde los había comprado. Me ha dicho muy tranquilo que la noche pasada se los había vendido Cocò Sampietro. Entonces

320

nos hemos escondido, y en cuanto Sampietro ha salido de casa le hemos puesto las esposas. Ha cantado enseguida y nos ha contado que toda la banda se había rebelado contra Casio porque no cumplía los pactos.

—Pero si es medio idiota, como dice, no podía pensar en hacer recaer la culpabilidad sobre Borruso.

—No fue él. Nos ha dicho que el plan lo organizó Stefano Botta, que era el brazo derecho de Casio.

—Felicidades.

—Gracias. ¿Quiere venir conmigo? Quedan por arrestar cinco personas.

Montalbano lo meditó un instante.

—No. Vayan ustedes. Yo voy a visitar al rey pastor. Le agradará saber cómo ha acabado todo este asunto.

La rata muerta

Eran las diez de la mañana de un día feliz de primeros de mayo. El comisario Montalbano, al ver que no tenía demasiado trabajo en el despacho y que su segundo Mimì Augello, tocado de la gracia divina, tenía la intención de trabajar, decidió que un largo paseo hasta el faro era lo mejor que podía hacer. Pasó por delante del puesto de frutos secos habitual, compró una bolsita de nueces americanas, pipas de calabaza y garbanzos tostados y se dirigió al muelle de levante.

Poco antes de llegar a su roca preferida, debajo del faro, se vio obligado a dar un salto repentino: sin advertirlo, iba a pisar una gran rata muerta. Con respecto a las ratas, Montalbano era muy femenino: le horrorizaban, aunque lograba no demostrarlo. Dio tres pasos y se detuvo.

Algo lo inquietó, aunque no supo cómo ni por qué. En esto consistía el privilegio y la maldición de policía nato: captar a ras de piel, olfatear la anomalía, el detalle en ocasiones imperceptible que no cuadraba con el conjunto, el mínimo fallo con respecto al orden establecido y previsible. Faltaban tres pasos para la roca en el extremo del muelle, los dio y se sentó. Abrió la bolsita de plástico con los frutos secos, pero su mano permaneció en el interior, paralizada. Imposible hacer ver que no sucedía nada. En el mundo que

323

su ojo encuadraba, algo desentonaba, algo estaba fuera de la norma.

—¡Paciencia! —murmuró, rindiéndose—. Vamos a ver.

A pocos pasos, una barca de pesca de altura estaba sujeta al amarre con un cabo. Se llamaba *San Pietro pescatore* y era de Mazàra del Vallo. El pesquero permanecía completamente inmóvil, en el mar llano. A bordo no debía de haber un alma. A la derecha, hacia el pueblo, había un pescador de caña, un habitual a quien el comisario conocía de siempre y que cada vez que iba por allí lo saludaba.

Y basta. Nada más. ¿Por qué, entonces, esa aguda sensación de malestar? Luego la mirada descendió hasta la rata que había estado a punto de pisar, y la vibración interna que sentía aumentó de frecuencia. ¿Era posible que la causa de su malestar fuera una rata muerta? ¿Cuántas se veían, vivas y muertas, de día y de noche, dentro del recinto del puerto? ¿Qué tenía de particular aquella rata? Dejó la bolsita de frutos secos encima de la roca, se levantó, se acercó a la rata y se agachó para verla mejor. No, tenía razón, allí había algo raro. Miró a su alrededor, vio un pedacito de cuerda, lo recogió y movió el cadáver venciendo a duras penas el asco. ¿Cómo se mata habitualmente una rata? Con veneno, de un bastonazo, de una pedrada. Aquella estaba intacta; sólo que le habían abierto el vientre con una hoja muy afilada y luego le habían sacado las vísceras. Parecía un pescado limpio. La operación era reciente porque la sangre se conservaba roja, sin coagularse del todo. ¿A quién le apetece descuartizar una rata? Sintió un escalofrío por la espalda, una ligerísima sacudida eléctrica. Se maldijo, fue hasta la roca, vació la bolsita de plástico transparente en el bolsillo de la americana y puso dentro la rata, con ayuda del trozo de cuerda. Luego envolvió la bolsita en el periódico que había comprado para que en el pueblo no se dijera que el comisario Montalbano se había vuelto loco y salía de paseo con una rata muerta. Cuando a través del periódico y del plástico notó el cuerpo blando del animal, sintió deseos de vomitar. Y vomitó.

—¿Qué demonios quiere? ¡Hace quince días que no me llega ningún muerto suyo! —exclamó el doctor Pasquàno, el forense, mientras lo hacía entrar en el despacho.

Si se lo sabía llevar, Pasquàno era un buen hombre, pero tenía un carácter imposible. Montalbano se sintió cubierto de sudor: ahora venía lo difícil. No sabía por dónde empezar.

—Necesitaría un favor.

—Adelante, tengo poco tiempo.

—Bien, doctor, pero antes debe prometerme que no se cabreará; de otro modo no le digo nada.

—¿Y cómo lo hago? ¡Quiere un milagro! ¡Estoy cabreado de la mañana a la noche! ¡Y con una premisa tal, me voy a cabrear el doble!

—Si es así...

Montalbano hizo el ademán de levantarse de la silla. Era sincero: ir a ver a Pasquàno había sido una solemnísima estupidez, ahora se daba cuenta.

—¡No! ¡Demasiado fácil! ¡Ahora que ha venido, tendrá que contármelo todo! —le apremió el forense, enfadado.

Sin decir una palabra, el comisario sacó un envoltorio que le deformaba el bolsillo de la americana y lo dejó en la mesa escritorio. Pasquàno se inclinó, lo abrió, miró y se puso cárdeno. Montalbano esperaba una explosión y, en cambio, el médico se dominó, se levantó, se acercó y le puso una mano en el hombro, en actitud paternal.

—Tengo un colega que es muy competente. Y además es discreto, una tumba. Si quiere, lo acompaño.

—¿Un veterinario? —preguntó el comisario sin comprender.

—¡No, qué se ha creído! —exclamó Pasquàno cada vez más convencido que Montalbano no estaba bien de la cabeza—. Un psiquiatra. Se ocupa de cosas así, estrés, agotamiento nervioso...

Entonces el comisario entendió y, de repente, se enfadó.

—¿Me está tomando por loco? —preguntó.

—No, no —repuso conciliador el médico. La actitud de Pasquàno exasperó al comisario, que dio un fuerte manotazo en la mesa escritorio—. Cálmese, todo se arreglará —añadió servicial, el forense.

Montalbano se dio cuenta de que si la cosa seguía adelante saldría de allí con la camisa de fuerza. Se levantó y se enjugó la frente con el pañuelo.

—No padezco de agotamiento nervioso, no me estoy volviendo loco. Le pido excusas, ha sido culpa mía que se haya equivocado. Hagámoslo así: yo le cuento por qué le he traído esta rata y luego usted decide si ha de llamar a los enfermeros o no.

El teléfono sonó en mitad de una película de espionaje con Michael Caine, mientras el comisario intentaba desesperadamente comprender algo. Miró instintivamente el reloj antes de descolgar. Eran las once de la noche.

—Soy Pasquàno. ¿Está solo?

Tenía voz de conspirador.

—Sí.

—He hecho eso.

—¿Qué ha descubierto?

—Bueno, es sorprendente. La gasearon.

—Perdone, pero no he entendido nada.

—Para matarla debieron de utilizar un gas o algo parecido. Luego le hicieron una laparotomía.

Montalbano se quedó atónito.

—Parece un sistema complicado para eliminar a una...

—¡Calle!

—¿Qué pasa? ¿Por qué le asusta tanto decir claramente
que le ha hecho la autopsia a una...?

—¡Otra vez! ¿Es que no sabe que en los tiempos que
corren pueden habernos intervenido el teléfono?

—¿Por qué?

—¡Qué coño voy a saber por qué! ¡Pregúnteselo a
ellos!

—¿Quiénes son ellos?

—¡Ellos, ellos!

Quizá quien estaba estresado era el doctor Pasquàno,
era él quien necesitaba al amigo psiquiatra.

—Oiga, doctor, razone un poco. Aunque nos intercep-
ten y oigan que estamos hablando de una...

—¿Es que quiere arruinarme? ¿No comprende que si
decimos abiertamente que estamos hablando de una... de
lo que usted ya sabe, no nos creerían y pensarían que estamos hablando en clave? ¡Y luego vaya a explicarlo!

El comisario decidió que sería mejor cambiar de
tema.

—Una cosa, doctor. ¿Cuánto tiempo tarda en salir a
flote un cuerpo que ha caído al mar?

—Digamos que unas cuarenta y ocho horas. Pero hablemos claramente, comisario: si me trae otra, ¡los lanzo a
los dos por la ventana!

* * *

No logró conciliar el sueño.

A la seis de la mañana, una vez lavado y vestido, telefoneó a su segundo, Mimì Augello.

—¿Mimì? Soy Montalbano.

—¿Qué? ¿Qué pasa? ¿Qué coño de hora es?

—Mimì, no hagas preguntas. Si me haces una pregunta más, cuando te vea en comisaría te rompo los dientes. ¿Está claro?

—Sí.

—¿Vas a pescar alguna vez?

—Sí.

—¿Me puedes prestar una manga de red? —Silencio total. La línea no se había cortado porque oía claramente la respiración de Augello—. ¿Por qué no contestas, idiota?

—Porque quisiera hacerte una pregunta.

—Bien, hazla, pero sólo una.

—No comprendo lo que entiendes por manga de red. ¿Un cucurucho?

—Una manga de red, una red en forma de cucurucho, eso que utilizáis los pescadores.

—¡Ah, un salabre! No tengo, no lo utilizo. Mejor dicho, tengo uno.

—¿Lo tienes o no lo tienes?

—Sí, pero es cosa de niños; se lo dejó aquí mi sobrino cuando vino a bañarse.

—No importa; préstamelo. Dentro de media hora estaré debajo de tu casa.

Le aterrorizaba la idea de que alguien del pueblo pudiera verlo con el salabre en el suelo y unos gemelos de teatro en la mano, dedicado a observar, desde el muelle, no el horizonte, sino las rocas situadas a sus pies. Por suerte no había nadie a la vista, el *San Pietro pescatore* había zarpado. Poco después sintió que algo no funcionaba, que la búsqueda sería inútil. Quiso comprobarlo, cogió un billete de tren que tenía en el bolsillo desde hacía quién sabe cuánto tiempo y lo echó al agua. El papel comenzó a dirigirse lentamente, pero sin cambiar de rumbo, hacia el lado opuesto del rompeolas, hacia la bocana del puerto. La corriente era contraria y a aquellas horas ya se había llevado todo lo que estuviera flotando a primeras horas de la mañana. ¿Podía volver con el salabre del niño en la mano? Decidió esconderlo entre las rocas del rompeolas, luego le diría a Mimì que fuera a buscarlo. Bajó con precaución, corriendo el riesgo de resbalar en la capa verdosa de algas y caer al agua. Mientras estaba inclinado para elegir el mejor lugar, descubrió otra rata muerta, encajada entre dos aristas. Con ayuda del salabre, consiguió cogerla tras media hora de esfuerzos. La observó con atención: también le habían hecho una laparotomía. Volvió a lanzar la rata al mar; no tenía ganas de llevarla a Pasquàno.

Era demasiado pronto para volver al despacho, y se puso a pensar. Había un noventa y nueve por ciento de posibilidades de que la segunda rata hubiera sido gaseada. ¿Por qué utilizar gas?, se preguntó. La respuesta se le ocurrió casi enseguida: porque existía la seguridad de que el gas resultaría más eficaz. Utilizando un bastón o una piedra se corría el riego de que algunas ratas consiguieran huir, aunque estuvieran heridas. Por esta razón tampoco podían utilizar raticida. Cuando las ratas han ingerido el veneno suelen esconderse, van a morir lejos. Quien las mataba necesitaba que las ratas se quedaran a morir en el mismo sitio. ¿Por qué? La respuesta también se le ocurrió enseguida: para poderles abrir el vientre y sacarles lo que les habían hecho comer. ¿Cómo lograban que todas las ratas se reunieran en un mismo lugar? ¿Acaso habían contratado al flautista de Hamelín, que con el sonido de su instrumento conseguía que todas las ratas le siguieran?

Fue entonces cuando vio llegar a su lugar habitual al pescador de caña. Se levantó y se le acercó.

—Buenos días, comisario.

—Buenos días, señor Abate.

Era un bedel jubilado que lo miraba con curiosidad, porque nunca habían pasado de un mero intercambio de saludos.

—Quisiera pedirle algo.

—A sus órdenes.

—Ayer debió de observar que aquí atracó un barco de pesca de Mazàra.

—El *San Pietro pescatore*, sí.

—¿Viene a menudo a Vigàta?

—Digamos que unas dos veces al mes. ¿Me permite que me tome la libertad de decirle algo?

—Claro.

—Me habían dicho que era un buen policía. Ahora me lo está demostrando.

—¿Por qué?

—Porque ya ha descubierto lo que hacen los hombres del pesquero.

Montalbano tuvo dos sentimientos opuestos: de satisfacción por haber intuido que allí había algo poco claro, y desilusión, por la facilidad de la solución.

Sin embargo no hizo ninguna pregunta, exhibió una sonrisita de picardía e hizo un gesto como diciendo que todavía tenía que nacer quien fuera capaz de joderlo.

—Esos cabrones del pesquero —explicó Abate— fastidian a los compañeros de la cooperativa. Su obligación sería desembarcar el pescado en Mazàra y ponerlo junto con el de los demás que forman parte de la cooperativa. Hay quien pesca más y quien pesca menos, pero no importa, todo va junto. ¿Me explico?

—Muy bien.

—En cambio éstos, en lugar de ir a Mazàra, se detienen en Vigàta y venden la mitad del pescado a gente que viene aquí con el camión frigorífico. Así ganan el doble: el pescado aquí se lo pagan más caro, y en Mazàra el poco pescado que declaran haber capturado se compensa con el de los compañeros. Son unos grandísimos cabrones.

El comisario estuvo de acuerdo.

—El juego es antiguo —dijo—: se llama jode al compañero.

Se echaron a reír.

Ocho días después, el *San Pietro pescatore* atracó en el muelle de Vigàta cuando todavía era de noche. Lo esperaba un camión frigorífico anónimo, sin el nombre de la ciudad escrito en la matrícula. Cargó las cajas con el pescado y se marchó. Apenas media horas después, el barco zarpó y salió del puerto. En la carretera de Caltanissetta, una patrulla de aduanas detuvo el camión frigorífico, para lo que en un principio parecía un control habitual.

Al volante iba Filippo Ribèca, vigilado por la policía y a cuyo nombre se había expedido el permiso de conducir. Al parecer, todo estaba en regla, así como también el sello del cargamento.

—¿Me puedo ir? —preguntó con una sonrisa Filippo Ribèca levantando el freno de mano.

—No —contestó el jefe de patrulla—. Ponte a un lado y espera.

Ribèca obedeció a regañadientes mientras los de aduanas realizaban otro control a un camión que transportaba verduras. El segundo control fue largo y minucioso, de tal manera que Ribèca salió de la cabina y encendió un cigarrillo. Era evidente que estaba nervioso.

En cuanto vio detenerse otro camión, esta vez cargado de ladrillos, ya no pudo más. Se acercó al jefe de la patrulla.

—¿Puedo irme o no?

—No.

—¿Por qué?

—Porque no me da la gana —contestó el jefe de la patrulla, siguiendo al pie de la letra las instrucciones que le había dado el teniente.

Ribèca cayó en la trampa.

—¡Vete a tomar por culo! —explotó.

Y como era un hombre violento se lanzó contra el jefe de la patrulla y le dio un golpe en el pecho. Inmediatamente fue arrestado por resistencia y agresión a la autoridad. En el cuartel, durante el registro, en un bolsillo del pantalón le encontraron una bolsita de terciopelo. En el interior de la bolsita de terciopelo, diamantes que valían centenares de millones. El teniente de aduanas se apresuró a telefonear a Montalbano.

—Felicidades, comisario. Tenía razón. Un sistema original de reciclaje. Ahora vamos a Mazàra a coger a los del *San Pietro*. ¿Quiere venir con nosotros?

El sistema era genial y muy simple. El *San Pietro pescatore* zarpaba de Mazàra con una jaula en cuyo interior había veinte ratas hambrientas. Una vez en alta mar, acercaban la jaula a la boca de un contenedor de cinc dividido en dos compartimientos y allí, en el primero, las dejaban libres para que se atacaran entre ellas. En alta mar, en aguas de Libia, llegaba hasta el pesquero una lancha y la persona encargada entregaba al capitán de la embarcación la bolsita de terciopelo con los diamantes en su interior. Entonces metían los diamantes de uno en uno en una bolita de queso rancio. Dejaban caer las bolitas por una abertura del techo, en el segundo compartimiento del contenedor. Luego levantaban la pared de metal que dividía los dos compartimientos. Las ratas, hambrientas, lo engullían todo. Después de comer (muy poco; ahí radicaba el secreto), se las dejaba en libertad. Durante los dos días que en el barco se dedicaban a pescar se les permitía hacer todo lo que quisieran: un registro de la policía de aduanas no habría descubierto nada anormal. Antes de dirigirse hacia Vigàta, se llenaba de queso el segundo compartimiento y las ratas se hartaban mientras morían gaseadas con una bombona de metano conectada al compartimiento. Cuando el puerto ya estaba a la vista, descuartizaban las ratas, recuperaban los diamantes y se los entregaban a quien tenía que llevarlos a otro lugar.

El final de la historia fue que Montalbano no pudo comer queso al menos durante un mes: cada vez que se disponía a tomar un bocado, recordaba las ratas y se le cerraba la boca del estómago.

Un rincón del paraíso

—¡Parece un rincón del paraíso! —exclamó Livia bajando de la barca y ayudando a Salvo a empujarla hasta la arena seca.

Una vez acabadas las operaciones de traslado de la bolsa con la ropa y de la nevera portátil llena de bocadillos y botellas de cerveza, el comisario Montalbano se desplomó en la arena mientras se preguntaba quién le habría dicho que se metiera en ese lío. Porque se trataba de un verdadero lío. Seis días antes, el imbécil de Mimì Augello, mientras cenaba con ellos en un restaurante, se puso a alardear de su descubrimiento: la minúscula playita a tres kilómetros del faro de Capo Russello, solitaria, ignorada por todos, a la que sólo se podía llegar por mar. Habló de ella con tal entusiasmo, que Livia quedó prendada. Mimì describía aquel lugar como una especie de isla de Robinson sin siquiera un Viernes, y desde ese momento Montalbano ya no tuvo descanso:

—¿Cuándo me llevas a la playita? —era el estribillo de Livia nueve veces al día.

Dos días antes de la marcha de Livia a Boccadasse, Génova, tras dos semanas de vacaciones de agosto en Vigàta, Montalbano se decidió a darle la satisfacción, lanzando en silencio sapos y culebras contra el cabrón de Mimì por haberlo puesto en el brete. A las siete de la mañana subieron al coche para ir hasta Monterreale, en la costa, donde había alquilado una barca de remos a un pescador que debía de tener sangre árabe; dijo una cifra y enseguida Livia contraatacó: disfrutaba; era genovesa y ahorradora. Al pescador le brillaban los ojos: intuyó que había encontrado una digna rival. El duelo se fue dilatando, con vencedores alternos: finalmente se selló el acuerdo con un café en un bar donde no entendían en absoluto la diferencia entre la cafeína y la achicoria. El malhumor de Montalbano sufrió la misma aceleración progresiva que un cohete espacial. Se desahogó remando durante tres horas, mientras Livia, en biquini, tomaba el sol canturreando con los ojos cerrados. A pesar del esfuerzo de remar, el comisario no habría querido llegar nunca: le aterrorizaba, literalmente, la perspectiva de alimentarse con bocadillos, que sólo ingería en casos de extrema necesidad. No concebía la idea de ir de excursión; la única vez que había ido a una fue para no disgustar a una novia de juventud, y se había dado tal panzada de pan, queso y hormigas, que todavía conservaba el sabor en la boca.

—Qué rincón del pa...

El sueño en el que se sumergió Livia de repente le impidió terminar la frase: se quedó echada boca abajo, los brazos extendidos, como una especie de crucificada vista por detrás. Le sucedía cuando estaba contenta; a veces, en la cama, Montalbano seguía hablando media hora antes de darse cuenta de que viajaba en «The country sleep», que era el título de un poema de Dylan Thomas que les gustaba mucho.

Encendió un cigarrillo y miró a su alrededor. Unos treinta metros de arena dorada, tan fina que parecía talco, de unos veinte metros de anchura, escondida tras una escollera que parecía compacta, pero que tenía un tortuoso canal de acceso, por el que sólo podían pasar barcas pequeñas y en días de absoluta calma. La playita estaba completamente rodeada de paredes rocosas casi en vertical, donde no crecía ni una hoja de hierba aunque la pagases a precio de oro. A mano izquierda, adosados casi a la pared, había algunos matorrales espinosos cocidos por el sol; a mano derecha, el mar bañaba un montón de redes de pesca viejas, abandonadas por inservibles. Rincón del paraíso o no, ciertamente el sitio era hermoso. A Montalbano le dio la sensación de que Livia y él eran los únicos habitantes de la Tierra, tal era el silencio. El sol ardía. El comisario se levantó lentamente para no molestar a su mujer y llegó a la orilla. Observó en la superficie de la arena unos minúsculos montoncitos. Aquello le sorprendió. ¿Era posible que hubiera cangrejos escondidos? No los había visto desde que era niño. Se inclinó y metió dos dedos en la arena, al lado de un montoncito. Hizo palanca, levantó un poco de arena y puso al descubierto un cangrejito minúsculo que enseguida salió corriendo, de lado, a cavar otra madriguera.

El agua no estaba tan caliente como se temía; los días que había corrientes le proporcionaban un frescor tonificante. Nadó durante un rato, despacio, disfrutando una brazada tras otra hasta la escollera. Trepó por una roca con dificultad; las algas verdes que la cubrían la hacían resbaladiza. La roca era suficientemente espaciosa para estirarse. Lo hizo y permaneció así un rato, amodorrándose. El gorgoteo del agua filtrándose entre las rocas le impedía pensar. Sentía rabia por tener que darle la razón a Mimì Augello cuando, al volver a Vigàta, le preguntara si le había gustado el sitio. Mejor dicho, Mimì se lo preguntaría a Livia, por la que sentía una debilidad que era recíproca. Y Livia contestaría:

—¡Un rincón del paraíso!

Y él se cabrearía doblemente: en primer lugar, por el inevitable ataque de celos al ver cómo se sonreían aquellos dos; y en segundo lugar, porque le fastidiaban los lugares comunes, y Livia a menudo y con gusto hacía uso y abuso de ellos. Recordó que una vez, cuando era pequeño, durante una estancia en Turín, vio un cartel que colgaba en la entrada de un gran edificio: ¡NO ABUSÉIS DE LOS LUGARES COMUNES! Se precipitó a la garita y le expresó al portero su completa solidaridad. El hombre, perplejo, le dijo que le habían obligado a poner el cartel porque los inquilinos abandonaban en los lugares comunes, como rellano y escaleras, cochecitos de niño, bicicletas y motocicletas que impedían el paso. Su desilusión fue enorme.

Abrió los ojos y, mirando la posición del sol, observó que debía de haber permanecido allí una media hora. Se incorporó: desde donde estaba veía toda la playita. Livia dormía, siempre en la misma posición. Pero cuando giró un poco la cabeza, sufrió una verdadera sacudida eléctrica. Aunque la perspectiva era otra, no había duda de que el montón de redes viejas, que antes estaba a unos quince metros de Livia, se había desplazado visiblemente y se había aproximado más al centro de la playa. El mar no podía haber sido. Entonces, ¿qué? No había duda: debajo de las redes debía de haber alguien, alguien que quizá había llegado nadando, que quería ocultarse a los ojos del comisario para robar a Livia, o quizá para hacerle algo peor. Seguramente cuando Robinson Crusoe descubrió la huella del pie de Viernes en la arena, el paisaje de alrededor cambió. Montalbano también cambió, pero a peor. Se lanzó al agua, nadó a toda prisa hacia la playa y, una vez en la orilla, a pesar de que le faltaba el aliento, echó a correr. El montón de redes viejas, en su misterioso movimiento, se había abierto un poco y debajo se veía con toda claridad una silueta humana que emitía un débil lamento. El comisario se arrodilló en la arena y con dificultad retiró las redes de aquel cuerpo inerte. Era una jovencita de unos quince años, desnuda. La oscuridad de la piel era natural, no se debía al sol. No podía ponerse de pie. Tenía el cuerpo lleno de heridas y cardenales y el rostro cubierto de sangre coagulada. Emitía un hedor terrible: cuando el comisario logró levantarla, los excrementos resbalaron por el cuerpo y cayeron a la arena. Montalbano, dominando el asco, la cogió en brazos y la llevó hasta la orilla, la extendió en el suelo y la lavó con sumo cuidado. Luego, sosteniéndola, la hizo entrar en el agua para aclararse. Entre las piernas continuaba fluyendo un hilo de sangre. La hizo subir a la barca, cogió un pañolón, una toalla y una chilaba que Livia se ponía a veces después del baño. Le dio a entender, más con gestos que con palabras, puesto que la muchacha hablaba muy poco italiano, que se pusiera la chilaba, el pañuelo mojado en la cabeza y la toalla en medio de las piernas. Empujó la barca mar adentro y empezó a remar hacia una playa, mucho mayor, que sabía estaba cerca de donde había dejado a Livia dormida. Durante el trayecto la muchacha le dijo al comisario que era de Cabo Verde, que se llamaba Libania, tenía dieciséis años, que estaba al servicio de la familia Burruano, de Fiacca, unas personas excelentes que la trataban muy bien. Aquella mañana era el día que tenía libre, se levantó temprano, cogió el coche correo para irse a bañar y bajó en Seccagrande, adonde ahora se dirigían. Al cabo de un rato, se le acercaron dos jóvenes que dijeron ser suizos. Parecían unos chicos estupendos y conducían una caravana. La invitaron a un helado y luego le propusieron irse a bañar a alta mar. Ella les contestó que no sabía nadar, pero aceptó porque le gustaba ir en barca. Alquilaron una y salieron. Luego los dos muchachos vieron la escollera que escondía la playita donde Montalbano la había encontrado, descubrieron el paso y entraron, explicando a Libania con gestos que así se podría bañar. En cuanto desembarcaron, su comportamiento cambió de golpe: la levantaron entre los dos mientras ella gritaba inútilmente y se la llevaron detrás de unos matorrales, le arrancaron el traje de baño y la violaron cada uno dos veces, turnándose. Cuando ella intentó huir, la alcanzaron a la altura del montón de redes, le pegaron con todas sus fuerzas y luego, cuando estaba en el suelo, hicieron sus necesidades encima de ella. Lo último que percibió fueron las redes con las que la estaban cubriendo al creerla muerta. Mejor dicho, no: lo último que oyó fueron sus risotadas mientras se alejaban. Montalbano no dijo nada; por suerte podía desahogarse, remando, de la rabia ciega que sentía en su interior.

Cuando estaban cerca de la playa en la que ya se podían distinguir a las personas, Libania lanzó un grito sofocado e indicó hacia una dirección:

—¡Dios mío! ¡Allí están!

El comisario le hizo bajar el brazo; no quería que aquellos dos sospecharan, conociendo los cargos que se les venían encima. En la carretera que bordeaba la playa había una caravana aparcada. Los dos jóvenes, altos y rubios, tomaban el sol, los ojos ocultos con unas gafas oscuras. Aunque no habrían podido reconocerla con el vestido de Livia y el rostro medio cubierto por el pañuelo, el comisario hizo que Libania se estirara en el fondo de la barca. La muchacha obedeció, quejándose: cada movimiento le producía dolor.

Había una gran caravana en la que se vendían bebidas y helados. Montalbano se aproximó y pidió una cerveza helada. El encargado sonrió mientras servía.

—¿Qué se le ha perdido por aquí?

—¿Me conoce?

—Claro que lo conozco. Soy de Vigàta. Usted es el comisario Montalbano.

Lanzó un suspiro de alivio: solo no habría podido coger a los dos jóvenes suizos, que eran unos atletas.

—Quisiera pedirle un favor —dijo Montalbano haciéndole una señal para que saliera de detrás del mostrador.

—A sus órdenes.

El hombre le dijo a su mujer, que estaba lavando vasos, que lo sustituyera y se alejó unos pasos con el comisario.

—¿Ve a esos dos niñatos rubios que están tomando el sol?

—Sí. Han llegado en la caravana. Esta mañana han venido a comprar un helado. Estaban con una joven de Cabo Verde; eso les oí decir.

—Estos dos chicos estupendos primero han violado a la muchacha y luego han intentado matarla.

El hombre sufrió un sobresalto y se habría lanzado sobre ellos si Montalbano no lo hubiera detenido.

—Calma. No podemos dejarlos escapar. ¿Sabe de alguien en la playa que tenga un móvil?

—Hay tantos como quiera.

Precisamente en ese momento un señor dejó un móvil en el mostrador y pidió un cucurucho de crema y chocolate.

—Permítame —dijo Montalbano cogiéndolo.

—¿Qué cojones...?

El de las bebidas intervino enseguida.

—El señor es comisario. Es un asunto urgente.

El otro enseguida cambió de tono.

—¡Por favor! Tómelo.

Montalbano llamó a Fazio a comisaría, le explicó dónde se encontraba, le ordenó que acudiera cuanto antes; Gallo, el conductor, estaba autorizado a creerse en Indianápolis y le dijo que también quería una ambulancia.

Luego organizó un plan con el del puesto de bebidas para que la cosa se llevara a cabo con discreción y con toda seguridad. El hombre cortó una cuerda gruesa en cuatro trozos, dos se los dio al comisario y dos se los quedó él. Luego fue hasta el hombre que alquilaba barcas y le dijo que le diera dos remos. Cada uno con un remo al hombro, en actitud indolente, se acercaron a los suizos. Cuando llegaron a la altura de los pies de uno de ellos, Montalbano se volvió de repente y le dio un fuerte golpe entre las piernas con el costado del remo. Con perfecta sincronía, el vendedor de bebidas hizo lo mismo. En un abrir y cerrar de ojos, antes de que pudieran recuperar el aliento y quejarse, los dos jóvenes se encontraron boca abajo en la arena con las manos y los pies atados. Y lo bueno fue que ningún bañista se dio cuenta de nada.

—Quédese aquí —le dijo el comisario al vendedor de bebidas que miraba a su alrededor con un pie sobre el suizo que había capturado, como un cazador de leones fotografiado con el animal abatido.

Montalbano pidió un vaso de papel y una botella de agua mineral y se dirigió a la barca. La pequeña Libania temblaba, tenía la frente hirviendo porque le había subido la fiebre, gemía. El comisario le dio el vaso de agua, pero Libania bebió directamente de la botella; estaba sedienta.

—Dentro de poco llegará la ambulancia que te llevará al hospital.

Libania le cogió una mano y se la besó.

• • •

Para volver tardó mucho más que para ir; tenía los brazos destrozados. Cuando vio la playita, se cruzó con Livia, que estaba nadando al otro lado de la escollera.

—¿Dónde te has metido?

—He ido a dar una vuelta —contestó sombrío Montalbano.

Livia subió con agilidad a la barca.

—¡Dios mío, qué paz! ¡Qué tranquilidad! Mimì tendría que habernos hablado antes de este sitio.

Vararon la barca en la arena, Livia no se había dado cuenta de la desaparición de la toalla, de la chilaba y del pañuelo. Canturreando cogió la nevera portátil y la abrió. ¡La excursión! Montalbano cerró los ojos para no ver el horror.

—Ya está listo.

Allí estaba: el mantelito a cuadritos, los vasos de plástico, las botellitas de cerveza, las servilletas de papel, los cuatro bocadillos con sus respectivos rellenos.

Montalbano se sentó con actitud cansada; había que beber el cáliz amargo hasta el fondo. Y en aquel momento, Dios grande y misericordioso, movido por la piedad, se decidió a intervenir. Violento, sin previo aviso, sin un por qué, llegó un golpe de viento, uno solo, que se llevó volando el mantel y las servilletas en un remolino de arena. Las mitades de los bocadillos se abrieron, rodaron y dejaron caer el contenido; tortillita, queso y jamón quedaron cubiertos por una fina capa de arena. Tres bocadillos llegaron hasta la orilla del mar y se mojaron.

—Tendremos que volver —dijo Livia desconsolada.

—Qué lástima.

Fin de año

Montalbano pasó la Navidad en Boccadasse con Livia, y el 27 por la mañana fueron los dos al aeropuerto Colombo, el comisario para volver a Vigàta y Livia a pasar el Fin de año en Viena con algunos compañeros del despacho. A pesar de la insistencia de su mujer para que participara en el viaje, Montalbano se resistió: aparte de que con los amigos de Livia se habría sentido desplazado, lo cierto era que no le gustaban las fiestas. La noche de Fin de año en el salón de un hotel, con docenas y docenas de desconocidos, fingiendo alegría durante la cena y el baile, le habría hecho subir la fiebre. Que por cierto le subió igualmente: la sintió durante el trayecto del aeropuerto de Punta Ràisi a Vigàta. Una vez en casa, en Marinella, se puso el termómetro: apenas treinta y siete y medio; no tenía importancia. Fue a comisaría para enterarse de las novedades, porque había estado fuera una semana. El 31 por la mañana, cuando se presentó en el despacho, Fazio se lo quedó mirando.

—¿Qué le pasa, comisario?

—¿Por qué?

—Tiene la cara congestionada y los ojos brillantes. Tiene fiebre.

Resistió una media hora. Luego no pudo más, no comprendía lo que le decían, y si se levantaba la cabeza le deba vueltas. En casa encontró a Adelina, la sirvienta.

—No me prepares nada. No tengo apetito.

—¡María santísima! ¿Por qué? —preguntó alarmada la mujer.

—Tengo un poco de fiebre.

—¿Preparo una menestra ligerita?

Se puso el termómetro: cuarenta. No le quedó más remedio que obedecer y meterse enseguida en la cama. La sirvienta estaba acostumbrada a hacerse respetar por sus dos hijos, que eran dos auténticos delincuentes; al pequeño, que se encontraba en la cárcel, lo arrestó el comisario. Le arregló las mantas, enchufó el teléfono al lado de la cama e hizo el diagnóstico:

—Es la epidemia de gripe. La tiene medio pueblo.

Salió, volvió con una aspirina y un vaso de agua, levantó la cabeza de Montalbano, le hizo tragar la pastilla y cerró las persianas.

—¿Qué haces? No tengo sueño.

—Pues tiene que dormir. Estoy en la cocina. Si me necesita, llámeme.

A las cinco de la tarde se presentó Mimì Augello con un médico que no hizo otra cosa que confirmar el diagnóstico de Adelina y prescribió un antibiótico. Mimì fue a la farmacia a comprarlo y cuando volvió no se decidía a dejar a su amigo y superior.

—¡Tener que pasar la Nochevieja así, enfermo y solo!

—Mimì, ésta es la verdadera felicidad —repuso el comisario con tono franciscano.

Cuando al fin lo dejaron en paz, se levantó, se puso unos pantalones y un jersey, se sentó en el sillón y se dedicó a mirar la televisión. Se durmió. El teléfono lo despertó a las nueve de la noche: era Fazio, que llamaba para saber cómo se encontraba. Calentó la menestra ligerita de Adelina y se la comió de mala gana; el sabor no le gustó. Vagabundeó durante una hora, arrastrando las pantuflas, ora hojeando un libro, ora cambiándolo de sitio. A las once, entre un noticiario y el otro, pasó Nicolò Zito muy compungido: el comisario tenía que haber festejado en su casa la llegada del nuevo año. A medianoche en punto, mientras sonaban las campanas y explotaban las descargas, Montalbano cogió la segunda pastilla del antibiótico («una cada seis horas, sobre todo», le había dicho el médico) y la tiró al retrete como había hecho con la primera. A la una de la madrugada sonó el teléfono.

—Felicidades, amor mío —dijo Livia desde Viena—. Hasta ahora no he conseguido línea.

—He vuelto ahora mismo —mintió Montalbano.

—¿Dónde has estado?

—En casa de Nicolò. Diviértete, amor. Besos.

Durante horas estuvo dando vueltas en la cama, entre sudores, agitado, y logró conciliar el sueño de madrugada. A las siete sonó el teléfono.

—¿Comisario? ¿Es usted en persona?

—Sí, Catarè, soy yo. ¿Qué coño quieres a estas horas?

—Primero, felicidades. Mucha salud y felicidad, comisario. Después, quería decirle que hay un muerto de paso.

—Pues déjalo pasar. —Tuvo la tentación de colgar, pero el sentido del deber no se lo permitió—. ¿Qué significa de paso?

—Significa que lo han encontrado en el hotel Reginella, el que está después de Marinella, en la casa que está al lado de la de usted.

—Muy bien, pero ¿por qué has dicho que es un muerto de paso?

—Comisario, ¿y usted me lo pregunta? Uno que está en un hotel seguramente es un viajero de paso.

—Catarè, ¿te has enterado de que tengo fiebre?

—Sí, comisario, le pido perdón. Ha sido la fuerza de la costumbre lo que me ha hecho llamarle. Ahora llamo a Augello.

A partir de las diez empezaron las llamadas para felicitarle el año, una tras otra. A media mañana llegó Adelina, a la que no esperaba.

—No importa que sea fiesta; no podía dejarlo solo, y he venido a arreglar esto un poco.

Hizo la cama y limpió el cuarto de baño.

—Ahora le voy a preparar una menestra menos ligera que la de ayer.

Hacia la una llamó a la puerta Mimì Augello.

—¿Cómo estás? ¿Te has tomado las pastillas?

—Claro. Y me están haciendo efecto. Esta mañana tengo treinta y nueve.

Las pastillas de las seis y de las doce habían tenido el mismo final que las dos primeras.

—Oye, Mimì, ¿qué historia es esa del viajero?

—¿Qué viajero?

—Ese que estaba en el hotel de aquí al lado. Esta mañana me ha llamado Catarella.

—¡Ah, ése!

Montalbano miró a los ojos a su segundo: como actor, Augello era una nulidad.

—Mimì, te conozco por dentro y por fuera. Te quieres aprovechar.

—¿De qué?

—De mi enfermedad. Me quieres apartar de la investigación. Adelante, quiero que me lo cuentes todo, con pelos y señales. ¿Cómo murió?

—Le han disparado un tiro. Pero no era un viajero. Era el marido de la señora Liotta, la propietaria del hotel.

• • •

Rosina Liotta era una agradable treintañera, de ojos avispados, a quien el comisario conocía de vista. Del marido no sabía nada; antes bien, estaba convencido que era soltera o viuda. Mimì Augello le explicó la historia. A los dieciséis años, Rosina era camarera del hotel Italia de Catania, donde habitualmente se hospedaba el comendador Ignazio Catalisano cuando iba a la ciudad por negocios. Catalisano era un lobo solitario: nunca se quiso casar y tenía un hermano con el que no se trataba. La apetitosa Rosina, que aparentaba ser blanca y pura como un corderillo pascual, enterneció el corazón y todo lo demás del lobo solitario, que entonces ya había pasado con creces el umbral de los sesenta. La conclusión fue que después de tres años de viajes cada vez más frecuentes a Catania, el comendador murió de un infarto en la cama de su camarera en el hotel Italia, cama de la que Rosina huyó aterrorizada. Algún tiempo después del fallecimiento de Catalisano, Rosina fue convocada por un notario de Vigàta. Era una muchacha despierta, y relacionó la muerte de su amante con la llamada del notario. Pidió la liquidación en el hotel y, sin decir nada a sus padres ni a sus hermanos, a los que por otra parte ella les importaba un comino, se trasladó a Vigàta. Una vez allí se enteró de que el comendador, para evitar conflictos y la posible impugnación del testamento, se lo dejaba todo al hermano, salvo la villa de Marinella y cien millones en efectivo como agradecimiento. Volvió a Catania, donde residía, y se fue a vivir a una modesta pensión. El dinero de la herencia, siguiendo el consejo del notario, lo ingresó en un banco de Catania. La primera vez que Rosina fue al banco para que le dieran un talonario de cheques, conoció al cajero Saverio Provenzano, que tenía diez años más que ella. No fue un flechazo. Al principio el cajero le aconsejó cómo invertir el dinero y a Rosina le gustó, a su manera. Cuando la joven cumplió veinticinco años, quiso que el cajero se casara con ella. Tres años después, Provenzano dejó el banco. Con el dinero de la liquidación y con el de Rosina, decidieron transformar la villa de tres pisos a las afueras de Marinella en un hotel pequeño y elegante: el Reginella. El negocio enseguida les fue muy bien.

Apenas un año después de la inauguración del hotel, un antiguo cliente le hizo a Provenzano una atractiva oferta de trabajo. Se trataba de trasladarse a vivir a Moscú como representante de una empresa de importación-exportación. Rosina no quería que su marido aceptara y hubo discusiones que llegaron a ser muy agrias. Ganó el marido. En los tres años que llevaba trabajando en Moscú, Provenzano volvió a Vigàta en diez ocasiones y no faltó una sola Nochevieja. Esta vez llegó a Vigàta con retraso, el día 31 por la mañana, porque había huelga de controladores aéreos.

Mimì Augello interrumpió su relato.

—Estás pálido y cansado. Después te cuento el resto.

Fue a levantarse. Montalbano lo sujetó por el brazo y lo obligó a sentarse.

—Tú no te mueves de aquí.

—El doctor Panseca alquiló todo el hotel porque siempre pasa la Nochevieja con sus amigos en el Reginella. La señora Rosina dejó una habitación libre para su marido; le reservó provisionalmente la veintidós...

—Espera un momento —interrumpió el comisario—. ¿Dónde duerme habitualmente la señora Rosina?

—Tiene una habitación en el hotel.

—¿Y el marido no duerme con ella?

—Al parecer, no.

—¿Qué significa «al parecer»? —preguntó Montalbano con irritación.

—Mira, Salvo, todavía no he podido intercambiar ni siquiera una palabra con la señora Rosina. Cuando he llegado estaba en plena crisis de histeria. Luego ha ido el médico y le ha dado un fuerte sedante. Volveré más tarde a interrogarla.

—¿Cómo te has enterado de todas estas cosas?

—Por los empleados. Y sobre todo por el conserje, que la conoce desde los tiempos en que era camarera en Catania. Se lo llevó con ella.

—Sigue. ¿Por qué has dicho que era provisional el arreglo de la veintidós para el marido?

—Tampoco te lo puedo explicar. El hecho es que a las doce y media, el ingeniero Cocchiara y su mujer, huéspedes del doctor Panseca, dejaron libre la habitación veintiocho, que les servía para cambiarse de ropa, y se fueron porque tenían un compromiso con otros amigos. Entonces Rosina envió a una camarera a trasladar las maletas y limpiar la habitación, que se encuentra en la parte opuesta a la veintidós. Provenzano, hacia las dos, dijo que estaba cansado del viaje, saludó a Panseca y a los otros amigos y subió a su habitación. La mujer se quedó abajo y se acostó hacia las cuatro, cuando todo había acabado. Esta mañana, a las seis y media, un huésped de Panseca, que ocupaba la habitación veinte, pidió un café porque tenía que marcharse. La camarera, al pasar, observó que la puerta de la veintidós estaba medio abierta. Sospechó y...

—Un momento, Mimì. ¡Te equivocas! ¡Confundes la veintidós con la veintiocho!

—¡En absoluto! Provenzano ha sido encontrado muerto en la habitación veintidós, donde no habría tenido que estar. ¡Las maletas estaban en la veintiocho! Quizá se equivocó, estaba cansado y se olvidó del cambio de habitación...

—¿Cómo le han disparado?

—Con una carabina. Un tiro en la frente. Delante del hotel están construyendo un gran edificio, de forma abusiva, como es lógico. Le dispararon desde allí. Nadie escuchó el tiro; los invitados de Panseca hacían demasiado ruido.

—Según Pasquàno, ¿a qué hora murió?

—Ya sabes cómo es nuestro médico forense. Si no está seguro al cien por cien, no habla. De cualquier manera, como la ventana estaba abierta de par en par y hacía frío, dice que pudieron matarlo hacia las dos de la noche. Según mi opinión, le dispararon en cuanto encendió la luz, ni siquiera tuvo tiempo de cerrar la puerta.

—¿Cómo iba vestido?

—¿El muerto?

—No, el doctor Pasquàno.

—Salvo, ¡cuando quieres eres muy antipático! Camisa, pantalones, americana... —Se interrumpió y miró con humildad a Montalbano—. ¡No puede haberse equivocado de habitación porque la americana la encontramos en la veintiocho!

—¿Y cómo estaban las maletas en la veintiocho?

—Estaba todo ordenado en el armario.

—Las luces del cuarto de baño ¿estaban encendidas?

—Sí.

Montalbano permaneció pensativo durante unos segundos.

—Mimì, lo primero que harás cuando vuelvas al Reginella será llamar a la camarera y que te entregue todas las pertenencias de Provenzano que se hayan encontrado en la veintidós y que las traslade a la veintiocho.

—¿Por qué?

—Para entretenerla un poco —replicó el comisario muy poco amable—. Después me lo cuentas por teléfono. Las habitaciones veintidós y veintiocho están precintadas, ¿verdad?

Mimì no sólo había ordenado que las precintaran, sino que dejó a Gallo y a Galluzzo montando guardia.

En cuanto Augello salió de su casa, Montalbano cogió dos aspirinas, bebió una taza de vino casi hirviendo donde había vertido un vaso de whisky, sacó del armario dos pesadas mantas de lana, las puso en la cama y se acostó, tapándose hasta la cabeza. Decidió que se le pasaría la fiebre en unas horas; no soportaba la idea que Mimì Augello llevase a cabo la investigación personalmente; le daba la sensación de que estaba sufriendo una injusticia.

Cuando el timbre del teléfono lo despertó, se encontró lleno de sudor, como si estuviera debajo de sábanas mojadas con agua caliente. Sacó cautelosamente un brazo y contestó.

—¿Salvo? He ordenado a la camarera que hiciera lo que me has dicho. En la veintidós Provenzano sólo había abierto una maleta. Se cambió de ropa. Pero antes fue al cuarto de baño, se lavó y se afeitó. Cuando la camarera trasladó las maletas a la veintiocho, cogió también las cosas que Provenzano había dejado en la repisa del cuarto de baño y que utilizó para arreglarse. Y hay algo que a la camarera no le cuadra.

—¿Qué?

—La camarera dice que en la repisa había un paquetito envuelto en papel y sujeto con celo. Está segura de haberlo llevado a la veintiocho y haberlo puesto en la repisa del lavabo.

—¿Y qué es lo que no cuadra?

—Pues mira, el paquetito no se encuentra. En la veintiocho no está. Ni en la repisa del cuarto de baño, donde la camarera jura y perjura que lo dejó, ni en ninguna otra parte. He hecho registrar tres veces la veintiocho.

—¿Has hablado con la señora Rosina?

—Sí, y le he dicho que me explicara la razón del cambio de habitación. Provenzano tenía un oído tan sensible, que era una enfermedad. Dormían separados porque bastaba que la señora respirase un poco más fuerte para que Provenzano se despertara y no pudiera conciliar el sueño. En la veintidós, cuya ventana da a la fachada principal, a Provenzano le habrían molestado las voces de los huéspedes que salían y entraban durante toda la noche, y el ruido de los coches que llegaban y arrancaban. En cambio, la veintiocho era mucho más tranquila, puesto que daba a la fachada posterior.

—¿Vas otra vez allí?

—Sí.

—Hazme un favor, Mimì. Espero tu respuesta por teléfono. Pregunta en el hotel si Provenzano fue a Vigàta ayer por la tarde.

Mientras esperaba la respuesta, se puso el termómetro. Trenta y seis siete. Lo había conseguido. Apartó las mantas, puso los pies en el suelo y todo comenzó a girar vertiginosamente a su alrededor.

—¿Salvo? Sí, hacia las cinco de la tarde le pidió el coche a su mujer, pero no dijo a dónde iba. Según la señora, volvió al cabo de dos horas. ¿Cómo te encuentras, Salvo?

—Muy mal, Mimì. Tenme al corriente, te lo ruego.

—No lo dudes. Cúrate.

Se levantó despacio. Primera medida: tragar medio vaso de whisky solo. Segunda medida: tirar a la basura la caja de los antibióticos. La cogió y quedó paralizado cuando sintió en el interior de la cabeza que el cerebro hacía girar los engranajes a elevadísima velocidad.

—¿Fazio? Soy Montalbano.

—¿Cómo está, comisario? ¿Necesita algo?

—Dentro de cinco minutos quiero saber qué farmacias estaban abiertas ayer. Si hoy han cerrado después de un día de guardia, quiero el número de teléfono de los farmacéuticos.

Fue al cuarto de baño. Apestaba a sudor. Se lavó cuidadosamente y enseguida se encontró mejor.

—Soy Fazio, comisario. Las farmacias que ayer estaban de guardia son dos, la de Dimora y la de Sucato. La de Dimora sigue abierta hoy; la de Sucato está cerrada pero tengo el número de teléfono del domicilio del farmacéutico.

Telefoneó primero a Dimora y dio en el blanco.

—¡Claro que conocía al pobre Provenzano, comisario! Ayer nos compró una caja de tapones para los oídos y un somnífero muy fuerte que sólo se puede vender con receta médica.

—¿Y quién le hizo la receta?

El farmacéutico Dimora dudó antes de contestar, y cuando lo hizo dio muchas explicaciones:

—Mire, comisario, el pobre Provenzano y yo nos hicimos muy amigos cuando él vivía en Vigàta. No pasaba día sin que...

—Comprendo —cortó Montalbano—, no tenía receta.

—¿Tendré problemas?

—Sinceramente, no lo sé.

• • •

El portal del Reginella estaba medio abierto, y en el batiente izquierdo destacaban un gran lazo negro y un letrero en el que se leía: «CERRADO POR DEFUNCIÓN.» Cuando el comisario entró no encontró ni un alma, y se dirigió hacia un saloncito del que procedían unas voces. Mimì Augello, que en ese momento estaba hablando con un cuarentón alto y distinguido, se quedó atónito al verlo.

—¡Jesús! ¿Qué haces aquí? ¿Te has vuelto loco? ¡Estás enfermo!

Montalbano no contestó, sino que dirigió a su segundo una mirada que significaba lo que significaba.

—Este señor es Gaspare Arnone, el conserje del hotel.

Montalbano se lo quedó mirando. Quién sabe por qué, lo había imaginado viejo y algo descuidado.

—Me han dicho que conoce desde hace tiempo a la señora Rosina Provenzano.

—Hace una eternidad que la conozco —contestó sonriendo Arnone, enseñando una dentadura que parecía la de un actor americano—. Tenía dieciséis años y yo veintiséis. Trabajábamos en el mismo hotel, en Catania. Luego la señora hizo fortuna y tuvo la bondad de llamarme.

—Quiero hablar contigo —dijo Montalbano a Mimì.

El conserje hizo una inclinación y salió.

—Estás lívido, como un muerto —dijo Augello—. ¿Te parece bien? Mira que te puede dar algo serio.

—Hablemos de cosas serias de verdad, Mimì. He confirmado algo que se me había ocurrido. ¿Sabes qué había en el paquetito que no se encuentra? Tapones para los oídos y un somnífero.

—¿Cómo te has enterado?

—Es asunto mío. Y sólo significa una cosa: Provenzano llega a la veintiocho, deshace las maletas, luego va al cuarto de baño y ve que el paquetito no está. Lo necesita;

tiene que ponerse los tapones y tomar el somnífero, porque si no lo hace pasará la noche en blanco a causa del follón que hay en el hotel. Cree que la camarera ha olvidado el paquetito en la veintidós. Va, enciende la luz, y nada más entrar, le disparan.

—La ventana estaba abierta de par en par —aclaró Mimì—. La dejó así la camarera para renovar el aire.

—¿Dónde encontraste la llave de la veintidós? —preguntó Montalbano.

—En el suelo, al lado del muerto.

—¿Sospecha la señora Rosina por qué han matado a su marido?

—Sí. Dice que la última vez que vino a Vigàta le dijo que estaba preocupado.

—¿Por qué?

—Lo amenazaron en Moscú. Al parecer, siempre según la señora, había molestado a la mafia rusa.

—¡Qué cojones! Si la mafia rusa quería matarlo, ¿qué necesidad tenía de hacerlo aquí? No, Mimì; ha sido alguien que sabía que Provenzano iba a cambiar de habitación. La camarera se ha llevado el paquetito a la veintiocho, pero alguien lo ha hecho desaparecer de allí para obligar a Provenzano a entrar en la veintidós. Luego, esa persona no ha tenido tiempo de devolver el paquetito a su lugar. La desaparición del paquetito demuestra que ha servido de cebo. Tú que entiendes de mujeres, ¿cómo es la señora Rosina?

—Potable —repuso Mimì Augello—. A pesar del luto, exhibe un escote bastante apreciable. ¿Crees que tiene algo que ver?

—¡Ah! —contestó el comisario—. El marido la molestaba poco, venía a Vigàta dos o tres veces al año y por pocos días: no se mata a un marido tan cómodo.

—Estás sudando. Vete a casa; no exageres, Salvo. Yo te lo podía haber contado todo en tu casa. Ha sido inútil el esfuerzo que has hecho.

—Eso lo dirás tú. ¿Provenzano había traído papeles?

—Sí, en una bolsa.

—¿Los has mirado?

—No he tenido tiempo.

—Ve a buscarlos. Y hazme un favor: pregúntale al conserje si puedo beber un whisky solo.

A causa de la debilidad, Montalbano tenía la impresión de haber bebido demasiados vasos de whisky. Sin embargo, no sentía que se le hubieran subido a la cabeza.

El elegante conserje se presentó con un vaso vacío y una botella sin empezar, que abrió.

—Sírvase lo que desee. ¿Desea algo más?

—Sí, una información. ¿Ayer noche trabajó usted?

—Sí. El hotel estaba lleno y vinieron los invitados del doctor Panseca a cenar.

—Explíqueme exactamente cómo se hizo el traslado de los efectos personales de Provenzano de la habitación veintidós a la veintiocho.

—No hay problema, comisario. Entre las doce y media y la una, el ingeniero Cocchiara y su esposa dejaron la veintiocho. Me entregaron la llave, que coloqué en su lugar. Advertí a la camarera que arreglara la habitación y trasladara el equipaje del patrón, de la veintidós a la veintiocho.

—¿Le dio las llaves?

El conserje sonrió con trescientos dientes que parecían una lámpara de Murano que se encendiera de golpe.

—Las camareras tienen la llave maestra. Media hora después Pina, la camarera, me dijo que todo estaba dispuesto. Fui al salón y le dije al patrón que cuando quisiera podía retirarse. Estaba cansado del viaje. Le llevé la llave de la veintiocho.

—¿Y usted también le entregó la llave de la veintidós?

Gaspare Arnone dudó un instante.

—No comprendo.

—Amigo mío, ¿qué es lo que no entiende? Han encontrado muerto a Provenzano en la veintidós, con las llaves al lado. Hace un momento me ha dicho que cuando el ingeniero Cocchiara se marchó, devolvió las llaves a su lugar. Por lo tanto mi pregunta es más que lógica.

—A mí no me las pidió —dijo el conserje tras una pausa.

—Pero ¿no ha dicho que estuvo trabajando toda la noche?

—Sí, pero eso no significa que permaneciera todo el tiempo detrás del mostrador. Los clientes son muy exigentes, ¿sabe? A veces uno puede verse obligado a ausentarse durante cinco minutos.

—Comprendo. Entonces, la llave de la veintidós ¿quién se la dio?

—Nadie. La cogió él mismo. Sabía dónde estaban: a la vista de todo el mundo. Además era el dueño.

Entró Mimì Augello con una bolsa llena de papeles. El conserje se retiró. Montalbano llenó de nuevo el vaso de whisky. Repartieron los papeles en dos montoncitos, uno para cada uno, y empezaron a leer. Cartas comerciales, facturas, cuentas. Montalbano empezaba a tener sueño cuando do Mimì Augello dijo:

—Mira esto.

Le dio una carta. Era de la Italian Export-Import dirigida, en Moscú, a Saverio Provenzano y firmada por el señor Arturo Guidotti, director general de la empresa. En ella se decía que en vista de las reiteradas peticiones y de las sólidas razones aportadas, la empresa se resignaba a aceptar la dimisión de su empleado Saverio Provenzano, dimisión que tendría efecto a partir del 15 de febrero del año entrante.

Montalbano se sintió feliz y se bebió el tercer vaso.

—Vamos a hablar con la señora Rosina.

Tropezó al levantarse y Mimì lo sostuvo.

El conserje, al teléfono, le estaba explicando a alguien que el hotel no podía aceptar clientes.

Montalbano esperó a que colgara y le sonrió.

Gaspare Arnone le devolvió la sonrisa. El comisario no dijo nada. Gaspare Arnone tampoco abrió la boca. Se miraban y sonreían. A Mimì Augello la situación le pareció embarazosa.

—¿Vamos? —preguntó a Montalbano.

El comisario no le contestó.

—La señora Rosina lo llamó al Reginella después que Provenzano se marchara a Rusia, ¿no es cierto?

—Sí. Necesitaba a una persona de confianza.

—Gracias —dijo Montalbano. La media trompa que llevaba le hacía educado y ceremonioso—. Despéjeme otra duda. En las habitaciones no hay timbre para llamar a las camareras, ¿verdad?

—No. Los clientes tienen que llamar por teléfono aquí, a conserjería, cuando necesitan algo.

—Gracias —dijo otra vez Montalbano, haciendo una media reverencia.

El apartamento de la propietaria del Reginella estaba en el segundo piso. Al final del primer tramo de escaleras, las piernas del comisario empezaron a doblarse. Se sentó en un escalón y Augello se sentó a su lado.

—¿Me puedes decir lo que te pasa por la cabeza?

—Ahora mismo. Que la señora Rosina y el conserje están de acuerdo y han matado a Provenzano.

—¿Qué pruebas tienes?

—No las tengo. Encuéntralas tú. Te explico cómo ha ido todo. Hace catorce años, en el hotel de Catania donde trabajan juntos, Rosina y el conserje Gaspare de vez en cuando se van a la cama. Ella tiene un amante viejo y, ya me entiendes, a veces siente ganas de desahogarse. Bien. Cuando el marido de Rosina se va a Rusia, la mujer se acuerda de su amigo de Catania y lo reclama a su servicio. Y la historia vuelve a empezar. Pero cambia de intensidad y se transforma en amor, pasión, lo que quieras. La situación es muy cómoda: el marido está siempre fuera. Pero entonces sucede algo nuevo. Provenzano escribe o llama por teléfono a la mujer y le dice que se ha cansado de estar en Moscú. Ha presentado la dimisión. Vendrá a Vigàta para Fin de año, irá a Moscú para la liquidación y luego volverá definitivamente en febrero. Los dos amantes pierden la cabeza y deciden matarlo. El plan es peligroso, pero si funciona es perfecto. Antes de comunicar a Provenzano que la habitación veintiocho ya está dispuesta, el conserje sube a la habitación y se lleva el paquetito con el somnífero. El conserje ya sabe que Provenzano ha ido a la farmacia porque se lo ha dicho su amante, que nos miente cuando asegura desconocer la razón por la que su marido le pide el coche. Cuando Provenzano va a acostarse descubre que le falta el paquetito. Telefonea a conserjería pero no le contesta nadie, porque el conserje ya está apostado en el edificio en construcción y espera a que se le ponga a tiro. Dado que no puede llamar a una camarera, Provenzano decide ir él mismo a buscar el paquetito. Baja a conserjería, coge la llave de la veintidós, sube, abre la puerta de la habitación, enciende la luz y el conserje le apunta. Pero ha cometido un error: debería haber devuelto el paquetito a la veintiocho. ¿Estamos?

El comisario subió los quince escalones que llevaban al segundo piso desplazándose de izquierda a derecha y viceversa, mientras Mimì lo sostenía en pie con una mano debajo de la axila. Se detuvieron ante una puerta y Augello llamó discretamente.

—¿Quién es?

—Augello, señora.

—Adelante, está abierta.

Mimì dejó pasar a su superior. Éste abrió la puerta y se quedó en el umbral, la mano derecha apoyada en el pomo.

—¡Buenas tardes a todos! —exclamó alegremente.

La recién viuda se quedó sorprendida. ¿A todos? En la habitación sólo estaba ella y aquel hombre parecía borracho.

—¿Qué quiere?

—Hacerle una preguntita fácil, fácil. ¿Sabía que su marido había presentado su renuncia en la empresa para quedarse definitivamente en Vigàta?

La señora Rosina, sentada en la cama, un pañuelo entre las manos, no contestó enseguida. Evidentemente estaba sopesando la respuesta. Pero el escote mostró que por el blanco de su generoso pecho un ser maligno estaba pasando una mano de color rojo.

—No.

—¡Respuesta equivocada! —exclamó Montalbano. Mike Bongiorno no lo hubiera hecho mejor—. Arréstala —dijo simplemente el comisario a Augello.

—¡No! ¡No! —gritó la señora Rosina levantándose de la cama—. ¡No tengo nada que ver! ¡Lo juro! Ha sido Gaspare que...

Se interrumpió y lanzó un grito inesperado, agudísimo que hizo vibrar los cristales. A Montalbano el grito le entró por los oídos, dio dos vueltas alrededor del cerebro, descendió por la garganta, resbaló por el vientre y le llegó a los pies.

—Arresta también al conserje —consiguió articular antes de caer desmayado boca abajo.

Fazio lo acompañó a casa, lo desnudó, lo hizo acostarse y le puso el termómetro. Más de cuarenta.

—Esta noche me quedo aquí —dijo Fazio—. Dormiré en el sofá.

El comisario cayó en un sueño plúmbeo. Hacia las ocho de la mañana abrió los ojos. Se encontraba mejor. Fazio estaba allí, con el café.

—Esta noche ha llamado Augello preguntando por usted. Me ha encargado que le diga que todo ha ido como usted había pensado. Los dos han confesado. Él hasta ha enseñado dónde había escondido el fusil de precisión.

—¿Por qué no me has despertado?

—¿Bromea? ¡Dormía como un ángel!

El tirón

Las pocas ocasiones en que el jefe de policía, al no tener otro a mano, lo enviaba a representar a la Jefatura de Montelusa en congresos y convenciones, el comisario Montalbano se tomaba la cosa como un castigo o una ofensa personal. Cuando escuchaba las adornadas palabras de los participantes, los saludos de bienvenida, las loas y las críticas, los votos de confianza y los anuncios de un apocalipsis seguro, le dominaba una sensación de pesadez tal que a las preguntas de los demás respondía con monosílabos confusos y entrecortados. Su aportación a la discusión general se reducía a unas quince líneas paridas con esfuerzo, mal escritas y peor leídas. Su intervención sobre las reglas comunitarias de la policía de frontera estaba prevista en el programa para las diez y media del tercer día de trabajo, pero al final de la primera jornada el comisario ya estaba agotado y se preguntaba cómo iba a poder resistir dos días más. Se alojaba en el hotel Centrale de Palermo, que eligió con sumo cuidado porque todos sus colegas italianos y extranjeros se alojaban en otros hoteles. La única luz entre tanta oscuridad fue la invitación a cenar de Giovanni Catalisano, compañero de escuela desde párvulos hasta el bachillerato. Se dedicaba a la venta de telas al por mayor; tenía dos hijos de su mujer Assunta Didio, que había heredado una décima parte de las dotes culinarias de Antonio, su padre, legendario cocinero en casas principescas de Palermo. Sin embargo, esa décima parte era de sobras suficiente: el comisario aseguraba que si en el momento de morir se acordaba de las comidas que preparaba la señora Assuntina, el tránsito sería más doloroso. Cuando finalizó la segunda jornada de trabajo, después de que hablaran los representantes de Inglaterra, de Alemania y de Holanda en inglés, alemán y holandés respectivamente, Montalbano tenía la cabeza como una olla de grillos. Por ello se metió rápidamente en el coche de su amigo Catalisano que pasó a buscarlo. La cena resultó superior a las expectativas y la conversación que siguió fue muy relajante: la señora Assuntina era de pocas palabras, pero su marido Giovanni, en compensación, era un hombre de respuesta rápida e inteligente. Cuando el comisario miró el reloj vio que era casi la una de la madrugada. Se levantó, se despidió afectuosamente de la pareja, se metió en el chaquetón de piel y salió, rechazando el ofrecimiento del amigo a acompañarlo.

—El hotel está cerca. Diez minutos de paseo me irán bien, no te molestes.

En cuanto salió del portal tuvo dos sorpresas desagradables: llovía y hacía un frío que cortaba el aliento. Entonces decidió llegar al hotel por unos atajos que creía recordar. En la mano llevaba una carpeta que le habían dado en la convención: con la mano izquierda la sostuvo encima de la cabeza para protegerse un poco de la lluvia, que caía en abundancia. Tras haber caminado por callejuelas solitarias y mal iluminadas, con los pantalones remojados, se desanimó: se equivocaba de camino. Si hubiera aceptado la oferta de Catalisano ya estaría a resguardo en la habitación del hotel. Mientras permanecía de pie en medio de la callejuela, dudando si sería mejor protegerse en un portal y esperar a que amainase o armarse de valor y continuar, oyó el ruido de una moto que se acercaba por detrás. Se apartó para darle paso y quedó aturdido por el ruido ensordecedor del motor que, sin previo aviso, aceleró. Fue tan sólo un segundo, aunque alguien lo aprovechó para tratar de arrancarle la carpeta que todavía llevaba encima de la cabeza a fin de protegerse del agua. El estirón hizo girar sobre sí mismo al comisario, que entonces quedó junto al motorista; éste, todavía de pie encima de los pedales, intentaba quitarle la carpeta, que Montalbano aferraba con fuerza con los dedos de la mano izquierda. El absurdo tira y afloja duró unos segundos: absurdo porque la carpeta, llena de papeles sin importancia, aumentaba de valor a los ojos del ladrón, puesto que era defendida con tanto empeño. Los reflejos del comisario siempre habían sido rápidos, y en esta ocasión también lo fueron, permitiéndole pasar al contraataque. El violento puntapié que propinó a la moto alteró el ya precario equilibrio en el que se mantenía el ladrón, que prefirió abandonar, dar gas y marcharse. No fue muy lejos, porque casi al final de la callejuela describió una curva en U y se detuvo debajo de una farola, con el motor al ralentí. Vestido de arriba abajo con el mono, la cabeza oculta dentro del casco integral, el motorista era una figura amenazadora y desafiante.

—¿Y qué coño hago ahora? —se preguntó Montalbano mientras se ajustaba el chaquetón de piel.

No volvió a cubrirse la cabeza con la carpeta. Estaba completamente mojado: el agua se le metía por el cuello, descendía por la espalda, salía por los pantalones, y en parte acababa dentro de los zapatos. De dar la vuelta y echar a correr, ni pensarlo: aparte de hacer el ridículo, el motorista habría podido alcanzarlo cómo y cuándo quisiera. Sólo quedaba seguir adelante. Con lentitud, balanceando la carpeta con la mano izquierda, Montalbano empezó a caminar como si estuviera paseando en un día de sol. El motorista lo contemplaba aproximarse sin hacer ni un solo movimiento; parecía una estatua. El comisario se dirigió directamente hacia la moto, y cuando llegó ante la rueda anterior se detuvo.

—Quiero que veas una cosa —le dijo al motorista.

Abrió la carpeta y le dio la vuelta: los papeles cayeron al suelo, se mojaron y se llenaron de barro. Sin cerrarla, Montalbano la tiró al suelo.

—Te habría ido mejor si le hubieras robado la pensión a una anciana.

—No robo a las mujeres, ni viejas ni jóvenes —replicó el ladrón en tono ofendido.

Montalbano no consiguió distinguir bien la voz, porque a través del casco le llegó muy sofocada.

Quién sabe por qué motivo, el comisario decidió seguir adelante con la provocación.

Metió una mano en el bolsillo interior de la americana, sacó el billetero, lo abrió, eligió un billete de cien mil liras y se lo ofreció al ladrón.

—¿Te basta para una dosis?

—No acepto limosnas —dijo el motorista, apartando violentamente la mano de Montalbano.

—Si es así, buenas noches. Ah, oye, dime una cosa: ¿qué calle debo tomar para llegar al Centrale?

—Todo recto, la segunda a la izquierda —contestó con gran naturalidad el ladrón.

La intervención de Montalbano, que empezó puntualmente a las diez treinta, estaba previsto que acabara a las diez cuarenta y cinco para abrir otros quince minutos de debate. Pero entre los ataques de tos, los carraspeos, los resoplidos y los estornudos del orador, la intervención terminó a las once. Los traductores simultáneos pasaron los peores momentos de su vida porque al balbuceo que siempre le aparecía al comisario cuando tenía que hablar en público, se añadió en esta ocasión un tono gangoso, es decir, esa particular manera de hablar cuando uno tiene la nariz tapada y cambia la pronunciación de las consonantes. Nadie entendió nada. Tras un momento de turbación, el presidente de turno sufrió un ataque de ingenio e inició el debate. De este modo Montalbano pudo abandonar la convención e irse a la comisaría. Recordó que un año antes, el entonces jefe de policía de Palermo creó una brigada especial «antitirón», de la que habían hecho mucha publicidad las televisiones y los periódicos de la isla. En las fotografías y en las filmaciones que ilustraban los servicios se veía a jóvenes agentes de paisano sobre patines de ruedas y motos nuevas y relucientes, dispuestos a perseguir a los ladrones de esa especialidad, arrestarlos y recuperar los objetos robados. Se propuso como jefe de la brigada al subcomisario Tarantino. Luego, nadie volvió a hablar de la iniciativa.

—Tarantì, ¿te ocupas todavía de los robos por tirón?

—¿Has venido a cachondearte? La brigada se disolvió dos meses después de su creación. ¡Diez hombres a media jornada contra una media de cien tirones al día!

—Quisiera saber...

—Mira, es inútil que hables conmigo. Yo ponía el sello en los informes y basta; ni siquiera los leía.

Levantó el teléfono, refunfuñó algo y volvió a colgar. Casi inmediatamente llamaron a la puerta y apareció un hombre de unos treinta años, de aspecto simpático.

—Es el inspector Palmisano. El comisario Montalbano quiere preguntarte algo.

—A sus órdenes.

—Se trata de una curiosidad. ¿Qué sabes de tirones que se hayan hecho llevando una moto de época?

—¿Qué entiende por moto de época?

—¡Qué sé yo! Una Laverda, una Harley-Davidson, una Norton...

Tarantino se echó a reír.

—¡Qué ocurrencias! ¡Sería como ir a robarle los caramelos a un niño en un Bentley!

En cambio, Palmisano permaneció serio.

—No, no sé nada. ¿Desea algo más?

Montalbano se quedó otros cinco minutos hablando con su colega. Luego se despidió y fue a buscar a Palmisano.

—¿Me acompañas a tomar un café?

—Tengo poco tiempo.

—Bastarán cinco minutos.

Salieron de la jefatura y entraron en el primer bar que encontraron.

—Voy a contarte lo que me pasó ayer por la noche.

Le contó su encuentro con el ladrón.

—¿Quiere arrestarlo? Al parecer no le ha robado nada —dijo Palmisano.

—No. Sólo quisiera conocerlo.

—Yo también —admitió en voz baja el inspector.

—Era una Norton 750 —precisó el comisario—, estoy más que seguro.

—Ya —asintió Palmisano—, e iba vestido de arriba abajo, con el casco integral.

—Sí. No pude leer la matrícula porque estaba cubierta con un trozo de plástico negro. ¿Qué me dices?

—Fue durante el segundo mes que prestaba servicio en la brigada. Faltaba poco para que cerraran los bancos por la mañana. Estaba delante de la Commerciale cuando salió un hombre con una bolsa y un individuo, a bordo de una Norton 750 negra, se la arrancó. Me precipité en su persecución. Yo llevaba una Guzzi. No pude hacer nada.

—¿Fue más rápido?

—No, comisario; fue mejor. Por suerte había poco tráfico. Llegamos, él delante y yo detrás, hasta el desvío de Enna. Entonces se metió en una carretera. Y yo detrás. Al parecer quería hacer moto-cross. Pero en una curva mi moto no se agarró a la grava y yo salí disparado. Me salvó el casco, pero perdía sangre de la pierna derecha, me dolía. Cuando me levanté, él estaba allí. Se había parado. Me dio la sensación de que si no me hubiera puesto de pie habría sido capaz de venir a ayudarme. De cualquier manera, mientras me acercaba a la Guzzi sin apartar los ojos de él, hizo algo que no esperaba. Levantó la bolsa que acababa de robar con el tirón y me la enseñó. La abrió, miró el interior, la volvió a cerrar y la tiró en medio de la carretera. Luego dio la vuelta con la Norton y se marchó. Cojeando, fui a recoger la bolsa. Había cien millones en billetes de cien mil. Volví a jefatura y escribí en el informe que había recuperado el objeto robado después de una refriega, pero que el ladrón había conseguido huir. No puse ni la marca de la moto.

—Entiendo —dijo Montalbano.

—Ése no buscaba el dinero —añadió Palmisano, tras un silencio, como si concluyera su razonamiento.

—¿Y qué buscaba, según tu opinión?

—¡Ah! Puede que otra cosa, pero el dinero no.

El tal Palmisano era una persona inteligente.

—¿Has oído hablar de otros casos similares?

—Sí, tres meses después. Le sucedió a un compañero que ya ha sido trasladado. También recuperó los objetos robados. Fue el propio ladrón quien se los devolvió. En el informe, tampoco aportó elementos válidos para la identificación.

—Tenemos, por lo tanto, a un ladrón que habitualmente sale de paseo...

Palmisano sacudió la cabeza.

—No, comisario, no va de paseo «habitualmente», como usted dice. Sólo lo hace cuando no puede soportar la presión. ¿Desea preguntarme algo más?

Era inútil comer; el resfriado le impedía distinguir los sabores. La convención se reanudaba a las tres y media. Todavía podía quedarse al menos tres horas bien caliente, bajo las mantas. Ordenó que le subieran a la habitación una aspirina y el listín de teléfonos. Se le ocurrió que las aficiones, desde la cría del gusano de seda hasta la fabricación casera de bombas atómicas, tienen siempre una asociación, un club, donde los afiliados intercambian información y piezas raras y, de vez en cuando, organizan una salida al campo. Encontró un «Motocar» que no sabía lo que significaba, seguido de un «Motoclub» cuyo número marcó. Respondió una amable voz masculina. El comisario explicó de manera confusa que se había trasladado hacía poco a Palermo y solicitó información para una posible inscripción en el club. El otro le contestó que no existía ningún problema y luego, bajando un poco la voz, preguntó con el tono de quien pregunta a qué secta secreta pertenece el otro:

—¿Es harleysta?

—No, no lo soy —repuso el comisario con un soplo.

—¿Qué moto tiene?

—Una Norton.

—Bien, entonces es mejor que se dirija al Nor-club, que es una rama nuestra. Apunte el número de teléfono, los encontrará después de las ocho de la tarde.

Marcó el número enseguida. No había nadie. Podía dormir una hora antes de ir a la clausura de la convención. Cuando se despertó se encontraba muy bien; el resfriado casi había desaparecido del todo. Miró el reloj y tuvo un sobresalto: las siete. Dado que era inútil presentarse en la convención, no se apresuró. A las ocho y cinco llamó por teléfono desde el vestíbulo del hotel, y le contestó la voz fresca de una muchacha. Veinte minutos después estaba en la sede del club, en la planta baja de un elegante edificio. No había nadie, sólo estaba la joven que había contestado al teléfono y que hacía desinteresadamente de secretaria de ocho a diez de la noche. Y la misma tarea la desempeñaban, por turno, los socios más jóvenes del club. Era tan simpática, que al comisario no le apeteció contarle el cuento del dueño de una Norton trasladado a Palermo. Se identificó, sin que ello provocara ninguna reacción especial en la joven.

—¿Por qué ha venido aquí?

—Bien, porque nos han dado la orden de hacer un censo de todas las asociaciones y clubes, deportivos y no deportivos, ¿Me explico?

—No —contestó la joven—. Dígame lo que quiere saber y yo se lo digo, ésta no es una asociación secreta.

—¿Todos sois tan jóvenes?

—No. El señor Rambaudo, por ejemplo, pasa de los sesenta.

—¿Tienes una foto de grupo?

La muchacha sonrió.

—¿Le interesan los nombres o las caras? —E indicó una pared a espaldas de Montalbano—. Es de hace dos meses —añadió—, y estamos todos.

Una fotografía clara, tomada al aire libre, en el campo. Más de treinta personas, todos con el uniforme: el mono negro y las botas. El comisario contempló los rostros con suma atención. Cuando llegó al tercero de la segunda fila sufrió un sobresalto. No supo explicarse por qué, pero tuvo la seguridad de que aquel hombre atlético, sobre la treintena, que le sonreía, era el ladrón.

—Sois muchos.

—Tenga presente que éste es un club provincial.

—Ya. ¿Lleváis un registro?

Lo llevaban, y en perfecto orden. Fotografía, nombre, apellido, profesión, dirección y teléfono del afiliado. Matrícula de la moto, características principales y particulares. Actualización semestral de la cuota de inscripción. Varios. Hojeó el registro, fingiendo que tomaba apuntes en el revés de un sobre que llevaba en la americana. Luego sonrió a la muchacha, que estaba hablando por teléfono, y salió. Tenía en la cabeza tres nombres y tres direcciones. Pero el del abogado Nicolò Nuccio, calle Libertà, 32, Bagheria, teléfono 091232756, lo tenía impreso en negrita.

Lo mejor era ir enseguida al grano. Marcó el número en la primera cabina telefónica que encontró, y le contestó un niño.

—¿Diga? ¿Diga? ¿Quién eres? ¿Qué quieres?

No debía de tener ni cuatro años.

—¿Está papá?

—Ahora te lo llamo.

Estaban mirando la televisión; se oía la voz de... ¿De quién era aquella voz? No tuvo tiempo de contestarse a su pregunta.

—¿Quién es?

A pesar de haber oído la voz sofocada y distorsionada por el casco integral, el comisario la reconoció. Sin lugar a dudas.

—Soy el comisario Montalbano.

—Ah. He oído hablar de usted.

—Y yo también de usted.

El otro no contestó, no preguntó. Montalbano oía la profunda respiración al otro lado del hilo. En segundo plano, la televisión. Ahora: era la voz de Mike Bongiorno.

—Tengo motivos para creer que ayer por la noche usted y yo nos vimos.

—Ah, ¿sí?

—Sí, abogado. Y me gustaría que nos viéramos otra vez.

—¿En el mismo sitio que ayer por la noche?

No parecía en absoluto preocupado por haber sido descubierto. Antes bien, se permitía dárselas de ingenioso.

—No, demasiado incómodo. Le espero en mi hotel, en el Centrale, ya sabe. Por la mañana, a las nueve.

—Iré.

Comió bien en una *trattoria* próxima al puerto, volvió al hotel hacia las once, estuvo leyendo durante dos horas una novela no policíaca de Simenon, a la una apagó la luz y se quedó dormido. A las siete de la mañana ordenó que le subieran un café exprés doble y el *Giornale di Sicilia*. La noticia que le hizo ponerse de pie en medio de un baño de sudor estaba en negrita, en primera página: al parecer había llegado justo a tiempo para que la imprimieran. Decía que a las veintidós treinta de la noche anterior, en las proximidades de la estación, un ladrón intentó robar el muestrario de un representante de piedras preciosas, el cual reaccionó disparando y matándolo. Con gran sorpresa habían identificado al ladrón como el abogado Nicolò Nuccio, de treinta y dos años, de posición acomodada, residente en Bagheria. Nuccio —seguía diciendo el periódico— no tenía ninguna necesidad de robar para vivir. La moto desde la que había intentado el tirón, una Norton negra, valía unos diez millones de liras. ¿Se trataba de un desdoblamiento de personalidad? ¿De una broma que acabó en tragedia? ¿De una bravata absurda?

Montalbano lanzó el periódico sobre la cama y empezó a vestirse. Nicolò Nuccio había encontrado lo que buscaba y quizá él conseguiría coger el tren de las ocho y media para Montelusa. Desde allí telefonearía a la comisaría de Vigàta. Y lo irían a buscar.

Doble móvil

En vida, Attilio Gambardella no tenía buen aspecto. Era un hombre cojo y de piernas muy largas, con estrabismo, orejas enormes de soplillo, manos de enano y pies de payaso, y la boca tan torcida que uno no sabía nunca si lloraba o reía. Pero ahora que estaba en el suelo de la cocina, con una treintena de cuchilladas en la cara, en el pecho, en el vientre y en la ingle, parecía como si la muerte hubiera querido, en cierto modo, borrar la fealdad. Los daños que el asesino había producido en el cuerpo del pobre Gambardella lo igualaban a tantos otros degollados. En la cocina uno no podía moverse sin correr el riesgo de mancharse de sangre; la había hasta en la pantalla del televisor encendido, en la que aparecían las imágenes del noticiario de la mañana. El arma homicida, un cortapapeles con el mango de hueso, la habían tirado dentro del lavadero. La hoja todavía tenía restos de sangre; en cambio, el mango lo habían lavado minuciosamente para hacer desaparecer las huellas digitales.

—¿Entonces? —preguntó Montalbano al doctor Pasquàno.

—Entonces, ¿qué? —replicó el otro, colérico—. ¿Quiere saber de qué ha muerto? De una indigestión de higos chumbos.

Aquella mañana Montalbano no tenía ningunas ganas de enzarzarse en disputas con el forense.

—Sólo quiero saber...

—¿La hora de la muerte? ¿Puedo equivocarme en algún segundo o debo especificar hasta el minuto?

El comisario abrió los brazos en un gesto de desconsuelo. Y al médico, al verlo tan sumiso, se le pasaron las ganas de discutir.

—Bueno. Entre las ocho y las once de la noche. La primera cuchillada se la dieron por la espalda. Él tuvo fuerza suficiente para volverse, y la segunda lo alcanzó en el pecho. Cayó y, según mi opinión, ya estaba muerto. Las otras cuchilladas se las asestaron cuando ya estaba en el suelo, por placer o para desahogarse el asesino. ¿Está satisfecho?

Se acercó Fazio, que acababa de echar un vistazo por toda la casa.

—A primera vista, sin saber lo que había antes, no parece cosa de ladrones; no deben de haberse llevado nada. En el cajón de la mesilla de noche hay dos millones en billetes. Dentro de una cajita, en la cómoda, anillos, pendientes y pulseras.

—¿Para qué querría un ladrón darle cuchilladas hasta dolerle el brazo? —se preguntó Pasquàno.

Galluzzo entró en la cocina.

—He ido a casa de Filippo, el hijo de Gambardella. La mujer me ha dicho que no ha vuelto esta noche.

—Búscalo —dijo el comisario.

La casa donde habían sucedido los hechos estaba situada a las afueras, era propiedad de Gambardella y consistía en un edificio de una planta baja y piso. Abajo había dos almacenes, uno de venta de legumbres al por mayor y el otro de utensilios de hierro. En el piso había dos apartamentos: el que habitaba el muerto y otro, en el mismo rellano, alquilado a la señora Gesuina Praticò, viuda de Tumminello. Fue ella quien descubrió el homicidio —le explicó Fazio a Montalbano—, y sufrió tal impresión, que se desmayó después de haber pedido socorro desde el balcón. El comisario tenía que ir con cuidado: el mayorista de legumbres les advirtió que la señora estaba bastante enferma del corazón. Por eso, el dedo de Montalbano se posó en el timbre con la misma ligereza que una mariposa se posa sobre una flor. Abrió la puerta un cura con cara de circunstancias. Hoy en día causa impresión ver curas con sotana; en general visten como empleados de banca o como punkies. Al verlo allí delante, en aquel apartamento y con aquella expresión, el comisario creyó que había ido a dar la extremaunción a la señora Praticò.

—¿Está grave?

—¿Quién?

—La viuda Tumminello.

—¡En absoluto! He venido a verla para consolarla. Ha sufrido una gran emoción. Pase. Es el comisario Montalbano, ¿verdad? Lo conozco. Lo conozco. Soy don Saverio Colajacono. Gesuina es una de mis pías y devotas parroquianas.

No había duda alguna de que era pía y devota. En la antecámara el comisario contó un crucifijo en la pared, una Dolorosa y un san Antonio de Padua en una repisa. No tuvo tiempo de identificar otras dos imágenes.

—Gesuina se ha acostado —dijo el padre Colajacono, precediéndolo.

El dormitorio parecía una cripta, con las contraventanas del balcón semicerradas, en las paredes decenas de santos colgados con chinchetas, y debajo de cada uno una velita encendida sobre una mensulita. De repente, Montalbano sufrió un ataque de ansiedad, empezó a sudar y sintió la necesidad de desabrocharse el botón del cuello de la camisa. Una especie de ballena jadeante y gimiente yacía en una cama de matrimonio, cubierta con una colcha estampada con flores rojas que sólo dejaba ver la cabeza de una cincuentona despeinada, de rostro rosado y sin arrugas.

—Gesuina, te dejo en buenas manos; volveré más tarde —dijo el cura, y salió tras inclinarse ante el comisario.

Montalbano tomó asiento en una silla a los pies de la cama. En la mesilla de noche, una vela iluminaba la fotografía de un individuo con cara de delincuente de manual lombrosiano: el señor Tumminello, que al morir había convertido en viuda a Gesuina Praticò.

—¿Se siente con fuerzas para contestar algunas preguntas? —empezó el comisario.

—Si el Señor me ayuda y la Virgen me acompaña...

El comisario esperó ardientemente que el Señor y la Virgen estuvieran disponibles en ese momento: no se sentía capaz de permanecer en aquella habitación un minuto más de lo necesario.

—Fue usted quien descubrió el cadáver, ¿verdad?

—Sí.

—Dígame cómo fue.

—Es largo.

—No se preocupe, cuénteme.

Resoplando por las narices como una ballena de verdad, la mujer se incorporó un poco, manteniendo la colcha apretada púdicamente contra aquella plaza de armas que era el pecho.

—¿Por dónde empiezo?

—Por donde quiera.

—Hace veinte años yo ya vivía en esta casa con mi pobre marido Raffaele...

El comisario se maldijo por haber dado libertad histórica y cronológica a la viuda, pero no podía hacer nada; él lo había querido.

—... Attilio sufrió un espantoso accidente de coche.

Attilio. La señora Gesuina y el muerto se llamaban por el nombre.

—La esposa murió, él se rompió las piernas y Filippo, el hijo, que entonces tenía doce años, se dio un golpe en la cabeza y estuvo un mes entre la vida y la muerte. Al año siguiente, una pulmonía doble se llevó a mi pobre Raffaele. ¿Qué quiere que le diga, señor comisario? Al vernos todos los días, acabamos uniendo nuestras soledades.

La frase, sacada probablemente de alguna novela rosa, despistó por completo a Montalbano.

—¿Se hicieron amantes?

La viuda cerró los ojos, se tapó las orejas con las manos y resopló su desdén a través de los orificios nasales. Las llamas de las cuarenta velitas oscilaron, corriendo el riesgo de apagarse.

—¡No! ¿Cómo se le ha ocurrido? ¡Soy una mujer honrada! ¡Me conoce todo el pueblo! ¡Attilio nunca me tocó ni yo lo toqué a él!

—Perdóneme, señora. Le pido excusas —dijo el comisario, aterrorizado ante la idea de que la habitación pudiera quedarse a oscuras.

—Quiero decir que empezamos a hacernos compañía todo el día. A veces Attilio, que salía muy poco, permanecía en casa durante semanas a causa del dolor en las piernas, sobre todo cuando cambiaba el tiempo. Entonces yo cocinaba para él, le ordenaba la casa... En fin, todo lo que hace un ama de casa.

—¿De qué vivía?

—Tengo la pensión que me dejó el pobre Raffaele.

—No; me refería a él, a Gambardella.

—¡Attilio era rico! En Vigàta tenía una docena de almacenes, quince apartamentos y otras cosas más en Fela. ¡No necesitaba una pensión miserable!

—¿Cómo eran las relaciones con el hijo?

Dio en el clavo. Esta vez se apagó una docena de llamitas y Montalbano tembló.

—¡Él lo mató!

—¿Está segura, señora?

—¡Él, él, él!

Las llamitas se apagaron todas a la vez. El comisario llegó a tientas hasta el balcón y abrió los postigos.

—Señora, ¿se da usted cuenta de lo que dice?

—¡Claro que me doy cuenta! ¡Es como si lo hubiera visto con estos ojos!

La ballena se agitaba con violentos sobresaltos y temblores y la colcha parecía un campo de amapolas movido por el viento.

—Explíquese mejor.

—¡Filippo es un desgraciado, un delincuente, un hombre sin oficio ni beneficio que a los treinta años sigue colgado de su padre! ¡Y se ha querido casar! En resumen, no había semana que no viniera aquí a pedirle dinero a su padre. Y el otro no paraba de darle, y darle. Me decía que su hijo le daba pena, que era culpa suya que estuviera así. Él era el responsable del accidente, su hijo se había dañado el cerebro y no se podía concentrar en nada porque la cabeza no le respondía. Y el grandísimo cabrón del hijo se aprovechaba. Finalmente, conseguí hacerle entender a Attilio qué clase de sinvergüenza aprovechado era Filippo. Attilio empezó a darle menos dinero, a veces hasta se lo negaba. ¡Entonces ese delincuente llegó a amenazar a su padre! ¡Una vez hasta le puso las manos encima! Ayer por la noche... —Se interrumpió y comenzó a sollozar. Sacó de debajo de la almohada un pañuelo tan grande como una toalla y se sonó la nariz. Los cristales del balcón campanillearon—. Ayer por la noche Attilio vino a casa a cenar conmigo, y luego volvió a la suya; dijo que iba a ver no sé qué en la televisión y que luego se acostaría. Yo no quiero televisión. ¡Se ven sin querer cosas que hacen ruborizar a una mujer decente!

Montalbano no tenía ningún interés en adentrarse en una discusión sobre ética televisiva.

—Me decía que ayer por la noche...

—Mi cocina y la de Attilio están separadas por una pared. Yo estaba lavando los platos cuando escuché las voces de Attilio y de Filippo. Discutían.

—¿Está segura de que era la voz del hijo?

—¡Pondría la mano en el fuego!

—¿Escuchó palabras, frases?

—Claro. Escuché que Attilio decía: «¡Nada, no te voy a dar ni una lira!» Y Filippo gritaba: «¡Si no me lo das te mato! ¡Te mato!» Luego escuché un ruido de... de...

—¿Lucha?

—Sí, señor. Y una silla que caía al suelo. No sabía qué hacer, dudaba. Pero como luego ya no oí nada más, sólo la televisión, me tranquilicé. En cambio...

Esta vez hubo sollozos y aullidos.

—¿Cómo cree que Filippo entró en la casa?

—¡Tenía la llave! Mil veces le dije a Attilio que le pidiera que se la devolviera, pero él ¡como si nada!

—¿Cómo descubrió lo que había sucedido?

—Esta mañana he ido a la primera misa, pero como iba a comulgar, no he entrado en la cocina a prepararme el café. He vuelto a las siete y he oído que en la cocina de Attilio todavía estaba encendida la televisión. Eso me ha extrañado; nunca veía la televisión por la mañana. Entonces he ido a la casa...

—¿Quién le ha abierto?

La viuda Tumminello, que se preparaba otra vez para sumergirse en sollozos, se detuvo.

—Nadie. Tengo la llave.

Sonó el timbre de la entrada.

—Ya voy yo —dijo el comisario.

Era Fazio. A su lado, un hombre de unos treinta años, extremadamente delgado, con los pantalones raídos, la chaqueta deformada, despeinado, sin afeitar. Montalbano no tuvo tiempo de abrir la boca cuando a sus espaldas sonó un alarido.

La viuda Tumminello, que además de su preferencia por las novelas rosa poseía cierta inclinación hacia la tragedia, se había levantado y señalaba al joven con el brazo extendido y el dedo índice tembloroso.

—¡El asesino! ¡El parricida!

Cayó al suelo, desmayada. Fue como si una ligera sacudida provocada por un terremoto moviera el edificio.

—Saquémoslo de aquí —dijo Montalbano preocupado—; llévalo a comisaría.

—¿No sabía que su padre ha sido asesinado?

—No, señor.

—Pero si lo primero que has dicho cuando has entrado en la casa ha sido: «¿Es verdad que papá?...». Y te has echado a llorar —intervino Fazio.

—Es verdad. Lo de papá me lo ha dicho el que tiene la tienda de hierros cuando me ha visto entrar en el portal.

—¿Ayer por la tarde te peleaste con tu padre?

—Sí.

—¿Por qué?

—Porque no quiso darme el dinero que le pedí.

—¿Por qué no te lo quiso dar?

—Dijo que ya no quería mantenerme más.

—Y tú lo amenazaste de muerte. Lo dijiste y lo hiciste —intervino Fazio de nuevo.

Montalbano lo miró de mala manera. No le gustaba que lo interrumpieran, y tampoco le parecía justo que a uno lo tutearan sólo porque se encontraba en posición de inferioridad. Pero Filippo Gambardella apenas reaccionó a las palabras de Fazio; era un hombre apático, ausente.

—No he sido yo.

En voz baja.

—¿Cuál es el motivo que esta mañana lo ha impulsado a volver a casa de su padre? Al creerlo todavía vivo, ¿quería pedirle otra vez el dinero que ayer no le dio?

—No era ésa la razón.

—¿Cuál era?

Filippo Gambardella parecía turbado, y murmuró algo que el comisario no entendió.

—Más fuerte, por favor.

—Quería pedirle perdón.

—¿Por qué?

—Por haberle dicho que si no me daba dinero lo mataba.

—¿No se habían peleado otras veces?

—En los últimos tiempos, sí. Pero antes nunca le había dicho que iba a matarlo.

—Y después de la pelea, ¿adónde fue?

—A la taberna de Minicuzzo. Me emborraché.

—¿Cuánto tiempo se quedó allí?

—No lo sé.

—Y después de emborracharse, ¿adónde fue?

—No lo sé.

No era que no quisiera contestar a las preguntas; Montalbano sabía que era sincero.

—¿Se ha cambiado de ropa? —Filippo Gambardella lo miró aturdido—. Esta mañana, antes de ir a casa de su padre, ¿ha pasado por su casa? ¿Se ha cambiado de traje?

—¿Cómo iba a cambiarme? Sólo tengo éste.

—¿Cuánto hace que no come?

—No lo sé.

—Llévatelo —le dijo el comisario a Fazio—, que se lave y que le traigan algo del bar. Luego seguiremos.

—Detrás de un cuadro que tenía Gambardella en el dormitorio he encontrado esto —dijo Galluzzo cuando volvió de registrar la casa del muerto.

Era un sobre amarillo, de tipo comercial. Encima habían escrito: «ÁBRASE DESPUÉS DE MI FALLECIMIENTO.» Dado que quien lo había escrito estaba muerto, el comisario lo abrió. Unas cuantas líneas en las que se decía que Attilio Gambardella, en plena posesión de sus facultades mentales, dejaba todo lo que poseía, casas, almacenes, terrenos y dinero líquido a su único hijo Filippo Gambardella. La fecha era de tres años antes. En ese momento entró Fazio.

—Ha comido y se ha quedado dormido. ¿Qué hago?

—Déjalo que duerma —dijo el comisario enseñándole el testamento.

Fazio lo leyó y torció el gesto.

—Es una buena razón contra Filippo Gambardella —comentó.

—¿Qué quieres decir?

—Que tenemos el móvil.

• • •

—Me llamo Gianni Puccio —dijo el hombre de unos cuarenta años, distinguido y educado, que había pedido ser recibido por el comisario.

—Mucho gusto. Dígame.

—En el pueblo corre la voz de que han arrestado a Filippo Gambardella por haber matado a su padre. ¿Es cierto?

—No es cierto —repuso con sequedad Montalbano.

—Entonces, ¿lo han dejado en libertad?

—No. ¿No sería mejor que me dijera qué ha venido a decirme, sin hacer preguntas?

—Quizá sea lo mejor —admitió Gianni Puccio un poco amedrentado—. Bien, ayer tarde, hacia las ocho y media o las nueve menos cuarto, el coche —soy representante de comercio— se me paró justo delante de la casa de Gambardella, al que conocía desde hacía años. También conozco a su hijo Filippo. Bajé y abrí el capó. En ese momento oí la voz alterada de Attilio Gambardella. Alcé la vista. Attilio estaba en el balcón y le gritaba a alguien que estaba en la calle: «¡No vengas más! ¡Sólo tendrás el dinero después de mi muerte!» Luego volvió a entrar y cerró el balcón.

—¿Vio a quién se dirigía?

—Sí. A su hijo Filippo. Como en el pueblo se dice que lo mató después de una discusión, yo, en conciencia, puedo declarar que las cosas no fueron así.

—Me ha sido de mucha utilidad, señor Puccio.

—¿Y qué significa? No significa nada —dijo Fazio—. Muy bien, no lo mató durante la discusión, pero lo hizo después. Fue a la taberna, se emborrachó, el vino le dio valor, volvió a casa del padre y lo mató.

—Estás convencido de que fue él, ¿verdad?

—¡Pues sí, señor!

—Podría ser. Gallo ha ido a interrogar a Minicuzzo, el tabernero. Dice que Filippo llegó a eso de las nueve, se bebió una botella de dos litros y salió cuando todavía no eran las diez y media.

—¿Es que no lo ve? Tuvo todo el tiempo del mundo para volver y acuchillar a su padre. El doctor Pasquàno ha dicho que el delito se cometió entre las ocho y las once, ¿no? Las cuentas salen.

—Ya.

—¿Se puede saber qué es lo que no le cuadra?

—Según la lógica, no me cuadra que no haya cogido los dos millones que había en la casa. Necesitaba dinero. Mata al padre. ¿Por qué, entonces, no lo redondea y se lleva los dos millones? ¿Y cómo se consigue dar tantas cuchilladas a alguien y no tener la más mínima mancha en el traje? ¿Recuerdas la cantidad de sangre que había en la cocina?

—Comisario, ¿está de broma? Si le cuenta sus dudas al juez se reirá en su cara. No se llevó los dos millones porque no fue un asesinato premeditado. Cuando vio a su padre muerto, una vez pasada la rabia que le hizo dar las treinta puñaladas, se asustó y huyó. En segundo lugar, o volvió a su casa, contrariamente a lo que dice la mujer, y se cambió el traje manchado de sangre, o lo pidió a cualquier amigote de la taberna y el suyo lo tiró al mar.

—¿Estás convencido de que tenía un traje manchado de sangre?

—Es indudable.

—Escúchame con atención, Fazio. El señor Puccio ha venido a decirnos que vio a Filippo hacia las ocho y media o nueve menos cuarto delante de la casa de su padre. Gambardella todavía estaba vivo. Según Minicuzzo, Filippo llegó a la taberna a las nueve. Por lo tanto, si mató a su padre después de que Puccio lo viera, no tuvo tiempo de ir a su casa y cambiarse de traje, si a las nueve estaba en la taberna de Minicuzzo. ¿Tengo razón?

—Sí, señor.

—Eso quiere decir que el homicidio se cometió cuando él ya estaba borracho, ¿no es cierto? Tú mismo has planteado esta hipótesis.

—Sí, señor.

—Pero si ha actuado así, las cosas cambian. Ya no se trata de un impulso asesino durante una pelea. Es algo pensado y meditado. Por lo tanto, no habríamos encontrado los dos millones en el cajón. Y le habría interesado hacerlos desaparecer, a fin de simular un robo.

—¿Quién habla de robos? —preguntó alegremente Mimì Augello entrando en el despacho de su superior.

El rostro de Montalbano se volvió hosco.

—¡Mimì, eres un caradura! ¡No se te ha visto en toda la mañana!

—¿Es que no te han dicho nada? —preguntó Mimì sorprendido.

—¿Qué tenían que decirme?

—Esta mañana, a primera hora —explicó paciente Augello—, el señor Zuccarello ha venido a denunciar un robo en su casa, que está junto a la vieja estación. Su mujer y él se quedaron a dormir en Montelusa, en casa de la hija casada. Cuando han vuelto, se han dado cuenta del robo. Se han llevado la plata y algunas joyas. Dado que estabas ocupado con lo de Gambardella, me he encargado del caso.

—Entonces, si ya te ocupas tú, los ladrones pueden dormir tranquilos y los señores Zuccarello es mejor que se despidan de la plata —comentó el comisario con malicia.

Mimì Augello, con muy poca elegancia, cerró la mano derecha en un puño, estiró el brazo y puso encima con fuerza la mano izquierda, a la altura del codo.

—¡Toma! Ya he detenido al ladrón.

—¿Y cómo lo has conseguido?

—Salvo, en Vigàta los ladrones de apartamentos apenas son tres, y cada uno trabaja con una técnica particular. Estas cosas no las sabes porque no te ocupas de ellas; tu cerebro sólo se enfrenta a cuestiones de alta especulación.

—¿Peppe Pignataro, Cocò Foti o Lillo Seminerio? —preguntó Fazio, que, en cambio, conocía la vida y milagros de todo Vigàta.

—Peppe Pignataro —contestó Augello. Y luego añadió, dirigiéndose al comisario—: Quiere hablar contigo. Está allí, en mi despacho.

Cincuentón, diminuto, enjuto, bien vestido, Pignataro se levantó en cuanto vio al comisario. Montalbano cerró la puerta y se sentó en el sillón de Mimì.

—Siéntese, siéntese —le dijo al ladrón.

Pignataro tomó asiento de nuevo tras haber insinuado una inclinación.

—Todo el mundo sabe que usted es de fiar. —Montalbano no dijo nada; siguió inmóvil—. Yo soy el ladrón. —Montalbano tenía la inmovilidad de un maniquí—. Sólo que el comisario Augello no podrá demostrarlo. No he dejado huellas y la plata y las joyas están escondidas en un lugar seguro. Esta vez, y dicho sea con todo respeto, el comisario Augello se va a romper los cuernos.

¿A quién le estaba hablando? El comisario se hallaba en la habitación, pero parecía embalsamado.

—Sin embargo, el comisario Augello puede atarme corto e inmovilizarme; entonces no podré ir a donde debo ir, para que me entreguen el dinero a cambio de la plata y de las joyas. Porque necesito el dinero con urgencia. ¿Me creerá si le digo una cosa?

—Sí.

—Mi mujer está muy enferma, puede informarse. Las medicinas que necesita tengo que comprarlas y cuestan un ojo de la cara.

—¿Qué quieres?

—Que hable con Augello para que me deje en paz un mes. Luego, se lo juro, me entregaré.

Se miraron en silencio.

—Intentaré hablar con él —dijo Montalbano levantándose.

Peppe Pignataro saltó de la silla, se inclinó e intentó coger la mano de Montalbano para besársela. El comisario se apartó a tiempo.

—Quiero decirle algo. Ayer por la noche, hacia las nueve, estaba vigilando la casa de Zuccarello para ver cómo se presentaba el asunto. Sabía que el señor y su mujer habían salido en coche. Hacia las once apareció Filippo Gambardella. Lo conozco bien. No se sostenía de pie, estaba completamente borracho. De pronto ya no pudo seguir y se echó en el suelo junto a la casa de Zuccarello. Se quedó dormido. Seguía durmiendo a las cuatro de la mañana, cuando volví a pasar después del robo.

—¿Por qué me lo cuentas?

—Por agradecimiento. Y para evitarle una equivocación. En el pueblo dicen que ha arrestado a Filippo por la muerte del padre y yo quiero...

—Gracias —dijo Montalbano.

• • •

—¿Qué hacemos con Filippo Gambardella?

—Déjalo en libertad.

Fazio dudó. Luego estiró los brazos.

—Como ordene.

—Ah, oye, llama a Augello.

Tardó más de media hora en convencer a Mimì, pero Peppe Pignataro tuvo vía libre durante un mes. Entre una cosa y otra eran casi las dos y el comisario sentía un apetito que le nublaba la vista.

—¿Hay sitio allí? —preguntó Montalbano entrando en la *trattoria* San Calogero.

«Allí» significaba un cuartito pequeño con dos mesitas.

—No hay nadie —le aseguró el dueño.

Primero comió un abundante primer plato de gambitas y pulpitos con salsa, luego cuatro pescados grandes que no se acababan nunca.

—¿Le traigo un café?

—Luego. Mientras tanto, si no molesto, haría una media horita de siesta.

El dueño entornó los postigos y el comisario se durmió con la cabeza apoyada en los brazos cruzados encima de la mesa, en la boca todavía el sabor del pescado fresco, en la nariz el aroma de la buena cocina, en los oídos el lejano tintineo de los cubiertos que estaban lavando. A la media hora en punto, el dueño le llevó el café, el comisario se lavó un poco, se secó la cara con el papel higiénico y se encaminó a comisaría canturreando. Hacía un día precioso.

• • •

En la puerta le esperaba Fazio.

—¿Qué pasa?

—Pasa que ha venido la viuda Tumminello. Quiere hablar con usted. Parece nerviosa.

—Muy bien.

Apenas tuvo tiempo de sentarse ante la mesa escritorio, cuando la luz del despacho se debilitó. La viuda, con su enorme figura, ocupaba el vano de la puerta.

—¿Puedo entrar?

—¡Claro que sí! —contestó, galante, el comisario, indicándole una silla, que chirrió penosamente en cuanto la mujer tomó asiento.

Se sentó en el borde, con el bolso en las rodillas y las manos enguantadas.

—Me perdonará, señor comisario, pero cuando tengo una cosa aquí...

Se llevó una mano al corazón.

—... también la tengo aquí.

La mano se alzó hasta la boca.

—Y a mí me gustaría que esta cosa me la hiciera llegar aquí —dijo el comisario tocándose las orejas.

—¿Es cierto que ha dejado en libertad a Filippo?

—Sí.

—¿Y por qué?

—No hay pruebas.

—¿Cómo? ¿Y todo lo que yo le conté? La discusión, las palabras gruesas, la caída de la silla...

—Un testigo dice que cuando Filippo abandonó la casa, el señor Gambardella todavía estaba vivo.

—¿Y quién es el grandísimo cabrón? ¡Seguramente un cómplice, un amigacho del parricida! ¡Mire, comisario, todo el pueblo está convencido de que fue él, y todo el pueblo se ha sorprendido cuando lo ha dejado en libertad!

—Señora, yo debo cuidarme de los hechos, no de las palabras. Y a propósito de hechos, ¿sabe que tenía pensado pasar esta tarde por su casa?

La señora Gesuina Praticò, viuda de Tumminello, que hasta un instante antes gesticulaba, de tal manera que el bolso se le cayó al suelo dos veces, de repente quedó paralizada. Cerró los ojos.

—Ah, ¿sí? ¿Y qué quiere de mí?

Montalbano abrió el primer cajón del escritorio, sacó un sobre comercial y se lo mostró a la viuda.

—Quiero enseñarle esto.

—¿Qué es?

—El testamento, las últimas voluntades de Gambardella.

La viuda palideció, pero hasta tal punto que su piel le recordó al comisario la de una medusa muerta a orillas del mar.

—Lo han encon...

Se detuvo, mordiéndose los labios.

—Sí. Hemos tenido más suerte que usted, señora, que debió de buscarlo cada vez que Gambardella se lo permitía.

—¿Y qué interés podía tener?

—No sé, puede que sólo curiosidad. Mire, ¿reconoce la caligrafía de Gambardella?

Le aproximó el sobre.

—«ÁBRASE DESPUÉS DE MI FALLECIMIENTO» —leyó la mujer. Y añadió—: Es la suya.

—Si hubiera encontrado el testamento, habría tenido una sorpresa. ¿Quiere que lo lea?

Sacó el papel despacio, leyó con lentitud aún mayor, marcando casi las sílabas:

Vigàta. Yo, Attilio Gambardella, en plena posesión de mis facultades mentales, deseo que después de mi fallecimiento todos mis bienes muebles e inmuebles pasen a propiedad de la señora Gesuina Praticò, viuda de Tumminello, que durante años ha sido mi amiga más devota. Mi hijo Filippo queda desheredado. Doy fe y firmo...

El alarido de alegría de la viuda fue tal que provocó algunos efectos desastrosos, entre ellos: Catarella se quemó con un café hirviendo; Galluzzo dejó caer al suelo una máquina de escribir que estaba trasladando de despacho; y Miliuzzo Conti, detenido bajo la sospecha de ser ladrón de radios de coche, creyendo que en comisaría se practicaba la tortura (la noche anterior había visto una película de nazis), intentó una fuga desesperada que acabó con la pérdida total de los dientes de delante.

Aunque estaba preparado, Montalbano quedó ensordecido. La viuda, mientras tanto, se había levantado y bailaba, ora sobre un pie, ora sobre el otro. Y Fazio, que entró corriendo, la contemplaba con la boca abierta.

—Tráele un vaso de agua.

Fazio volvió inmediatamente, pero era como si la viuda no viera el vaso que le ponía delante de la boca, mientras se desplazaba al ritmo de la mujer. Finalmente, lo vio y se lo bebió de un trago. Volvió a sentarse. Estaba morada, sumergida en un baño de sudor.

—Léalo usted misma.

Lo cogió, lo leyó, lo tiró, volvió a palidecer, se levantó, se echó hacia atrás, los ojos fijos en aquel pedazo de papel.

Le faltaba el aliento, se llevó las manos al cuello, temblaba. El comisario se plantó delante de ella.

—Escuchó lo que Gambardella le dijo a su hijo...: que le dejaría todo cuando falleciera... Y entonces fue a verlo para pedirle explicaciones... Porque él le había prometido que usted heredaría...

—Siempre me lo decía —confirmó la viuda, jadeando—, siempre me lo repetía, el puerco... Gesuinuzza mía, te lo dejo todo... Y mientras tanto cógela..., métetela... Un puerco, era un cerdo... Siempre obligándome a hacer cosas... No le bastaba que le hiciera de sirvienta... Y ayer por la noche tuvo el valor de decirme que se lo dejaba todo al sinvergüenza de su hijo... Eran tal para cual, padre e hijo, dos asquerosos que...

—Ocúpate tú —le dijo el comisario a Fazio.

Necesitaba dar un paseo por el muelle, necesitaba aire fresco, mar.

Nota del autor

Los relatos aquí reunidos son treinta. Si se lee uno cada día, se tarda un mes: esto es lo que significa el título.

Se escribieron entre el 1 de diciembre de 1996 y el 30 de enero de 1998. El punto de partida para escribir «El compañero de viaje» me lo proporcionó el «Noir in festival» de Courmayeur. Apareció en la revista *Sintesi* de mayo de 1997. «Milagros de Trieste» lo escribí a iniciativa de mi amigo triestino Piero Spirito para el acontecimiento «Piazza Gutenberg» y apareció en el libro *Raccontare Trieste* (junio de 1997). «El pacto» lo escribí para darme el gustazo. Lo imprimieron en *La grotta della vipera* de Cagliari, otoño-invierno de 1997. Los otros veintisiete son inéditos.

Las treinta situaciones en las que se encuentra envuelto el comisario Montalbano no siempre (afortunadamente) suponen delitos de sangre: también hay robos sin robo, infidelidades conyugales, investigaciones de recuerdos. Y no todas suceden en Vigàta; hasta las hay que se remontan a los comienzos de la carrera del comisario.

Resulta útil (e inútil al mismo tiempo) repetir que lugares y nombres son resultado de la invención. Y a quien pudiera quejarse de alguna coincidencia, le recuerdo que la vida misma (muy superior, en cuanto a invención, a la fantasía) no es más que una pura coincidencia.

A. C.